クトゥルー・ミュトス・ファイルズ
The Cthulhu Mythos Files

無名都市への扉

The Hommage to Cthulhu

岩井志麻子
図子慧
宮澤伊織

創土社

目次

無名と死に捧ぐ

《岩井 志麻子》（いわい・しまこ）

一九八六年、『夢みるうさぎとポリスボーイ』でデビュー。以後、ホラー、恋愛、少女向けの作品を精力的に発表している。二〇〇〇年、ホラー小説『ぼっけえ、きょうてえ』で山本周五郎賞を受賞。バラエティ、トークショー、映像作品への出演と幅広い分野で活躍している。クトゥルー神話の世界を立体造形と絵画、小説で表現した競作集『邪神宮』に「無名都市」を寄稿している。

「嘘ばっかりついていると、閻魔《えんま》様に舌を抜かれる」

「あの人は嘘つきといわれるようになったら、後からどんな立派なことをしても信用してもらえなくなるよ」

「嘘つきは泥棒の始まり」

彼女はそんな普通の親がするような説教や、もっともらしい諺《ことわざ》を持ち出しての怒られ方なんて、物心ついた頃から、つまり嘘をバンバンつき始めた頃から、されたことはなかった。一度もなかった。

なぜなら彼女の母は嘘をつくのが日課で習慣で商売で処世術で、父は前科二十犯以上の堂々たるプロの泥棒だったからだ。

「正直者は馬鹿を見る」

「だまされる方も悪い」

「ばれなきゃ、それは嘘にはならない」

などと、これまたある意味正しい諺、身も蓋《ふた》もない現実ではあっても、彼女の親はれっきとした実体験や実生活から身に着けた信念と哲学として語っていた。

とはいえ、娘が嘘をつくことを手放しに誉め称《たた》えたりはしなかった。親、特に母に対しての嘘には、即刻死刑の勢いで断罪した。

「お前は嘘ばっかりつくから、口がひん曲がったんだよ！」

いきなり殴られ、口の端をつねりあげられた。それに続く罵倒《ばとう》も、決まっていた。

「お前は口がひん曲がってるから、根性もひん曲がったんだ！」

母はひん曲がった口で寸借《すんしゃく》詐欺《さぎ》を繰り返し、不正に国から保護をもらい、周りの人を脅したり媚《こ》びたり煙《けむ》に巻いたりして、家賃も払ってなかった。

借りたものは返さず、貸したものは何らかの利子をつけさせ、容赦なく取り立てた。

彼女の一家は、低所得者だけが住む集合住宅に暮らしていたが、すべての住人に対して母はそんな態度だった。近所の商店街でも、ありとあらゆることにケチをつけ文句をつけ、強引に無料にさせたり大幅な値引きをさせていた。

母にとってそれらは、すべて恥じることでも隠すことでもなく、といって正当な行為と権利の行使でもなく、頭いいアタシのお手柄、なのだった。

「あたしゃ、自分の頭の良さにときどき怖くなるときがあるね。人をどんなふうにでも操れるんだから。ゲームみたいに、人の心で遊べる。人の心なんかすべて、お見通しだよ。もしかしてあたしゃ、神様かも知れない」

だから、自分の口だけはひん曲がってないし根性もひん曲がってないのだった。他人から見れば、限界までひん曲がっていても。

娘はつまらない嘘をつくだけで、まだ嘘によるお手柄が立てられないから殴るんだと突き上げるこぶしの指すところは、確かに曲がっておらずまっすぐだった。

しかしぶっ壊れた家庭にも家訓《かくん》があるように、嘘つきにも必死な気持ちはある。とりあえず彼女は、絶対に逆らえない暴力的で恐ろしい母を神様にするしかなかった。父は影が薄く、妹は幼くて愚鈍《ぐどん》で、他に神様はいなかったのだ。

母のように、自分が神様になるという世界の構築の仕方は、まったくわからなかったし何より信者を集められなかった。家の外に他所《よそ》の神様を求めたり、他の人々が信じる異界の神様を頼ったり、それも当時の彼女には思いつかなかった。

「うちには白いグランドピアノがあるの。リカちゃん人形が押し入れいっぱいにあるし。

テレビは百台くらいある。ママは昔、有名な女優だったしスチュワーデスもしていた。パパはフランス人で、お城に住んでいた」

こんな嘘ばかりつく彼女は、子どもの頃から同級生たちに嘘つきといじめられていたし、何かなくなると彼女のせいにされていた。先生も一緒になって、彼女を小突き回した。

「そんなお嬢様が、あんなボロ家に住むか。だいたい、グランドピアノの方がお前んちより大きいんじゃないか」

「お母さんがまだ二十歳だっていったよな。お前を生んだのは小学生のとき？　ていうか小学校卒の学歴じゃ、スチュワーデスにはなれないよ」

昭和四十年代、五十年代の片田舎では、子どもの人権なんか犬の選挙権と同じくらいあり得ないものだった。

先生は子どもを殴るもので、子どもが殴られたと怒る親もいなかった。親にいいつけたとしても、おまえが悪さをしたんだろうで終わりだ。

ましてや田舎でまともな家の子ではないとなれば、それは人柱、生贄《いけにえ》だった。堂々と差別できるし、正義感や倫理《りんり》感すら振りかざして、みんなでいじれる玩具だ。

「あの子のお母ちゃんは寸借詐欺常習の売春婦で、お父ちゃんは窃盗《せっとう》で何度も捕まっている。娘はお母ちゃんの後を継ぐか、お父ちゃんの後を継ぐかしかない」

教師は堂々と教室で、他の子達にそんなことをいった。もちろん、彼女のいるところでだ。彼女はひたすらにやにや、卑屈《ひくつ》な笑みを浮かべているしかなかった。

「あの家の子みたいになりたくなかったら、嘘なんかついてはいかん」

「あの子をみてごらん。嘘つきはあんなに嫌われる」

参観日に来た親たちも、平然といい放った。彼女の親は参観日に来ないというのもあったが、それは正しい大人の正しい道徳教育の一環だったのだ。

彼女もここらへんは他の子と同じで、先生に叩かれた、先生にひどいことをいわれたと、親にいいつける発想はなかった。ましてや、他の子の親や先生に、あそこの親はバイタとドロボウだといわれたなどと、いいつけたらどうなるか。

「どの先生がなんといった、どの子の親がどういった」

まずは目の前の彼女を、いつもの十倍くらいの勢いで責め立てて殴りつける、いや、もはや凄惨《せいさん》な拷問《ごうもん》といっていいものに掛けられるのはわかりきっていた。

その後に、母がどんな怪物になるか。かろうじて今は、人間の姿と心を持っているのだ。封印できるのは自分しかいないと、彼女はこれもわかっていた。

わかっていないのは母だけで、母は自分はいつでも誰からも一目《いちもく》置かれていると思い込んでいた。我が家に君臨《くんりん》する邪悪な神は、異教徒どもには想像力がまるで働かない。

「あたしゃ、二十代だなんて嘘ついたことはないね。本当の年齢をいってるよ。あの店には、二十代を買えない男しか来ないんだから」

あの頃の彼女の母は、近所の連れ出し専門のスナックで女を売っていた。一応、店名はドアに貼りつけた看板に小さく書いてあったが、誰もがその名前では呼ばず、簡潔に「あの店」と呼んでいた。

あの店で通じる店はそこだけだったから、正式名称ともいえた。

「あの店は、化け物とババアしかいない。それでも客は来るんだから、化け物にもババアにも見えてないんだろうか」

「いや、化け物とババアが好きな男が来るんだよ、あの店は」

「それであの店の女は、自分をババアや化け物と自覚してんのかねぇ」

「自覚してるからあの店にいるんだろ、あの店の女達は」

あの店の女達はみな、それぞれに源氏名《げんじな》はあっても、やはりみんなそろってひとまとめに「あの店の女」と呼ばれた。

そのスナックには六十を超えた女も普通にいて商品となっていて、まだ三十代の母は充分に若い女なのだった。母の呼び名は、「あの店では若い女」でもあった。

一応は、駅前にあった。さびれきった商店街の外れ。彼女は何度か、母のいる店に寄ったことがある。母は、娘も武器だか商品だかに使っていた。さすがに、小学生だった娘に体を売らせていたのではない。

娘を借金取りに見せて同情を買ったり、身寄りのない寂《さび》しさを感じている男にわざと父ちゃんなどと呼ばせてなつかせて、後から金品をせびったり、近所の人に借りた金を返さない言い訳に、あの子が病気で金がかかると嘘泣きしてみせたり。

「あんた、母ちゃん好きか。でも、好きならいずれ離れた方がいいよ」

彼女の頭を撫《な》でながらいったのは、誰だったろう。嫌いなら離れたほうがいい、といわれなかったことが、撫でられた頭の中に残った。

きっと、信じているなら離れたほうがいい神様もいる。信じてないなら離れたほうがいい、のではなくて。神様は、信者が思うほどの気持ちは持ってくれない。

　いずれにしても、あの店に来てあの店の女達を買う男達も、金の出どころは年金か生活保護かで、彼らは金のかかりそうな、それこそ口を曲げてこちらをせせら笑いそうな派手な若い美人の方が怖いのだった。

　確かに彼らは仕方なくあの店に来ているのではなく、好んで来ているといえた。

　母はそんな、自分を買う男からも、さらに別の難癖《なんくせ》をつけて金をだまし取ったり脅し取ったりしていたが、同じ店の女達からも同じように取っていた。

　特に、その店では一番若かった女。お姉ちゃんと呼ばれていたその女は外見は大人だが、中身は小学生くらいだった。子どものままの頭と心を持つお姉ちゃんは、ほとんどの稼ぎをヒモと彼女の母にむしり取られていた。それでもお姉ちゃんはヒモと彼女の母を、

「私の神様みたいなもの」

などといっていた。本当の神様を信じる人と、嘘の儲《もう》け話を信じる人と、悪い奴をいい人と信じる人は、何が違うのだろうと彼女は少し考えた。全部が同じにも思えたし、全然違うのだとも思えた。どうにも、わかるようでわからなかった。

「お姉ちゃん。うちのお母ちゃんの、どこら辺が神様なの」

「うーんとね、神様だから神様なの」

　あのお姉ちゃんはお母ちゃんを好きなのか、だまされているのか。恐る恐る母にお姉ちゃんの名前を出してみたら、母はひん曲がった口をさらにひん曲げた。

「神様も大変だと思うよ。少ないお布施《ふせ》で、ありとあらゆる人にそれぞれ欲深《よくぶか》なお願いをされて。叶えられないとなれば、自分の信心の浅さではな

く神様の怠慢《たいまん》のせいにする。そりゃあ神様だってときどき、大洪水を起こしたりしたくもなるよ」

彼女はとにかく母の口からは、悪事はすべて自慢話として聞かされていた。世間一般でいい人と呼ばれている人は、すべてバカでカモと決めつけられていた。

じゃあ、娘を嘘つきと殴るなよ、なんて口答えもしなかった。母は賢くて偉いんだから、まだ何もできない子どもの自分を殴るのは仕方ないと思っていた。だまされる側にも欲があって、だからバカといわれても仕方ないのは納得できた。

「じゃあ、だまされないためにはどうしたらいいの、お母ちゃん」

そのときの母の、舌なめずりするような顔は忘れられない。

「人間、欲があるからだまされるんだ。絶対にだませない人間ってのは、欲のない人間だよ。でもこの世には、欲のない人間なんて一人もいない」

このときの母の顔はだんだんと彼女の中で変化していって、紫色の巨大な舌でべろべろ自分の顔をなめまわされた記憶となった。

「つまり、だまされない人はいないんだよ。いいかい、嘘をつくのは悪いことじゃない。だまされるほうが、悪い」

私はお母ちゃんに嘘をついたときだけ、怒られるんだね。とは、付け加えなかったけれど。いわれなくても身に染みていた。親をだましても金にはならないからだ。その哲学と処世術を、彼女は文字通り体に叩き込まれた。

親にとっては死ななきゃ会えない閻魔様より、今そこに立ちふさがる厄介な奴らや借金取りや警察のほうがずっと厄介なものであったのは事実だし、彼女の親に限らず、多くの人間にとってはその通りではないか。

「この世には、怖がらせるのが仕事、脅すのが職業ってのがいるからねぇ。あの世にはいないよ。あの世には、なーんにもない。だからあの世は怖くない」

そもそも自分達の娘に世間の常識や道徳は教えても仕方ないと、ちゃんと言葉にして考えたのではないが、母はわかっていた。

「あ、あのね、今度の学習発表会、私が主役のお姫様をやるの」

それでも彼女は、ついうっかり親につまらない嘘をついてしまった。母は容赦なく手加減なく、張り倒した。

「また嘘をつきやがったよ！　このくそガキは」

人として間違っている、人生をしくじるぞ、といった警告や心配はいっさいなく、ひたすら自分中心の感情的な怒りの爆発によってだ。

「舞台、見に行くよ。お姫様じゃなくて犬の役だったら、その場で殺すよ」

「い、い、犬のお姫様の役だった」

そのうち口がひん曲がるぞ、ではなく、だから口がひん曲がったんだ、という怒り方は、母方の家で代々受け継がれてきたものらしかった。

母も元はそんな異形の顔立ちではないはずだし、上手く化粧すればそれなりに見えるのに。怒っていないときも寝ているときも、本当に口がひん曲がっていた。いや、生まれつきひん曲がっているのではなく、みずからひん曲げていた。

「ああ、嫌だ嫌だ、この砂混じりの風。ここに越してきたときから、この季節は外でまともに目も口も開けられないよ」

怒鳴り続け悪口をいい続けてきたからだ、という強迫だか教訓だかわからない解釈もできるだろうが、母は歯があちこち抜けて欠けてそのままにしているのと、不摂生《ふせっせい》で肌荒れがひどいのと相まって、なんとなく鰐《わに》を思わせる容貌になっていた。

「この肌荒れは、砂のせいだよ。だから、永遠に治らない」

殴られるのは嘘をついたときばかりではなく、つい砂壁をむしってしまったときもだった。黄緑色の砂壁はもろくて、子どもの爪でもぼろぼろと剥《は》げ落ちていた。

「またここ、かきむしったね。家が倒れるじゃないか。家がつぶれたら、お前が建て直せるのか。左官《さかん》屋をやとえるのか、お前が。えっ、どうなんだ」

とにかく子どもは殴ってしつける。そして女は年頃になれば、てっとり早くパンツを脱げば稼げる。これらも、母方の家系から受け継がれてきた家訓だ。

だから根性もひん曲がったんだ、と叫ぶとき、母の口はますます鰐に似た。母も母の親に殴られっぱなしだったのは聞いた。おそらく、祖母に当たる女も鰐に似ていたはずだ。あるいは、本物の鰐か。見たはずなのに、鰐の顔としか覚えていない。

筋金入りの嘘つきの母は、娘の嘘つきぶりが矯正《きょうせい》できるものではなく、今後もずっと嘘つきとして生きていく行く末はわかりきっていた。世間はだましてもいいが、身内には尽くせ。それは家訓というより教義だ。

そういえば母の母、つまり彼女の祖母もあの店にいたことがあると誰かに聞いた。砂混じりの風がささやいたのではなく、ごく身近な大人が教えてくれたのだと思う。嫌な話はみんな回り回った噂ではなく、直接耳元に吹き込んでもらえた。

「あんたの祖母《ばあ》さんは、あちこちに子どもを生んでは捨ててるからねぇ。なんであんたの母ちゃんだけ、育てたかな。もしかしたら後はみんな銭《ぜに》にならない男の子で、すぐ売れる女の子はあんたの母ちゃんだけだったのかもしれないね」

　母は元々、この地の生まれ育ちではなかった。母の親は、母が子どもの頃は南の方の炭鉱町にいたという。昔はかなり栄えたらしい。今ではその街は寂れたままでも、近隣の町は温泉地としてそこそこ客を呼んでいる。

「どんな天国より、故郷が遠いって誰かがいってたけど、本当だねぇ」

　こんなところに出てこず、故郷に居座って近隣の町に移ったほうがよかったんじゃないか、などといえば、嘘をついたからではなく本当のことをいったとして口だけでなく顔がひん曲がるほど張り倒されたかもしれない。

「嘘より、口にしてはならない言葉もあるんだよっ」

　それでも母の故郷など、彼女にとってはほとんど架空の町だ。町名は名前を何度聞いても忘れる。彼女にとっては、無名の町ではない。虚空という意味を持つ名の町だ。

　炭鉱が閉山になってから、母の一家は人生が狂ったという。周りの多くの人達が職を求め、新天地をめざし、散り散りになっていった。成功した人もいれば、転落した人もいるし、行方知れずになった人もいるだろう。

「とりあえず、逃げ切った奴は勝ちだよ。逃げ切った奴なんて、見たことないけど」

　天の羽衣《はごろも》を着たり魔法の絨毯《じゅうたん》に乗って、異界に旅立った人もいるかもしれない。そのまま故郷で肉体は朽《く》ちはてても、魂だけを特別な乗り物に乗せて本当の故郷に帰った人もいるかもしれない。

　母の一家は、さらに田舎町に落ちのびてきて転落したとなるのだろうが、おそらくは以前の暮らしぶりと同じなのだろう。故郷にいたときも、砂混じりの風が吹き付ける浅い砂漠のような場所にいて、天井の低い建物の中で這《は》うようにして生きていたのだ。

彼女は、母の嘘にはだまされない。だまされたふりをしてやるだけだ。だまされたふりをしていれば、叩かれず口もひん曲がらない。

「生まれ育ちがなまじよかったからね。周りの奴らにおだてられたあげく、たくさんあった財産も土地も家屋《かおく》もみんなみんな、食い物にされてしまったんだ、うちの親は」

心底から、魂から嘘つきなのに、たまに母は自分の嘘を本当だと信じきっている瞬間がある。そんなときは母も、何かの神様を信じている顔になった。

「薄い親戚を頼ってこちらに出てきて、薄いのは血だけでなく情もで、生活苦からこうなってしまったんだよ」

母は切ないいじましい言い訳ではなく、開き直った悪罵《あくば》や呪詛《じゅそ》として今の境遇を語った。本当なら自分達は、優雅に遊び暮らしているはずだ。

そもそも親戚といえるほどの親戚は、いない。血がつながっているというだけの親戚は、噂を聞くだけでたいてい行方不明か服役中か、離散してしまっている。彼女は母の親にも何度か会っているらしいが、鰐みたいな影だけ残してぼんやりとした記憶の彼方だ。

とてもじゃないが、豪勢《ごうせい》な生活をしていた過去や、殿様の家と同じ家紋だといった生まれ育ちでない人達なのは、はっきり覚えている。立て膝で安煙草《たすたばこ》をふかしていた祖母さんが、母とよく似ていたのもなんとなく覚えている。

「誰も、わざわざ戸籍を取り寄せたり家系図を調べたりしないんだから。吹きたいだけ吹きゃいいんだよ、ホラは。生い立ちなんて、いくらでも作れる。

信じる人が一人現れればそれは二人になって、二人になりゃ三人になって、気がつけば結構な数が信じていたりする」

これはたして、祖母の言葉だったか。祖母に化けた鰐だったかもしれない。

「あたしゃ、本当ならこんなところにいる人間じゃないんだ」

母だけではない。近所周りの人はみんな、うそぶく。それは何かの呪文なのか。そしてみんな、どこからきてどこに行くのか。町はずれの、町営住宅。木造の平屋建ての長屋が、濡《ぬ》れて使えなくなったマッチ箱のように並んでいる。

その周りは、ラッキョウ畑だ。土地が痩《や》せていても、収穫できる作物。町の名産、特産ともなっているラッキョウに罪はないが、彼女は子どものころから朽ちたような木造の家そのものよりも、背景の寂しげなラッキョウ畑に暗澹《あんたん》たる思いを抱いていた。

あの畑の地下には、ラッキョウ族とでもいうべき生き物が住む宮殿があるんじゃないか。本当のこの土地の支配者は、ラッキョウ族なのだ。

ラッキョウ畑に囲まれた住人達はどこへも行かず、行けないくせに、ここは仮り住まいの地で、素晴らしい黄金郷だか桃源郷だか理想郷だかに、いずれ行けると信じている。

いや、彼らも信じるふりをしているのだ。行動に移さずいつまでも妄想だけしていれば、肉体は傷つかない。邪神であっても、敬虔《けいけん》な信徒のふりをしていればひどい祟りもない。

そういえば彼女の母にいいようにされていた、あの店のお姉ちゃんもいっとき、こちらに越してきて住んでいたことがあった。

店だけでなく、普段も母にいいように使われていた。使いっぱしり、無料の女中。ヒモとは手を切らせていた。母がお姉ちゃんの稼ぎを独り占めするために。しかしお姉ちゃんは、悪いヒモと切らせてもらえたと、これも母に感謝しているのだった。

ゴミの神様を捨てて、クズの神様を選んだとでもいえばいいのか。いつも犬みたいな悲しい目をして、でもやっぱり犬みたいに誰かにかまってもらえるのがうれしくてならず、見えない尻尾《しっぽ》を振りながら母について回っていた。

「あんたのお母さんはいい人だよ〜」

「どこがいいから、いい人なの、うちのおかん」

「んとね、私を気にしてくれるから」

「お姉ちゃんは、お母ちゃんいないの」

「うーん、いないわけないんだけどねぇ、私がこの世に生きているんだから。でも、誰も知らないんだよ、私のお母ちゃん。私も、知らない」

そんなお姉ちゃんはもともとぽっちゃりしていたので、産み月が迫って来てから妊娠に気づいてあの店を辞めさせられ、この住宅で産気づいて子を産んだ。彼女の母も、

「犬の子じゃあるまいし、どこで孕《はら》んできたんだ」

などと罵《のの》しり、あの店に行っても無駄だとは知りつつ、父親は誰だとわめいていたらしい。もちろん、いち早くそいつから強請《ゆす》ろうとしていたのだが、まるで見当がつかないとのことだった。別れたヒモでもないようだった。

病院に行くのが間に合わず、近所の助産師が呼ばれた。彼女は赤ん坊が変な汁や血まみれで生まれてくるのをのぞき見て、絶対に自分は産みたくないと怖気《おじけ》づいた。

そうしてお姉ちゃんは翌月、子どもと一緒に消えた。初めての、お姉ちゃん自身の強い意志ではなかったか。逃げ切れと、彼女は初めて信じても

いない神に祈った。

「あの恩知らず」

母は、そう吐き捨てただけだった。いい信者を、別の神様に取られたという顔をしていた。誰が父親だ、あいつかあいつかと、しばらくはその話で持ちきりだった。別に誰の子でも、子ども自身の人生は変わりないだろう。

「どうせ、ろくでもない人生しかないよ、あの女もあの赤ん坊も。あたしを裏切ったり見捨てたりした奴らはみんな、死ねばいい」

母はすぐに子分、いや、小犬だったお姉ちゃんなど忘れたはずだが、その頃から自分で作った自分の神話が、変な加速度をつけていった。人をだますつもりのない、だましようのない、独り言みたいな嘘だとしても。

その地の殿様と同じ家紋を持つ、屈指の名家でもあった。幼い頃は姫様と呼ばれていた。乳母《うば》に育てられたし、学校へはすべて運転手の車で通った。神童と呼ばれるほど勉強もできて美少女で、スポーツも芸術にも秀でていた。

母の作り話は荒唐無稽《こうとうむけい》であるようでいて、ひどく俗的で簡潔だ。そんな話を、お姉ちゃん達のためにも作ってやればいいのに。これは嘘でなく真剣な思いだとしても、口にすれば母に張り倒されたはずだ。

母はつまらない架空の話を、いくらでも語れる。ただし自分の神話だけ。人が伝えたものではなく、神が自ら作った話だ。母の姿をした神は、信者について何も考えていない。

それらは、まったくの嘘ではないだろう。ただし、事実なのは炭鉱町にいたという話や、薄い親戚を頼ってこちらにきたというあたりだ。

そういえば母がぽつりと、故郷にいた極端に貧《まず》しい一家の話をしていたのが、奇妙なほど彼女の印象にも記憶にも残っている。

「橋の下に住んでいる一家がいたんだよ。その家族は誰も、名前がない。あるけど誰も知らないいんじゃなくて、本当に生まれついて名前を持たない人達だったんだ。

ある日、その橋の下の家……っていっても、掘っ立て小屋だけど、そこが火を出した。その一家の不始末じゃなくて、誰かに放火されたらしい。

一家は逃げ惑って、泣き叫んでいた。でも、町の人は誰も助けなかった。それどころか、焼けた木材は良い肥料になる、なんて笑ってる奴らもいた。

その、名前のない一家は命だけは助かった。けど粗末でも数少なくても、大事な家財道具はすべて失ってしまった。その後すぐに、どこかに行ってしまった。

どこに行ったかなんて、わからないよ。その後どうなったかなんて、まるでわからない。別に、知りたがる人もいなかったしね。

まぁ、幸せにも金持ちにもなってはいないだろうよ。どこか別の町の橋の下に行ったんだろ。名前がないままにね」

その名前のない一家というのが、可哀想《かわいそう》だというのもちょっと違うし、好奇心で気になるのでもない。最も近いのは、恐怖だ。町の人の非情さも怖いが、それよりも「名前のない一家」という存在が怖かった。

無名の人。そんな言い方があるのは知っていたが、それは本当に名前がないのではなく、ただ有名ではない人という意味だ。けれど、本当に無名の人がいたなんて。

現実に、この国にそんな人達がいたのか。いや、末裔《まつえい》はまだいるのか。そしてその名前のない一家というのは、実は母の一家だったのではないだろうか。

それだけは、決して母には聞けなかった。殴られるのも嫌だったし、ああそうだよと、あっさり応《こた》えられるのも怖かった。

しかし母の語るすべてが嘘だらけの話の中で、その名前のない一家の話だけが異様なほど生々しく現実感を持ち、まるでその一家の家を焼きつくした炎すら見ていたような気にさせられたのだった。

「うちは町でも一番の金持ちだったからねぇ。駅から玄関まで、他人の土地を一歩も歩かず帰れたってのは、伝説だよ。町の名前は、うちの姓から取ってたんだ」

もっとその名前のない一家の話を聞きたかったのに、母の話はすぐ、まるまる作り話に戻った。延々と、誰も自分らを知らない町に来て、物語を作った。

真っ黒な神話の中心に、グロテスクな神はいない。卑小《ひしょう》な自分達が神だ。

そして、真の信仰者もいない。信仰者すら、虚偽の物語の小道具だ。いっそ異国の異界のグロテスクな最初から作り物の神の方が、信者を集められる。そうだ、やっぱりそんな神がいるのだ。ラッキョウ畑の下に。

「みんな、信じたいことしか信じないからねぇ。それを叩きのめすのは、いつでも現実ってヤツだよ」

他人をあざわらうが、それがそのまま自分にも当てはまっているのには気づかない。

「人に期待しすぎだよ、みんな」

自分の中の狂った花園の箱庭に置く、きれいな人形達。それが他人。すべて自分の思い通りに動かせて、好きなように配置できると思い込んでいる。母がそんなふうに他人をバカにするのは、正しくもある。

　母は、人の箱庭に手を突っ込んで人形を勝手に持ち去ったり、壊したりする人だった。

　いつからか彼女は、母はかりそめの家だけでなく仮の体で生きていて、本体はやっぱりラッキョウ畑に埋まっているんじゃないかと考えるようにもなった。

　埋もれた母の本体の方には太古、本当に信仰し復活を祈る人々がいたのではないか。その本体は、地上でうごめき回っている母よりはるかに邪悪な神なのだ。

　この粗末な集合住宅に住む人々は、ひっそりと夜ごと秘密の集会を開いているのではないか。もしかしたら、あの店にいたお姉ちゃんとその子どもは、生贄として捧げられたのではなかろうか。生贄は、定期的に要る。いつ自分が、それに指名されるか。

　父は特に口はひん曲がってはいなかったように思うが、ふといないなぁと思えば刑務所に行っていて、ふと気がつけば戻ってきていた。

「お父さんは、砂漠の向こうに行ってたんだ」

　父は戻って来たばかりの頃は、妙にきれい好きになって家の中が片付いている。刑務所の中では整理整頓《せいとん》を強制され、ちょっとでも指定の場所に置かれていないと刑務官に怒られるため、みんな整理整頓が身につくそうだ。

「しかし、火をつける奴らはだめだね。泥棒より人殺しより、放火魔が一番性質《たち》が悪い。なんなんだろうな、泥棒の俺にはわかんないな」

　放火なんて話を聞けば、また母のあの怖い話を思い出す。橋の下の、名前のない一家。誰が火をつけた。その家には女の子がいたというが、すなわち母だったのではないか。だったら、どうしよう。そんな可哀想で、そんな怖い人が今もうちの中にいることになる。

近所周りでも、刑務所に出入りを繰り返す父は恐れられているのではなく、またちょっと入院しに行ったくらいに思われていた。

「よっぽど、あそこは女房の方が悪いのにねぇ。女房の方は、お勤めに行かない」

「いや、あの女は過去には長く入ってたって噂があるよ。放火かなんかで」

「あの鬼ババは、名乗っている名前も嘘らしいから。本名は誰も知らない」

そういえば母は近所周りの人に呼ばれていた名前と、あの店で名乗っている名前と、全然違っていた。そんな商売の女が本名を名乗るもんかといわれれば、そうなのだが。

母はさておき父は最初から、親兄弟、係累《けいるい》がいっさいなかった。どこからこの地に来たのか、元々こちらの出なのか、母にも近所の人にも彼女にもわからなかった。誰も、特に知りたいとも思っていなかった。父は誰からも興味を持たれなかった。

どうやって母と知り合って子どもまで作って所帯を持ったか、誰も知らない。本人達も特に語ったことはない。普通に考えれば商売女と客、だろうか。しかしあの母も、父との出会いについては絢爛《けんらん》たる物語を作らない。

父になど、物語を作る手間が惜しいのか。夫婦は仲がいいとも感じさせなかったし、いつも喧嘩《けんか》をしているのでもなかった。母が尻に敷いているのでもなく、父が意外と威張っているなんてこともなかった。二人はただ、一緒にいただけだ。

「お母ちゃんもなぁ、若いときは可愛《かわい》げもあったよ。自分も貧乏なのに、もっと貧乏な男を食わせたりしてた。いや、それはお父ちゃんじゃない」

そういえば母は、自分が尽くしたとかだまされたとか、被害者になる話、可哀想といわれる話は絶対に母には伝えなかった。だから、父に聞いたそんな話を絶対に母には伝えなかった。

　母は、常に自分は勝者でだます側で怖がられる存在でなければならないのだった。可愛いところもあった、なんて母にとっては屈辱でしかないのだ。

　彼女も、父は母ほどに怖くもないし厄介でもなかった。刑務所がどんな場所であるか知ってはいたが、それで父を嫌いになりもせず、恐れもしなかった。

「俺、いつも似た夢を見る。砂漠だ。石の建物がある。変な、鰐みたいな生き物がいる。海豹《あざらし》みたいなのも。でも俺は、そいつらの中にはいない。俺って砂粒の一つなんだよ」

　父は、自分は実は高貴な出であるだの、本当ならこんなところにいる人間ではないだの、一言もいわない。といって、達観《たっかん》した人だの正直な人だのでもない。今の境遇に満足して、ささやかな幸福を求めている人でもない。

「お父ちゃんの子どもの頃？　そんな頃、あったかなぁ。何も覚えてない。いつでも気がついたら、ここにいたって感じだ。

　そうだなぁ、家族ってのはいなかったけど、いつでも兄貴分ってのがいてさ。とりあえず兄貴に追いつきたいな、兄貴を追い越したいな、そう思ってた。

　別に、その兄貴分達がものすごく成功しているとか、カッコイイとかじゃない。はっきりいってクズばっかだよ。田舎でいきがってて、正面からは絶対にケンカしない、戦わない。相手の弱みにつけ込むだけ。

　だけど、そんな兄貴分でも拝むしかないんだ。こっちは、もっとクズだから」

　妻にも娘達にも暴力は振るわないし、説教もしない。他人と喧嘩沙汰《ざた》も起こさない。といって、温厚だったり陽気だったりもしない。陰鬱《いんうつ》なのっぺりとした印象で、とにかく影が薄かったが、それでもなぜか鰐に似ていた。

「金つかんだら、遠くに行きたいと思うよ。でも、思うだけ。遠くってどこだ。ここも元いたところからしたら、充分に遠くだ。ちっともよくない、嫌な遠くだ」

いつも感情をどろどろと煮詰めるか簡単に爆発させるかしている母と違って、父は情もなければ悪意もなかった。淡々と悪事を働き、黙々と懲役に従ってきた。沼にひっそりと沈んでいる感じだ。母は狂暴に人を襲う鰐だ。

「お父ちゃんの故郷？　俺もよくわからん。あの夢の中の砂漠が故郷かもしれん。だったら日本じゃないのかな。どうでもいいよ、砂粒の故郷なんか」

父はいずれ、刑務所ではなく砂漠の向こうに行ったまま帰ってこなくなるんじゃないか。

いつしか彼女は、魂の保管庫とでもいうべきものを造った。そこのところだけは、父に影響されたのかも知れなかった。

今のみじめな自分は仮の姿で、汚いこの世にふらりと迷い出たにすぎない。だからいくらいじめられてもバカにされても平気で、輝くばかりの素晴らしい美貌《びぼう》と富と才知にあふれた本当の自分は別の場所にいる、と設定した。

来るべきときがくれば、その魂がよみがえってそちらの自分として生まれ変われる。時空を超えて永遠の命を得て、必要なくなった保管庫は砂漠に埋もれる。

よく夢に出てきたのは、天井の低い宮殿。陰鬱な石造りの建物。きらめくシンデレラ城のような城ではなかったが、逆にそれが現実味があった。本当に自分は、そこに寝ているのだと信じられた。

「みんなが鰐みたいな姿をしていたら、そこでは誰が美人で誰が醜《みにく》いんだろ。みんながおんなじ宮殿に暮らしていたら、誰が金持ちで、誰が貧乏なんだろ。みんなが同じ神様を信じていたら、その神様は誰を可愛い奴だとひいきするんだろ」

体を売ってでも都会のオシャレな暮らしをしたい。そんなふうにいう子はたくさんいる。でも、誰でも実行はできない。後にそれができた彼女は、自分はやはり特別な人生を生きられる女だといっときは高ぶった。

「だまされるほうが悪いって、お母ちゃんいつもいってた。買う方が悪い、買わされる方が悪いんだ。だます奴は賢い。売れる人はカッコイイ」

だいたい、体を売ってでも、というのを悲壮なぎりぎりの決意や覚悟とはしていなかったのもある。お母ちゃんもしていた。話に聞くだけだけど、お祖母ちゃんも従姉妹も伯母さんも叔母さんも。

「誰がいってたのかなぁ。女が体を売るのは最終兵器なのに、簡単に使っちゃうって。最終兵器じゃないじゃん、そんな手っ取り早いなら。

ていうか、そんなに女ってたくさん武器や兵器を持ってんの? どれから順番に使うのが正しいってのがあるの?」

どんな理屈をつけても、堂々と自慢にしてはいけないというのはわかっていた。他所では母のようにすべて嘘で塗り固めてなきゃならないと、それくらいの想像力はあった。

彼女の最初の男は、同じ集合住宅の別棟に住む、父より歳を取った無職のオッサンだった。噂では家族に見捨てられた前科者で、一人暮らしだった。たまに得体のしれない女が同居しているときもあるが、すぐに女達は出て行った。

この集合住宅の老人達がみんなそうであったように、鰐みたいだった。無気力な鰐か狂暴な鰐か、得体のしれない鰐。そして彼女は、中学に入って間がなかった。

「金欲しいだろ。おっちゃんは、お前のナニが欲しい。交換だ」

「お金、欲しい」

ほしいものは、他にもある。もっと欲しいものもある。でもそれが何なのか、わからない。神様などではない。自分の神話などでもないはずだ。

このときも彼女は、自分の肉体をいったんミイラにして保存し、魂も保管庫に預けた。目をつぶって、どこにもない、でもどこかにある砂漠の宮殿を想う。

自分も鰐になろう。大丈夫、自分は損なわれない。肉体を取り戻して魂を取り返せたら天を翔《か》ける。そうして美しい自分に生まれ変わる。

「おうおう、若い肌はええなぁ。おまえのお母ちゃんとは大違いだ」

「お母ちゃんの肌を知ってんの」

「知ってる知ってる。ここらの男はみんな知ってる」

その後も千円くらいの金で、何度もやられた。オッサンはそんな肥《ふと》ってないのにすべての皮膚がたるんでいて、性器も皮がたるんでいた。ざらざらとした肌触りはやはり、鰐を思わせた。あるいは、高貴でないミイラ。

「でも、おまえも歳は取るんだ。その前に稼げ」

キュウリの漬け物みたいだ。オッサンの性器を見て、そう思った。鰐人間のそれは、どんなんだろう。恐ろしく狂暴な刺々《とげとげ》しく巨大なものか、あるいは意外にもちんまりと可愛らしい桃色のものか。

足の踏み場もない臭《くさ》い部屋の、さらに臭いせんべい布団の万年床《まんねんどこ》。死んだ人の臭《にお》いは嗅いだことがないのに、死んだ人の臭いがした。目を開けていても、あの廃墟と化した宮殿だ。鰐が這い回り、死骸《しがい》がミイラ化した場所。

「気持ちいい、といってみろ。いえば、そうなるから」

「気持ちいい」

ならない。なんて粗末な祈りの言葉。オッサンの肩越しに、低い天井が迫ってくる。染みが鰐に見える。海豹もいる。のそのそと動き回り、不吉な絵になっていく。

このまま死ねば、自分は拷問されて死んだことになるのか。それとも、怪物に食われたと噂されるのか。オッサンの部屋の砂壁は、ちょっと触れただけでぱらぱら剥がれ落ちる。自分の家でも、この砂壁をむしったりひっかいたりして砂をこぼしては、母に殴られていた。

気持ちいい。何度繰り返しても、全然そうならない。何かの信心が足りないのか。

「罰《ばち》当たりめーっ、神をも恐れぬ奴らめーっ」

この叫びは、彼女のモノではない。オッサンの隣の部屋には、ときおり奇声を上げる杖をついて歩いているバアサンがいた。いや、当時の彼女からはバアサンに見えたが、後から聞けばその頃はまだ六十にもなっていなかったらしい。

目のくりくりした丸顔で、愛嬌《あいきょう》ある童顔《どうがん》ともいえたのに、決して他人を許さない険《けわ》しい表情をしていたため、陰では、山姥《やまんば》と呼ばれていた。

「あたしゃ、人を怖がらせるのが好きなんだ。バカにされたり、笑われたりするくらいなら、怖い人と嫌われるほうがいいよ」

病気か事故か知らないが、杖をついているバアサンも嘘つきで、いうことがその時々で違うから、確かなことは何もわからない。本当はさっさと歩けるのに、手当をもらうため歩けないふりをしているという説もあった。

ただ彼女は、このガラガラ声のバアサンによって、母よりも明確に嘘つきとはこんなふうなんだと見抜く方法は学んだ。

「あたしゃ、嘘が大っ嫌いなんだよ。あたしはバカがつくほど正直で、いつもそれで損ばかりしてきたからねぇ」

嘘つきほど、自分は嘘は嫌いだと声高《こわだか》に執拗《しつよう》に繰り返す。そして他の嘘つきには、ころころとだまされる。母の嘘にもだまされて、よく寸借詐欺に遭っていた。

しかし母は、バアサンに心にもないお世辞《せじ》をいう。母のように思っている、などと。人は、信じたいことしか信じない。これも、バアサンによって確認できた。嘘を信じても、いもしない神を信じても、現実というものに叩きのめされるだけだ。

「あなた、元は美人だったでしょう。もちろん、今も美人だし、四十くらいに見えるけど。足もきれいなのにねぇ。それで私今、子どもの病院代にちょっと困ってて」

「かなわないねぇ、あんたには。ま。あたしゃバカがつく正直者だから、相手も正直者と思ってしまうんだよ」

このバアサンも、オッサンと関係を持っていたと知るのはいつだったか。オッサンはバアサンからは金をもらっていたらしい。じゃあ、自分が一番立場は上かと、彼女は情けない優越感に浸っただけだ。

とてつもない現実離れした豪奢《ごうしゃ》な夢物語ではない、ごく普通の日常にあるちょっとしたロマンチックだの胸キュンだの素敵な彼氏だの、当時の彼女にとっては少女漫画どころかSFの世界の話だった。

同世代の子がピアノを弾いていたり、優しいママにお菓子を焼いてもらったり、素敵なパパにお洋服を買ってもらって街のレストランで食事したり、そんなものは鰐の宮殿よりも架空の物語で、少女漫画の王子様にときめくのは文字通りの絵空事。

「ほれ、千円やるから脱げ」

「おっちゃん、すぐに入れてよ。私、舐めるのしんどい」

「今からそんな怠け者じゃあ、将来ろくな大人にならんぞ。じゃあ、もう三百円やるから舐めろ」

「五百円」

「そんなところまで、母親にそっくりだ」

はっきり言葉にして考えたのではないが、物乞いよりは体を売る方がずっと上等だった。タダで恵んでもらうのではなく、引きかえに報酬をもらうのだから。

戦時中でもあるまいし、あの頃の彼女の最大の夢と欲望と喜びは、お菓子やハンバーガーをお腹いっぱい食べることで、あの頃は千円あれば充分それが叶った。

そもそも有名店の料理やデパートの高級スイーツなど、テレビや漫画以外では見たこともなかった。それどころか、普通の食卓も縁がなかった。

母は料理と名のつくものはまったくできず、ご飯だけは炊飯器で炊いても、オカズは近所のスーパーで出来合いの総菜《そうざい》を、五時過ぎて半額になってから買うだけだった。

だから後に風俗で結構な金をつかめるようになっても、彼女の好物は町角の弁当屋の五百円以下の弁当、中国製のやたら大量に詰め込まれた冷凍食品などだった。

そんなふうにして、中学時代は過ぎた。男の子に相手にされない、気持ち悪がられている、モテない、しかし現実にはクラスの誰よりもセックスしていて男を知っていたのだ。

「あの子、ウリやってるらしいよ」

「えーっ、あんな陰気くさいジトーッとした気味悪いのを買う男いるの」

「若けりゃいい、穴さえあればいい、って男もいるんだよ」

母は、たぶんオッサンとのことを知っていた。母もまだあの店にいた。たまにオッサンも来ているらしかった。もっと娘に払えよ、と母が脅したというのも聞いた。

彼女には十歳近くも歳の離れた妹ができていたが、妹は嘘をつく以前にほとんどしゃべらない子になった。親とも姉とも同級生とも先生とも近所の人とも。生まれつき口がきけない子だと信じ込んでいる人も、少なくなかった。

「えっ、あの子の声って聞いたことある人、いるの」

「家の中じゃ、しゃべってるらしいよ」

常に長く伸ばした前髪の隙間から、じーっと上目遣《づか》いに見ているような目つきだった。上目遣いといっても可愛く甘える雰囲気は皆無《かいむ》で、その目を向けられた人は粘着《ねんちゃく》質に恨まれているような薄気味悪さを味わう。

「あんたの妹って、本当の妹？」

よく、聞かれた。妹だけ可愛いとか勉強ができるとか素直だとか、そんなのではない。

「あ、あの、あの子は養女。本当の妹じゃない」

「えっ。あんたの方が養女じゃなかったっけ。こないだ、そういったよね。あんたの本当の親はヨーロッパにいるとかなんとか」

彼女の妹はしかし、何か周りには違和感を与えたようだ。妹はずっと黙っていてぼーっとしているのに、異様に頑固《がんこ》で頑《かたく》なな雰囲気を醸《かも》し出していた。

後年、彼女が整形をしまくるようになって妹と顔がずいぶんと違うようになってからは、ますますその違和感は強まった。逆に彼女は顔が変われば変わるほど、その家の子としてぴたりとくる人になっていった。

妹は小学校に入ってすぐ不登校になったが、親は大して気に留めなかった。嘘つきの姉に比べれば、大人しくて黙っているというだけで、手のかからない良い子なのだった。

「学校なんか、行っても行かなくても人生は何にも変わりないよ。給食代がもったいないだけだ。家にいりゃ、金もかからない」

しゃべらないから、嘘もつかないし。出歩かないから、悪さもしないのだ。

彼女の家は近隣の他の家と同じく、玄関を入ってすぐ目の前に四畳半があり、右横には台所として使われる卓袱《ちゃぶ》台を一つ置けばいっぱいの板の間があった。板の間の向こうに、隣の家と共有の汲《く》み取り式便所とタイル張りの小さな風呂場があった。

家が狭いので、仲良くなくても家族はいつも一緒にいた。聞きたくなくても、すべての物音は筒抜けで、見たくなくても隣の家の老夫婦の裸も見えた。

妹はいつも、家の中にいた。のそのそと最小限の動きだけで、まさに鰐だった。玄関を入ってすぐの部屋が姉妹の部屋で、奥が親の部屋だった。妹はたいてい、板の間にいた。畳《たたみ》の部屋は砂壁だったが、板の間だけ壁が白い漆喰《しっくい》で、絵を描けたのだ。

「……昔々、大昔。ここの住人達も、その神様を信じていたのです……その神様はいい神様ではありません……」

妹は日がな、ぶつぶつと何やらつぶやきながら壁に絵を描いていた。もともと家はゴミ屋敷だったから、壁が白でも落書きだらけでも変わりなかった。

板の間は油汚れで粘《ねば》つき、畳の部屋も抜け毛と埃《ほこり》まみれで、衣類も食べかすもごっちゃになっていた。そこにうずくまる妹は、何やら敬虔な信徒にも見えたし、狂ってしまった芸術家にすら見えた。

母は、妹はさほど怒りもせず殴りもしなかった。何もしないししゃべらないから、怒る理由も殴る意味もないのだ。壁に変な絵をいっぱい描いていたが、それは母にとってそんな癪《しゃく》に障《さわ》るものではなかったらしい。

砂壁をむしれば砂がボロボロ落ちるが、白壁に落書きしても何も傷まない。妹の絵を爪でかきむしっても、まったく消えはしない。何かを描き加えてやろうかとも思ったが、自分の描いた絵だけが剥げ落ちたら怖い。

「陰気な鰐みたいな顔して……」

ともあれ母は、妹にはため息をつくだけだった。どうせ暇なら、体を売ってくれればいいのにとつぶやいても、妹はそんな誘いには微動だにしない。

しかし彼女の妹は、テレビの中の人や漫画の中の人、自分の脳の中にだけ住んでいる人などとは、しょっちゅうしゃべっていたし、奔放《ほんぽう》な女になっていた。

それは一方通行の独白ではない。妹の中では、ちゃんとした対話なのだった。

「なによ〜、あんた達だけ大きな家に住んで、いい服着て。そう、悪い親戚に妬まれるの。でもねでもね、嘘ついてるのは親戚じゃなくて、私達。だって大きな家に住んでないし、いい服も着てないし」

父も母も、妹をあの子としか呼ばず、姉である彼女はあいつと呼び、近所周りの人は妹の方、と呼んでいた。後に姉は偽名や仮名や源氏名ばかり使う女になり、妹は無名の女になったといえるか。

ともあれ、他人とほとんど接触しないでいた妹は、素晴らしい生い立ちを神話としてこしらえるより、いろんな敵をこしらえてそれと闘うのを日課にした。

敵の条件は、絶対に直接の対決をしないですむ相手だ。そして一方的な正義感を振りかざせる、絶対に反論を許さない相手だ。

妹の中にも、肉体や魂の保管庫たる砂漠があるらしかった。そこの兵士を使って妄想の中で敵と戦い、戦わせる。自分は守られている姫君だから、直接は戦わない。現実でも、そうだった。妹は、直接会う人に対しては卑屈だった。

だから、テレビに出ている人や有名人がよく敵になった。あの時代にはネットがなかったから、せっせと脅迫状を書いてはテレビ局宛てに送っていた。後はひたすら、架空の神話を作り続け、壁に絵を描き続けていた。

「私が住むのは架空の都市ではありません。無名の町や村でもありません。砂漠の中にあるけれど、名前もある都市です」

妹は台所の壁に、奇妙な落書きを増やしていた。カラフルで稚拙《ちせつ》なのに、印象としてはひどく陰鬱な、どこか古代の滅びた国の興亡を描いたようにも見えた。嫌いなタレントや有名人がモデルらしいが、鰐か海豹のような人間がいる。砂漠が舞台なのに。

「一人が信じたら、二人が信じる。二人が信じたら……これはその国の語り部の老婆が語った話です……」

どんなに描き足しても、未完のままだ。完成の日は、くるのか。完成の日こそが、再びどこかの国が亡びる日か、失われたはずの国がよみがえる日か。

実際に彼女達の一家は、砂漠の近くに住んでいた。といっても、砂漠とは呼ばれていない。砂丘と呼ばれていて、観光名所にもなっていた。その向こうには、恐ろしく深い色の海があった。吹きつける風は、真冬には正しく凶器となった。

日本の田舎にあるのに、まるでアラビアの砂漠であるかのような演出もされている。それでも一大観光地であり、最大の売り物であるのは違いない。彼女が故郷の名を口にすればたいてい、ああ砂丘のあるところね、と返ってくる。

自然は豊かなのではなく、荒々しい。深い色の海から吹き上げる風は厳しく激しい。その海には、鰐も海豹もいない。でも、いつかきっと這い上がってくる。

海風に巻き上げられる砂は大量に舞い上がり、人にも家にも吹きつけ、町全体を覆う。砂がすべてなくなれば、辺りには鰐や海豹の人間が残される。だから、砂はいつまでも舞っていてほしい。あの名前のない一家が住んでいた、橋の下にも。

砂粒の一つ一つはとても小さいのに、まとまれば恐ろしい天災に近いものとなる。砂漠のこっちは海で、あっちは山脈。どこにも行けない。

彼女の住む町は、交通の不便さでも知られていた。東京に出ようとすれば、隣の県まで電車を乗り継いで行って新幹線に乗り、最短で五時間はかかった。

幼い頃から彼女はテレビや漫画などで、海の向こうや山の向こうにきらめく街があるのも知ってはいたが、まずは砂漠が越えられなかった。

県庁所在地であり、この県の最大の歓楽街を抱える駅前とて寂れてしまっている。それでも彼女の目にはきらきらとした都会だった。彼女の住む町営の長屋の住人達の中で、比較的であるが若い人達はこの辺りに働きに出ている。

彼女もいずれ、そのまばらなネオンの中のどこかでホステスをするのは順当な、というよりむしろ皮肉な意味ではなくエリートコースだったはずだ。さびれたスナックでも安いバイト料のホステスでも、正業には違いないからだ。

母はいつの間にか、あの店には行かなくなっていた。たまに顔を出して、ビールを飲んで戻ってくる。いつの間にか、客引きの方になっていたらしい。

あの店も、出入りが激しい。もっと扱いの悪い店に移る者、どことも知れぬ異郷の地へ逃げていく者も少なくない。しかしどんな悪い噂を流されても、帰る場所はここしかないという女も多い。都会に出ていくなんて、攻撃的な田舎者だ。

冗談で、あいつは砂丘に埋められていると噂される者も一人二人ではない。誰がいったか、海育ちの者は山に死体を埋めたがり、山育ちの者は海や川に死体を捨てたがると。故郷を思わせる場所を、避けたいのか。

「昔、あの店にいたお姉ちゃんも埋められてるって話だ。子どもと一緒に」

さすがに観光地の砂丘に死体はないだろうが、あそこを砂漠の都と考えれば、彼女の中ではあり得る話となる。ミイラ化した、魂のない死体ばかりがあるのだ。

彼女が本当に生々しく本物の肉体や魂の保管庫を意識するようになったのは、彼女達の住む長屋の一帯が、テレビドラマのロケに使われたことによってだった。

一棟《むね》は四軒がつながっている。膝を抱いて入れられる棺桶《かんおけ》くらいの風呂が、二軒の共有だが、よく窓からのぞかれた。たまに、そこに鰐の顔が見えた。煌々《こうこう》と照るのは月光ではなく、異世界の灯《あかり》だった。

便所も、つながった二軒が共有している。便所は汲み取り式で、窓はガラスがなくて桟《さん》だけがあった。外側は焼き板。窓枠など木工細工みたいで、ちょっと力のある男なら素手で外せただろう。ある意味、昭和の遺産ともいえた。

成功した主人公が極貧時代に住んでいた実家、という設定で、彼女の家の隣の空き家が使われた。だから、彼女の自宅もばっちり映った。後でテレビで見たら、本物以上にみじめったらしいボロ家だった。でも、これは本当の家じゃないし。

「貧しくても、夢はいっぱいあったのよ」

「物はなくても、愛にあふれていたの」

のっぺりした美男美女は、棒読みで愛と夢を語っていた。空き家の一軒をまるまる使っていたが、彼らはカメラが回っていないところでは露骨に部屋を汚がっていた。靴下が汚れる、変な臭いがする、なんかべとべとする。

お前らだってそんな良家の子でも金持ちの子でもないだろ。彼女もまた大人達の前で無邪気な子どものふりをしつつ、ひそかに毒づいた。

テレビ局の人達は、住人に対してはっきりそんなふうにはいわなかった。イメージ通りの景色だから、としかいわなかった。けれど意図はあからさまだった。あの頃はパソコンもスマホも携帯もなかったから、まだよかった。

そんなものがあれば、「貧乏くせ〜」「いまどきこんな家があるんだ」「住んでるのは底辺だな」「家賃は千円くらいか」といった書き込みにあふれ、場所を特定されてのぞきに来るやつもいただろう。

現に彼女は学校で、テレビを見た子達にやっぱり貧乏人の子とからかわれた。

小学校の近くに住む、ちょっとばかり大きな家に住んでいるブウッと白く膨れた一つか二つ年下の男の子がいて、顔を合わせるたびに、

「こいつんち、崩れそうな家。潰れそうな家」とからかわれ罵《ののし》られ、彼女は漫画で読んで知った呪いをかける方法を本気で使った。その方法は忘れたけれど。

後《のち》に男の子は、防火用水の貯水槽に落ちて死んだ。前々から子どもが周りで遊んでいて危ないとはいわれていた。一応は金網の柵で囲われていたのに、肝心の鍵が壊れていたのだ。

自分が呪いをかけたことは、誰にも黙っていた。引き上げられたばかりの男の子の死体を、みんなで見た。警察、町の人、いろんな野次馬。人垣《ひとがき》の隙間から、彼女はのぞき込んだ。関係ないふりをして。呪いなんか知らないふりをして。

どう見ても、腐った鰐だった。元からブウッと白くて膨れていたので、生前とあまり変わりなく見えたのに。取りすがって泣く男の子の母親は、

「こんなに変わり果てて」

とわめいていた。お前の魂は砂漠でからからに乾けばいい、さらに呪ってやった。やがて男の子の母親は、夫の暴力に耐えかねて男の子の妹を連れて実家に戻っていった。

その後、男の子の暴力的な父親は娘みたいな若い後妻を引き入れたが、何を調子に乗ったか何を自棄《やけ》になったか、町議の一人に因縁をつけて恐喝して新聞沙汰、警察沙汰となり、一家は離散した。

あまりの効き目に怯《おび》えたが、母はまるですべてを知っているかのようなことをいった。

「元から不幸だったよ、あの家は。不幸だから人をいじめたり、悪口いったりバカにしたりするんだろ。ある意味、めでたしめでたし、ザマミロな結末だよ」

素敵なおまじないもいろいろしてみたけれど、そちらは何一つ叶わなかった。自宅がお菓子の家になったりお城や御殿《ごてん》になったりもしなかった。

母が優しい良妻賢母になったり、父が大金持ちになったり、妹が優等生になったりもしなかった。もちろん、自分を王子様が迎えに来たりもしなかった。

白くて膨れた男の子の死から彼女は、ますます幻視が激しくなった。自分は今、異国の砂漠の中にいる。そこは無名の町。いずれきれいな名前を付ける。

なんなら自分の本名をつけてもいい。だけど名のない今は、近くの人は嫌って近づかない。私は恐れない。勇者で救国の姫だから。廃墟にだって、ただひとり訪れることはできる。その廃墟には、地下墓地がある。死んだ人はみんな、そこにいる。

深夜、こっそりと死者を訪ねて地下通路を下っていく。低い通廊は息苦しいけれど温かい。そして地下なのに、奇妙に明るい。光源は不明となっているが、なんとなくわかってはいる。夢の中で、あの男の子にも会った。

「あんた、あの子なの」

「今は、その名前じゃない」

「じゃあ、今は何」

「知ったら、お前もこっちに来ることになるぞ」

魂だけが浮遊していくので、狭くはない。いや、狭くても感じない。通廊だけでなく、広間部分も押しつぶされたような天井だけれど、壁を自在にすり抜けられる自分には、どうってことはない。

それにしてもここは、人が造ったものなのか。太古にあった大洪水。それ以前の構造物に違いない。通廊、広間にはおびただしい壁画がある。ある種族の誕生と滅亡。どう見ても人間ではない。近いのは、爬虫類。どこかで見た姿。

彼女が壊した壁。妹の描いた絵。早く砂に全部埋もれてしまえ。

そういえばしばらくして、テレビを見たというお金のない若い夫婦が、彼女の隣の空き家に入りたいと来たが、大家は断った。

「ここは、若い人達には貸せない。住んでいる年寄りがみんな死んで、潰すのを待っているんだから。未来のある人に来られて、長く居座られると困る」

私も若い人なんだけど。私には未来がないっていうの？

大人達の会話を聞いた彼女は、ひそかに大家に呪いをかけたけれど、特にこちらは何もなかった。妹の壁画に、吊るされた大家を描き加えても意味がなかった。

土埃の舞う庭先、そう、田舎だから土地はあって、家の前は小さな庭になっていた。日がな暇な老人が集まって、おしゃべりしていた。

「昔はよかったねぇ」

「よかったものは、みんな昔」

誰の家、どこの庭、そんなきっちりとプライバシーも区別もなくて、その意味では古き良き日本が残っていたともいえる。

けんけんぱ、縄跳び、砂遊び、お金や物が要らない遊びをする子ども達を、老人達はじっと見ていた。異様なほど、生々しくくっきりとその情景が思い出される。思い出の中では、砂漠の風が吹いている。

老人達は、半ばミイラだった。老人達の魂も、別の場所に保管されているから、安心してあんなに干からびることができたんだろうか。

未来があっていいねと、子どもらを見ながら微笑んでいたのか。どうせ薔薇《ばら》色の未来なんか無くて、お前らもここで朽ちていく、遅いか早いかだけだ、と呪っていたのか。

いや、何も考えていなかっただろう。子どもが老人達を気にしなかったように。ただ朽ちていく方が、楽に決まっている。未来は薔薇色と、夢見る方がつらい。

「若いうちだけだよ、あっという間に時が経つなんて。歳を取るとね、一日が長くて困るんだ。あっという間なんて、年寄りには無いよ」

人によって、年代によって、環境によって、時間というものは流れ方や軸《じく》が違うのを、彼女は子どもの頃すでに知っていた。いくらでも平気で待てる人もいれば、ちょっとの間が待てなくて自爆する人もいる。

彼女の住んでいた長屋の、若いといっていい住人は、大半が似たような環境のところに行った。ものすごく早く結婚する。または、何度も結婚する。あっという間に戻って来たり、いつの間にかまた違うところに嫁《とつ》いだり、行方知れずになったり。

「あの子も、借金まみれになって逃げてったねぇ。あの子を地の果てまで追ってくれるのは、借金取りだけかい。愛しい男は、先に逃げてった」

父親の違う子を、たくさん産むのも普通のことだ。どの父親もろくでなしだから、誰の子でも同じだ。だから彼女は、子どもを持つ夢を描いたことはない。

「泥棒の子は泥棒になる。人殺しの子は人殺しになる」

お金持ちや有名になったのは、一人もいない。とんでもない犯罪者になったのもいない。強いていえば、彼女の父か。しかし父も、前科は多いが凶悪犯ではない。

妹の奇怪な壁画は、どんどん破滅に向かっているように見える。食い殺されている人々。生贄にされる人々。異様な姿の怪物達。

「これ、なんなんだよ」

「……」

「本当に、口きけなくなったの」

「うるさい」

「きけるじゃないよ。ね、これなに」

「……神様の一生」

「神様ってどうやって生まれて死ぬの」

「知らない」

「知らないのに描けるの」

「知らないから、描ける」

いつの間にか、オッサンは死んだ。葬式も出してもらえず、無縁仏になった。心臓麻痺を起こし、全裸のまま散らかり放題の部屋の中で息絶えて、異臭に気付いた近所の人に一週間後に発見されたオッサン。

真っ黒けに腐って、膨れ上がっていたそうだ。その前に、緑色になっているのを誰かがのぞいてみたとも聞いた。誰だろう。

湿気の多い日本では、死体は自然にミイラにはならない。からからにまで乾かなきゃ、腐るだけだ。

それでも当人は寂しい最期ではなく、気楽に生きのんびり成仏したに違いない。どこまでも身勝手なオッサンだ。

「あたしゃ具合が悪くて、こっちも死にそうだったからねぇ」

隣のバアサンは、何も気づかなかったと大仰《おおぎょう》にいろんな人の家に上がり込んでまでまくしたてた。それでみんなは、ああ本当は気づいていたんだろうなと察した。緑色になっているのを見つけたのは、バアサンだろう。

いくらなんでもバアサンが殺したのではないが、見つけて面倒事に巻き込まれたくなかったのだろうと、みんな噂した。あるいは、死んだのにいち早く気づいて上がり込み、小銭でもくすねたのではないかとのささやきも聞かれた。

「台所に置いてあった、変な神像がなくなってたって。バアサンが盗《と》ったんじゃないか」

「なんだい、そりゃ。私らもしょっちゅうあのオッサン宅はのぞいてたけど、そんなん見たことないよ」

私も見たことない。とはいわなかった。オッサンに、信仰心などあったとは考えにくい。あったとしても、どこからか盗んだ神像だろう。あるいは、母の本体を象《かたど》った物か。

ともあれ、ますますあの家には近寄りたくなくなった。どこから漏れているかわからない無気味な光源を頼りに、オッサンが地下から這い出て来るに違いない。

「金欲しいだろ。おっちゃんは、お前のナニが欲しい。交換だ」

欲しいよ。でも、もっと欲しいものがある。ナニじゃなく、魂と引き換えにしても。

「おまえも歳は取るんだ。その前に稼げ」

私もミイラになるの。私も死者の国に行くの。稼がなくても遠くには行ける。

そんな彼女は定時制高校に入っただけですぐやめて、近隣の盛り場でいきなりソープ嬢になった。トルコ風呂と呼ばれていた時代から居座っているような年増ばかりの大衆店だったから、若いというだけでたちまち売れっ子となった。

ソープはまったくの初心者だという彼女を指導してくれたのは、師匠と呼ばれていたベテランのソープ嬢だった。いや、元ベテランソープ嬢か。それこそトルコ風呂時代からやっていたそうで、当時はもう現役は退き、新人の女の指導に当たっていた。

最初、店長に師匠を紹介されたときはぎょっとした。荒れた肌にどんよりした目、やけに大きな口と乱杭《らんぐい》歯、そんな肥っていないのに腹がぶうっと、人でも飲んだかというほど膨れていた。全体的にやはり、鰐を思わせた。もしくは、海豹。

しかし師匠は投げやりな優しさとでもいうのか、あきらめきった落ち着きとでもいうべきか、意地悪を仕掛けて来たり厳しく当たったりというのはなかった。淡々と接客の作法や、プレイの流れを教えてくれた。

「あたしもねぇ、トルコ嬢の頃はすごい美人で売れてて、政治家の先生や大会社の社長、みんな知ってる芸能人や野球選手なんかも相手をしたのよぉ」

彼女も裸になって、浴室のマットの上で師匠と安っぽい匂いのローションにまみれてもつれあったり、客の局部を洗うための特殊な形の椅子に座った師匠の局部を間近に見て舐めさせられたりしているうちに、何やらいい気持ちになってきた。

性的な興奮といったものではなく、郷愁的な物悲しい安らぎに包まれたのだ。老いさらばえた元ソープ嬢の過去の自慢話、それこそどこまで嘘かわからない昔語りなど、普通は退屈で鼻持ちならないものに違いないのに。

「あとね、覚えておくべきは五万の壁ね。ソープに五万を払える男と、払えない男。たった一万でも、その差は大きいよ。大きな壁なの。普通に五万出せる男は、ガツガツしてない。あたし達をむさぼり食わないよ。

でも、特別割引だの早朝サービスだので、いつもは出せない金の女をここぞとばかりに買いに来る男は、とにかくガツガツしている。あたしら、頭から貪《むさぼ》り食われる」

師匠のそれは、ゆったりとした大らかな神話だった。鰐や海豹がそのままの姿でも、可愛らしくて若々しくて壮麗な神殿を這いまわっていた話だった。

師匠の研修を終えて晴れてソープ嬢となった彼女は、底辺の高校なんか出ていても中退でも、何も変化はないのはわかっていた。ソープ嬢になってもスナックホステスになっても主婦になっても、何もいいことも悪いこともないのはわかりきっていた。

だったらオッサンや母のいうように、若いうちに稼げということだ。

一筋の光明など求めて地下から這い出ても、まやかしの花園が見えるだけだ。その光源も、いかがわしいところから出ているのだ。

淫靡《いんび》な風に乗って繁華街に行って、湿っているのに砂漠の風が吹く場所で男を引く。

今どきの子みたいに、援助交際を経てライトな風俗店でバイトして、なんてのはなかった。いきなり本番一本勝負だ。お小遣いを稼いでブランド品を買いたいなんてのではなく、がっつり生活費を稼いで腹いっぱいになりたかった。

本番系と、非本番系の違いは、挿入するかしないかの違いとはいえ、その差は大きかった。なんといっても、もらう病気の種類が違う。

巡回してくる、性病検査を専門にしている医者にもいわれた。

「遺伝子や細胞が根本から変わったり配列が変わったり破壊されたりするような病気もあるんだから、本当に気をつけなさいよ」

むしろ、そんなふうになったらありがたいと願った。性病は痛いし臭くなるし店に出られなくなるし、苦痛は大きいけれど。悪い種の元も、消してもらえるなら甘受《かんじゅ》する。

自分をすべて総とっかえできたら、どんなにいいだろう。この肉体を保管して遠い未来の乗り物を待つより、てっとり早そうだ。遺伝子レベルで違う人間になれたら、その場でいきなり鰐になったりするかもしれないけれど。

その場で感染が判明し、その場で予防注射を打たれて控え室で寝ている女達が、いつも何人かいた。彼女らはまさに鰐のように寝転がって、菌が大人しくなるのを待っていた。

「あ〜、薬が効いて治って、早く生まれ変わりたい気分」

生まれ変わるんじゃなくて、元の自分に戻るだけだろ。彼女は他人には冷ややかに、生まれ変わりだの仮の自分だのを許さない。今のうちに、あいつらの客ももらって稼ごう。

あの頃は千円でやられていたのに、バブル期に若い女だったから一日に十万の稼ぎを持って帰れるようになった。これは永遠に続く自分の価値だと、舞い上がった。

脱げば、男は優しくしてくれる。可愛いね、きれいだねといってくれる。どんな男でも、あのオッサンにくらべればましだった。どんな嫌な女も、母に比べればまともだった。

もう魂は、解放された。肉体をミイラにする夢想もいらない。自分として泡にまみれ、自分のまま男に抱かれて金をもらう。

繁華街で浮遊するようになってからは、実家とその町は、架空の存在に近くなった。たぶん特別な超能力だか霊能力だかのある私が、幻視をして見つけた場所だったんだ。半ば本気で、彼女はそう信じた。

この国の、寂しい町なんかであるもんか。あんなにも遠いんだから、中東あたりにあるんじゃないの。行ったことないけど、広大な砂漠の町でしょう。

「私の最初の愛人はアラブの大富豪で、ありとあらゆる贅沢《ぜいたく》と遊びを十代のうちに教えてもらったの。もちろんお金持ちってだけじゃなく、教養にあふれた俳優みたいな美男でね、君は誰より特別な女になると育ててもらったの」

貧困と差別にさらされオッサンに買われ風俗嬢になって整形しまくったなんて、それこそ特別な女になれる資格なのに、それは封印した。そんな特別は、いらない。みんなにうらやましがられなくてはならない。

プロの女になってバブル期も経験し、本当に高い物も食べられ、適当な蘊蓄《うんちく》も受け売りで語れるようになった彼女は、今さらながらにあのオッサンから不足分を取り立てたいと何度も歯ぎしりするようになる。

しかし、無いところからは取れない。当時あのオッサンは国から保護を受けていて、それはほぼ安酒とパチンコに消えていた。彼女はパチンコ代より安く、安酒と同じくらいの価格をつけられていたのだった。死体を掘り出して、刻んでやりたい。

しかし大人になって味わった高級食材は、みんなまずかった。大人になってから知り合った普通の男達は、みんな異郷の人過ぎた。

ドイツの本格派ソーセージより、魚肉ソーセージが美味しい。高級デパ地下のスイーツより、スーパーの特売の駄菓子が美味しい。きつい化学調味料の味がしなければ、不味いよコレ、と顔をしかめた。高級ワインは渋いばかりだった。

嘘をつかず、正業に就いている男達は、それこそ味が薄すぎた。もちろん、子どもの頃から高い物しか食べていないという嘘はついた。金持ちの男しか知らないふりをした。

しかし長年の悪い食生活は、肌荒れをどうしようもないところにまでしてしまっていた。

後にどんなに整形してもエステに通っても高い化粧品を使っても、肌の荒れは隠せず目立った。口の悪い同僚の女達や客に、鰐みたいだといわれた。

「あの人気バンドのメンバーとセッションしたの。

私、音楽祭のコンテストで優勝したんだよ。でもアイドルとして売られるのが嫌で、スカウト断った」

鰐の肌のまま、コンビニで買うレディスコミックや子どもの頃に読んだ少女漫画から話を紡《つむ》ぎだした。自分では一から創作できない。すべては盗作。コピー&ペイスト。そういえば妹はまだ、変な壁画を描き続けているらしい。

普通の女というのも、軽蔑《けいべつ》と憎悪の対象だった。いつのまにかバブル期は過去となり、年増扱いされるようになった。こんなに保管した魂と肉体。超のつくゴージャスでハイソでセレブな自分として、生まれ変わらなければならない。

生まれ変われるなら、今の自分の肉体はどんなに酷使しても汚しても平気だ。

それでも彼女は、きらめく繁華街で遊びながら商売をしながらも、一人暮らしはしなかった。妹の無気味な壁画に囲まれた板の間のある実家が、呼び寄せるのだ。

あそここそが保管庫。仮の住まい。今、新たな家に住めば、そこが最終の地になってしまう。もっともっと、夢見ていたい。

きらめく都市に高級外車、もしくは三頭立ての馬車かプライベートジェット機で行くときのために、仮の体も保管してある。今の私は、何をして汚しても傷《いた》ませてもいい。

あの町ではクズの母なんかを崇拝していたけれど、今は拝む人もない。男の部屋を泊まり歩いて、実家には一週間に一度くらいしか帰らない。必ず、母に金をせびられる。だから、近所周りの人とは会わない。

今もあそこに、生きた人はいるんだろうか。バアサンは死んだか。妹はどうなった。あいつが他所に出て行って働いたり主婦をしたり、できるわけがない。それとも、そんな能力だけはあって、誰かに寄生しているのか。

いやだいやだ、住人のミイラがいっぱい詰まっているに違いない。間違っても宝なんかは隠されていない。ゴミを宝と思い込んで、大切に仕舞い込んでいる可能性はあるけれど。

誰だっけ。老人の誰かが砂漠の果てなんて呼んでいた。誰も、そんな呼び名は口にしなかった。ちゃんとした地名と番地があるのに、無名の町。死んだ同級生の男の子は、まだあの家々をばかにしているか。

「お金に不自由なんて、したことないわ。金持ちを嗅ぎつける嗅覚はあるの。だって私が金持ちの出だから。今も昔も、お金と地位のある男しか縁がないの」

そもそも金持ちオヤジから金をかすめ取れるほど、元の見た目は良くなかった。みんなに憐《あわ》れまれるほど醜いというのでもないが、とにかく地味でぱっとしなかった。

化粧次第でひどく色っぽくなる切れ長の目はチャームポイントになったのに、それを最も欠点と気にしていて、意地悪なソープ嬢にいわれた、

「あんた、蒙古襞《もうこひだ》すごいね」

という言葉に、ほとんど呪いをかけられた。多くの東洋人は、目頭のまぶたの皮膚が上からかぶさったようになっている。自分はそれがあるから目が細いのだと気に病み、ソープで得た金で真っ先に二重まぶたにして目頭の皮膚も切った。

憎《に》っくき蒙古襞を除去した。下手な医者で二重の線が不自然に残ったが、蒙古襞が消えただけで大満足だった。次に気になったのは鼻筋のない鼻で、下手な医者にさえ、

「不自然になってはいけない」

と止められたのに、サイズの合わないプロテー

ゼを無理矢理に挿入してもらった。

割りばしでも突っ込んだのかというほど、異様にピーンと鼻筋の通った、いわゆる額から生えている鼻になったが、本人はこれまた大満足だった。彼女の美女の基準は、少女漫画だ。目に星を入れられないのが、本気で不満だった。

整形美人となって、生理日でも膣《ちつ》に海綿を突っ込んで店に出ていたのだから、貯金してマンションでも購入していれば、その後の人生は少しはましなものになった……かどうか、はわからない。

そもそもソープ嬢で貯金できる女なんて、少なくとも彼女は見たことがない。結婚して辞めた女も、だいたい戻ってくる。男に、すってんてんに食い尽くされて。男なんかを神扱いするから、そういうことになる。

体を張って稼ぐ金は、彼女の母のパチンコ代と父の飲み代、妹のオタクな雑誌代やビデオ代になり、何より本人の整形代になった。親は娘のソープ勤めを大いに奨励《しょうれい》していたが、一応は気づいてないふりという態度だった。

しかし顔が変わっただけで、世界は変わった。彼女は一家の稼ぎ頭《がしら》となったので、整形は嘘の顔ではなく立派な投資と見なされた。

パソコンが一般化してからは、ＨＰにも顔をばっちり出さなければ指名客はつかなくなった。もちろん修正しまくった顔だが、整形した顔はそういうときにこそ映える。

母はまだときどき体を売っていたが、肥満して歯が欠けてどちらも改善しようとはしなかったので、いい客はつかなくなっていた。

だから、以前から病院で処方してもらっていた睡眠薬をためて客に飲ませ、ほぼ昏睡《こんすい》強盗といっていいこともしていた。ミイラになった男達を、彼女は想像した。母は鰐の王国の司祭のようだ。

いつまでも置いておくと、ミイラは母に食われてしまう。

「いいねぇ。寝ているときの男は、嘘をつかない。睡眠薬は魔法の薬だ」

しかし金は貯まらず、借金ばかりが増えていった。そんなに散財しているつもりはないのに、入ってきた分だけ使っていたら、そうなってしまった。

おまけに、店には内緒で直引きしていた客の一人に泥酔している間にただでやられ、性病はもらわなかったものの妊娠させられた。週数が進んでからの堕胎《だたい》だったので、かなり体調を崩した。一カ月も出血が止まらず、実家に戻った。母は喜びも怒りもしなかった。

「治ったら、あのスナックに行け」

と、そっけなくいっただけだ。妹は鰐のように陰鬱に、まだうずくまり続けていた。オッサンちの隣のバアサンは、やっぱり死んでいた。便所の窓を見上げると、バアサンがのぞいているときがある。体調のせいだということにした。

あの店ではなく、ネットカフェで出会い系を使って個人的に売春をした。入ってきた分だけ使ってしまう生活は、まだまだ続くのだった。妹の絵のように嫌な永遠性があった。

嘘つきは泥棒の始まりだなどと恐れなくていい父が、またまた刑務所にぶちこまれたとき、ささいなことで母とも妹とも大喧嘩になり、すべてが面倒くさく鬱陶《うっとう》しくなって、彼女は勢いで上京した。

その発端となった父の事件は、よく覚えている。彼女が寝ていた隣で、父はこそこそと電話をしていた。夢うつつに、聞いていた。母に聞かれたくなくて、こちらの部屋に来たのだろう。子どもの頃みたいに、彼女は壁を爪で引っかいていた。

ぽろぽろと、砂が落ちてくる。お母ちゃんに見つかったら、また叩かれる。わかっているのに、やめられない。砂は夢うつつの、夢の中にも積もっていく。どんどん積もっていって、やがてその下からミイラや鰐人間が現れる。

「でねぇ。ルール違反をしたのはそちらさんなんですから、利息は払ってもらわないとねぇ。借りたもの返さないのは、泥棒だよ〜」

父は、いわゆる闇金の組織に入っていた。さほど悪知恵も働かず、見た目もそんな強面《こわもて》でもないので、借りた人に嫌がらせや催促《さいそく》の電話をする末端の仕事をしていた。何か面倒なことになれば、容赦なく切り捨てられるし、身内から追い込みすらかけられる立場だ。

ひょんなことから父は、嫌がらせの督促《とくそく》電話を担当させられた客の一人が、結構な有名人の息子であるのを知った。都内の高級マンション住まいで、けっこうな小遣いももらっているはずなのに、つい遊びすぎてこんなところに手を出してしまったらしい。

直接、その坊っちゃんに融資した兄貴分は、こいつからは大いに取れると踏んで、特別なリスト入りさせたのを父は見ていた。怠け者の流されっぱなしの父の中で、ちょっとだけ悪の積極性が芽生えてしまった。

大いに強請れると計算した父は、兄貴分にも内緒で坊っちゃんの親にまで電話し、借りたのは五万円なのに五十万を利息として払いこめとしつこく電話していた。乞食に泥棒と説教されてたのは坊っちゃんのようだったが、それに答える声は、小さくて聞き取れなかった。

「取り立て人を、職場や学校に行かせますよ〜」

父のどすの利いた声ではなく、ねっとりと語尾を引きずり痰《たん》が絡んだ声は、娘をも不愉快にさせた。必死にいきがって相手を威嚇《いかく》し怖がらせようとしても、これまでの負け犬人生、使いっ走りの生涯が透けていた。

闇金組織が持っている口座はいくつかあったが、さらに一つ別に作った方に振り込ませ、兄貴分にはまだ取り立て中ですとごまかす気になった父はさかんに坊っちゃんの親に、

「息子さんの尻拭いしましょうよ、きれいに終わらせましょうよ」

といっているのが、彼女の耳に残った。一族郎党、誰一人として尻拭いをしてもらえず、することもなかった名のない一家。きれいに終わらせるとは、すべての物語を強引にめでたしめでたしザマミロで終わらせることか。

どんだけ登場人物が死んでいても、どれほど不幸な目に遭っていても。

しかし父は、根っからの悪党ではない、というより、隙だらけで頭が悪かった。言葉の端々から、相手にいろんな推察をさせてしまっていた。

その坊っちゃんの父親は、東京とその近郊だけで放映されている『ラブに夢中』なる番組に出ていたのだが、父はきっちりと調べず舞い上がり、

「あんた、『倉富戸《クラフト》に夢中』に出てるだろ。いつも見てるよ〜、俺スタジオまで行っちゃおうか」

などといってしまった。この長屋と砂丘のある一帯で人気のあるローカル番組に、局の有名司会者の名を冠した『倉富戸っちゃお』なる番組がある。

脅す相手の親が出ている東京の番組を見ているよ、自分も東京住まいだよと脅そうとして、番組名をごっちゃにしてしまったのだ。それで向こうに、東京近郊の人ではない、さらにその地方のテレビにもときどき親が出ている坊っちゃんに、倉富戸ナントカなる番組を見ているのはあの地方の奴だと見当をつけられた。

さらに父は、こいつは舐めてもいい奴とようや

く気付いたらしい坊っちゃんに、

「じゃあ、今から会いましょう。手渡ししますよ。都内のどこにいますか」

といわれたとき、とっさに返事ができなかった。坊っちゃんも父のためらった隙を見て、同じくねっとりとしていながら大きな声で畳み掛けてきた。

「あなたはどこが都合がいいんですか。都内なら僕、どこでも行きますよ」

父はとっさに、東京駅といってしまった。東京となれば、まずは東京駅しか浮かばなかったのだ。しかしここで完全に、坊っちゃんに田舎者だと見抜かれたようだ。東京駅のどこですかと、坊っちゃんが聞いていた。

受話器越しにも、坊っちゃんが完全に父をからかう口調になったのがわかった。

「やっやっ、八重洲口」

「八重洲口のどこ」

「……あの、その、八重洲口ったら八重洲口だ、一つしかないだろ」

「えっ、もしかして八重洲口あんまり行ったことないの」

「うっうっうるせー、ばかばかばーか」

声が裏返ってしまった父にとって東京は、新幹線で一度しかいったことのない街だった。東京駅となれば、新幹線が着く八重洲口以外に思いつかなかったのだ。次の瞬間、受話器の向こうからこんな声が聞こえた。

「調子こいてんじゃねーよ、田舎っぺ」

そのまま、向こうから切られた。その父の顔を見られなかった。前科もある、いっぱしのワルのはずだが、駄目な甘やかされた坊っちゃんにすら舐められるのだ。

それから父はたぶん、坊っちゃんの父親と母親に電話したようだが、どちらも着信拒否にされていたらしい。畜生畜生《ちくしょう》とうめきながら家を出ていき、何日も戻らなかった。

そしてそのまま、帰ってこなかった。借りていた息子の両親が、正式に刑事告訴をしてしまっていたのだ。内緒でガメようとしていたのがばれて、兄貴達にも見放されて罪をかぶせられた。詐欺、恐喝《きょうかつ》、脅迫、合わせて五年もの懲役刑となった。

「アホだな、あんた。カモに上等も下等もないよ。闇金すら勤まらないのかよ」

こう吐き捨てたのは、闇金の兄貴分ではなく妻たる母だった。

「金持ちからはいっぱい取れるとか、貧乏人からはちょっぴりしか取れないとか、そんなつまんない常識にとらわれてるから、あんたは大成しないんだよ。

カモは平等。こいつからは取れないとなったら、別の奴に行くだけさ。金持ちはカモにできたらありがたいけど、敵に回すと怖いよ。貧乏人の方が、別のところから借金までしてカモらせてくれたりするよ」

事実、目をつけたカモが金持ちだったから、金と手間をかけたしっぺ返しを食らった。

母は、執念深いときは本当にすごいが、見捨てるのも早いときは早い。

「あんな奴、もう待てるか。捨てるわ」

といいながら、母は出ていく当てもない。妹も、棲家《すみか》というより巣のようになってしまった部屋から、どこにも出て行けない。結果として、父を待っているようになってしまった。だから、自分だけでも脱出した。

「バイバイ、みじめな……お父ちゃん」

日が暮れて鏡のようになった車窓に、胸糞悪い顔が三つ浮かんでいた。あのオッサンと、ブウッと白く膨れた男の子。バアサンまでいる。鰐やミイラが出てきた方がましだ。

　なんであんたらが、見送りに来るの。それとも、東京まで一緒についてくるっていうの。要らないよ、消えろ。砂漠を吹く風が、車窓に吹きつけて来た。

　幽霊だか幻だかは、すぐに消えた。だから、怖くない。新幹線は、東京駅の八重洲口に着いた。父親が口にして、東京の坊っちゃんにバカにされた場所。呪文にもおまじないにも経文にもならない。ただ、田舎者がたどり着く最初の場所。

　何より嫌なのは、妹だった。あの妹を消し去りたい。でも強く結ばれている妹。おそらく前世から、大陸が沈む前から。昔は自分達は、美しい海の近くの豊かな土地に栄えた、華麗《かれい》な都市にいた。海が干上がって都市が砂漠に埋もれたから、あんな田舎に移った。

　何を憎めばいい。誰を恨めばいい。地上の大気と、大気を呼吸する生き物みんな。じゃあ、手当たり次第に憎悪を燃やさなければならない。

　姉が東京に出てきてしばらくしても、歳の離れた妹は未だに米喰い虫としかいいようがない生き物で、何もせず一日中部屋の中にいるらしかった。母としては、バイタでも稼ぎのある長女の方がずっとましだというようになっていた。

「あんた、たまには戻ってきてよ。あの子がときどき暴れて困るんだよ。絵を描いてた壁も、蹴ったりしてボロボロ」

　母が、娘である自分に媚びる日が来るとは思わなかった。彼女は当たり前の事実を突きつけられ、哀しみと爽快《そうかい》さを同時に味わう。母も歳を取るのだ。

「壁くらい、いいじゃないよ。家が倒れるわけじゃなし」

こう口答えしても、母は殴らない。直接は手が届かないのもあるが、口答えをまるで叱責《しっせき》のように受け止めて、母はおどおどしていた。

「壁だけじゃなく、あたしにも穴が開くよ。あの子、あたしを蹴るんだよ、壁と同じように。こないだなんか首をけられて鞭打ちになったよ」

「お母ちゃんも、蹴り返したらいいじゃない」

「そんなことしたら、三倍くらいになって返ってくる」

さすがに母も地上にある肉体は年老いて、体が大きくなって体力が有り余っている下の娘に手こずるようになったらしい。殴り続けた上の娘に泣きつくようになるとは、母は今の自分をどう思っているか。きっと、恥じてはいない。

妹は生意気にも、自分は嘘つきでも泥棒でもなく、体も売らないと威張った。しかしバカだのブスだのには聞こえないふりをする妹も、

「寄生虫」

という言葉だけは、誰の口からどんなふうに出てきても狂乱した。姉は蒙古襞に反応し、妹は寄生虫に狂乱する。鰐、といってやっても反応はなかった。

姉は蒙古襞の呪縛《じゅばく》から逃れられたが、妹は「帰省中」だの「規制中」だのの単語にも勝手な脳内での変換ミスをし、暴れる。

必殺技にして一発芸は「死んでやる」だ。いじめられたり、嘘がばれたり、親にも働けといわれたりしても、死ぬ死ぬとわめいて転がり回っておけば、誰もが遠巻きになる。

「死んだら、あんたのせいだから!」

これを付け加えるのも、忘れない。これがなければ、効果は半減だ。

そんな妹を寄生虫寄生虫と罵倒して泡を吹かせ、寸借詐欺を繰り返してもなかなか捕まらない母も

投げ捨て、田舎臭いダッサい本名も封印した。

とうに蒙古襞も消えた彼女は、さらに整形して皮膚を引っ張って人工の乳も入れて、本場の吉原に出た。中級店で地道に稼ぎ、母に仕送りもした。さすがに母が体調を崩し、よく寝つくようになったと聞けば、送らずにはいられなかった。

母に、尽くせと叩き込まれたからか。それもあるが、何かにお布施のようにして金を出していないと、来るべきとき乗り物に乗せてもらえない気がした。

古代のエジプトでも、貧乏人はミイラ職人に大金が払えなくて手抜きをされ、カビが生えたり腐ったりしたらしいではないか。何かで読んで変な恐怖を覚えていた。

父が帰って来たらしいが、まったくもって生きているのか死んでいるのか、たまの母との電話にも話すら出てこない。オッサンが死んで以来、空き家になった家。そこに放り込まれてミイラ化していたとしても、驚かない。

さすがに、母は女としてはまったく客がつかなくなっている。どんな姿になったのか。

「もう、肉なんかソーセージもハムも食べてないよ。あんまり、食べたいとも思わなくなったねぇ。体が死ぬ準備をしているのかね」

そんなになっても寄生虫の妹は、相変わらず何もせずだった。どんなに家族が困窮《こんきゅう》していても、決して働かない人種はいる。妹も、その一人だった。

「戦士として優れているとか、従者として優秀だとか、なにそれ。だったら何もしない王様や、寝ているだけの姫様の方が偉いし、そうありたいよ」

働いたら負け、なのだそうだ。何に負けるのだ。世間にか。自分にか。負け続けている人が負けてないもんと頑張っても、頑張り屋さんとは呼ばれない。

「私の病は、繊細で真面目な人がかかるものなのっ。頑張れ、っていう言葉が、どんだけそんな私達を傷つけてるかわかる？　私達はとにかく傷つきやすいんだよっ」

どんな仕事であれ他人とともに働けば、自分の無能さと向き合わなくてはならない。何もしないで世に出ないで無名のままでいれば、どんな有名人でも頭から否定できるし、どんな美人も優秀な人も、あんなのたいしたことないよと鼻で笑える。

パソコンをどうにかして手に入れた妹は、今は一日中パソコンに貼りついて、片っ端から有名人や芸能人の悪口を書きこんでいる。ネット上だけとはいえ、お仲間も寄ってきてくれるらしい。妹はネット上では、自分を高慢な女王様として設定していた。

ときおり、妹らしき書き込みを見る。どうやってメルアドを知ったか、妹からたまに来る嫌なメールと文体がそっくりで、「激しく同意」を略した「はげど」を激しく散りばめてあるからすぐにわかった。なつかしくはない。胸糞悪いだけだ。書かれた有名人以上に。

「はげどはげど。あいつら、何も取り柄《え》がないから媚びるしかないんだよ。みじめ。世の中にも偉い奴らにもへこへこ揉み手してぺこぺこ頭下げて仕事もらってんだ」

「はげど。そこいくと俺らは立派だ。だいたいテレビに出てる奴ら、みんな某国の出身かあの宗教団体の信者。せっせと献金してテレビに出られてうれしいか。みっともねー」

「はげど〜。ちーっともうらやましくないよね、いくら金持ってたってあんな顔じゃ。私はいつも可愛いといわれるから、ガツガツしないですむもん」

自分は偉い人に媚びない。だから、寝転がってテレビを見て悪口を垂れ流すだけで、素敵な私ということになる。そもそも偉い人と出会える場所には行けないのだが、自ら行かないとすることで収まる。

税金を納めず親がかりを続ける自分は、立派な人だから当然となる。とことん働きたくないのだ。何の根拠もなくプライドが高いので、自分の無能ぶりを指摘されたり他人に見下されるのは耐え難い。

有名人になりたい、お金持ちになりたい、美人になりたい、でもなれないのは、自分が無能だからでも努力しないからでもない。自分を認めてくれない世の中が悪くて、自分を有名にも金持ちにもしてくれず、美人といってくれない奴らが悪いのだ。

妹及びその仲間達も、魂だけ保管する場所があったり、いずれ時が来れば飛び乗って別の世界に旅立てる乗り物を用意している。現実的な事物としては用意できていなくても、脳内にはある。異様に豪華な乗り物らしい。

土埃だらけの天井の低い地べたを鰐人間として這っているのはみじめではなく、今に見ていろと意気軒高《いきけんこう》なのだ。乗り物だけ夢想して、最終地点が自分にもわからないらしい。

彼女はすごい嘘つきではあっても、泥棒の始まりにぎりぎりで踏みとどまっていたから、稼げる自分は妹より勝ちだと鼓舞《こぶ》できた。

それに風俗の世界は、嘘がお約束で礼儀で思いやりだ。誰も本当の身の上話は語らないし、客には適当なことばかりいうし、客だって嘘ばかりつく。

この世界にどっぷり浸っていると、次第に少女漫画みたいな薔薇色の夢ばかり見るようになる。ある意味、引きこもりと似たメンタルになる。欲しいのは金銀財宝、夢の城、永遠の美貌と若さなんかじゃない。胸がキュンとする相手に巡り会うこと。

……もしかしたらそれは、竜宮城に行くよりも困難かもしれない。

「私は昼間の仕事はスチュワーデスなの。今、アメリカの証券会社の社長にプロポーズされてるの。いずれハリウッドで映画の仕事をするのが決まってるの」

その場限りの嘘ではなく、自分でも自分のついた嘘を忘れ、嘘がいつの間にか本当だと思えるようにもなっていく。そうしないと、生きていけないやっていけない。

これは彼女だけではない。故郷の老人達、母の周りの大人達に限らない。風俗の女達は、ほとんどがそうだった。みんな、バカらしい作り話というより、何かの切実な神話を持っていた。みんな胸の中に、寂しいラッキョウ畑と埋もれた神殿があった。

風俗店の控え室には嘘箱とでもいうものがあって、そこには女達のいろんな嘘が捨てられている し保管されている。そこから、これはいいなと感心した嘘を拝借する。もちろん、自分の嘘を勝手に使われたり盗まれたりもする。

「へっ。この店には、元スチュワーデスと現役スチュワーデスしかいないの」

「あらぁ。前の店なんか女が全員、父親は社長といってたよ」

いつもいつもスチュワーデスです、では芸がないから、あの女みたいに機長の秘書でした、なんていってみよう。それっぽく話を盛るために、ダイアナ妃が見学されたとき機長に帽子を渡す役を仰せつかったんですのよホホホ、なんて付け足してみる。

でもあの女、頭悪そうなくせによくこんな嘘を思いつくよ。ま、あの女も別の女から盗んだ嘘だろうけどね。しっかし、どこの店も自称スチュワーデスだらけだわ。

だけど、こんな嘘は使えない。たとえば自分はアラビアの砂漠の中にあった無名の都市の住民、本当は鰐や海豹みたいな姿をしている。小柄な人間ほどの大きさ。分類すれば、爬虫類。前足は人間の手にそっくり。角があって、一目で人ではないとわかる。

だからこんなに、整形するしかなかった。そうよ〜、蒙古襞のコンプレックスなんかじゃない。人にまぎれ込むための整形だから、ちんけなコンプレックスじゃない。死活問題だったのよ、大真面目に。

あの老人達も、仲間ではあった。寿命によって、死ねない。だって死んだらミイラに加工される。美しくもないのに飾り付けられて、木とガラスの箱に厳重に収められる。

死んだら更地にするなんて、そんなの無理。住人は死に絶えない。無名の土地の深いところに魂はある。実は巨大な扉があって、燐光《りんこう》に満ちた空間がはてなく続いている。二間に台所じゃすまない。

人であって人でないものになっているから、死んだ人にも簡単に会える。夜ごとあの人達は長屋に見せかけた宮殿の奥から、這い出てくる。地上へ吹き上げる風は、砂漠の砂を猛烈に運び出し飛び散らせる。その風に乗って、死者は来る。

でも、夜明けが来ればまた扉の彼方へ戻っていく。鰐になって這ったり、ミイラになってつかの間でありつつ永劫《えいごう》の眠りにつく。

わりと親しくなった女で、中国人というのがいた。ほとんど訛《なま》りもなく、きれいな日本語をしゃべった。中国人は香港の、魔窟《まくつ》と呼ばれた建物で生まれ育ったそうだ。

中国人はビクトリア湾を見下ろす豪邸でメイドにかしずかれて育った、父は大富豪で母は政治家の令嬢だった、なんてことはいわなかった。

「もう、そこは取り壊されたけどね。大昔は本当にみんなに恐れられる、危ない場所だったんだよ。でも、住んでる人はほとんど普通の人だった。

でも、違法建築の塊でね、天井は電線が人の血管みたいに複雑に絡み合ってて、通路も同じように入り組んでる。ビルがいくつも寄り添っていて、互いに支え合ってるの。適当に建てたから、こちらのビルの三階とあちらのビルの五階が同じ高さだったりする。

私はそこの子だから、どこでも行けて帰ってこれた。だけど、そんな私も行ってはいけない場所があるのは知ってた。私は見たことないけど、鰐や海豹の格好をした人がいるって、お祖父ちゃんお祖母ちゃんがいってた」

彼女の話はずっと聞いていたかったし、もっと聞かせてほしかった。しかし滞在許可を得るために、真面目な昼間の仕事に就かなきゃいけないとなって、いったんソープを辞めた。郵便局でバイトをしている、そこまでは噂で聞いた。

いつの間にか、噂は消えた。ソープ街には戻って来なかった。別のもっとアングラ系の店に移ったか、意外とあっさり堅気《かたぎ》の仕事に就いたままか。彼女は、中国人は魔窟に帰ったのかもしれない、と想像した。

もう取り壊されてこの世にはない、と中国人はいった。いや、どこかに移築されているんじゃないか。どこかの砂漠に。どこかの田舎のラッキョウ畑の中に。

ソープ仲間に誘われておそるおそる行った繁華

街で、いつの間にかクズみたいな不良外人と遊ぶようになって、アレは言葉はなくてもヤレるけど、クスリの売買ができるくらいのカタコト英語もできるようになった。

「アハンアハン、オーイエー、ヤーヤーヤー」

あいつらも、たいがいすごい嘘つきだった。アフリカ人がアメリカ黒人といったり、中東の人達がヨーロッパ人を名乗るのもだが、なんでウォール街のエリートが千円の金に困ってるんだよ。どうしてフランス貴族の息子が、不法滞在してんだよ。

でも、それをいっちゃあおしまいだ。彼らも、最初からそんなふうだったんじゃない。胸キュンが欲しくて、わざわざ極東までやってきてんだから。

ともあれ相手のいう言葉を、そのまま大げさな身振り手振りでリピート、オウム返しにすればいいのだ。それだけで、英語がペラペラ気分になれる。

英語の上手い人からは苦笑されるレベルでも、まったく英語のできない人からは、すごい〜英語ぺらぺら、と本気で感心してもらえる。

それでうれしくて、名門私大卒の翻訳家なんて名乗るようにもなった。

「本当は東大にも受かってたんだけど〜、お嫁に行きにくくなるぞなんて古い考えのパパに反対されたのぉ。でも、みんなの卒業論文をバイトで書いてあげてたわ」

どの学部と聞かれ、学部の意味が分からなくて立ち往生もしたが、突然にインフルエンザに罹《かか》ったふりをして頭が痛い！　何も考えられない、思い出せない！　と切り抜けた。みんなあっけにとられていたが、本人は切り抜けられたと思っている。

「今はディオールやシャネルの化粧品の広告とか

手がけてんの。ハリウッドで通訳もやってんの。ジョニデとブラピに取りあいされたこともあるの。やだぁ今からフランスにファックスしなきゃ。でも時差があるから、こんな時間に送ったら失礼かしら。

えっ？　ファックスなら時間なんか関係ないって？　やだやだーっ、もちろん冗談でいったのよ。そう、時間は関係ないわねっ、今から送るわ、フランスの首都ロンドンに」

もちろんみんな、「そういうことにしておいてあげよう」と生温かく見守ってくれていたのに。つい大門浜松町を、「だいもんはままつちょう」ではなく「おおもんはままつちょう」といってしまい、みんなにわざとらしく転がり回って笑われた。

「どんなに気取っても、吉原のソープ嬢だってバレるよ。吉原のシンボル吉原大門《よしわらおおもん》だけが、大門をおおもんと読むんだよ」

狂乱した彼女はビール瓶で何人かを殴ってしまい、その中に有力なヤクザの情婦がいたので、しばらくその繁華街にも行けなくなり、吉原ではどこの店でも雇ってもらえなくなった。それこそ、吉原大門をくぐれなくなったのだ。

それでも場所を変えて嘘を変えて、店は次第に辺鄙《へんぴ》なところ安いところに落ちていったけれど、ずっと現役で夜の街を生き延びた。常に、光源の不確かな明るさがあった。それを頼りに這い出せば、低い天井の宮殿がある。

整形を繰り返せば、中身の若さも保てると信じ切っていた。いつかまた、あのバブルな日々に戻れるとも信じた。再び、あの神話にすがる。魂は永遠に歳を取らないし、その魂を取り入れれば瑞々《みずみず》しい肉体で甦ることができるのだ。

一回りサバを読んで苦笑され、店からもさすがにそれはといわれ、でも目が覚めるのではなく一回りのサバ読みを許してくれる場所を転々とした。

「うわー、典型的な吉原顔だね。年季入ってるでしょ。ま、店を変わるたびに新人ですっていえるんだけど、歳まで新しくはならないからね」

そうして気がつけば、四十も半ばになっていた。冗談みたいだ。男は千人単位で経験したが、彼氏だの夫だのは一人もいない。

といって店も持ってないし、雇われママにすらなれず、永遠に日払いのバイト人生。手元には何も残らない。でも。何もないからこそ、若者みたいに未来があった。未来があるし行き先があると、自分にいい聞かせるしかなかった。

それまでは、この仮の体でかりそめの世をひらひらと適当に生きていればいいのだ。

男は、タダでヤレるのを狙ってくるクズ客か、金目当てのヒモしかいなかった。もう、子どもも持てない。別に、狂おしく子どもなんか欲しくもない。そんなもの足かせになるだけだ。だって自分は、永遠に若い娘さんなのだから。

「本当にあるのよ〜、美しい故郷と夢のような新天地が」

なぜ現世に絶望なんかしなきゃならない。結婚して子どもを産んでも、うちの親みたいなのと妹みたいなのに囲まれた生活じゃ、今の気楽な身の上の方がずっとましだとつぶやく。それに、今のままの方が未来を夢見られる。まだ、先があるとすがれる。

友達といっていいのかどうかわからない仲間は、たくさんできた。みんな嘘ばかりつくし本当の自分を憎んで、夢の自分を愛している嫌な仲間達だ。

たまに、貧しくても好きな男と結婚したい、なんて女もいる。たいていは、すぐに妊娠してすぐに結婚してすぐに捨てられてすぐに元の店に戻ってくる。嘘ばかりつく同類の女も嫌いだが、そんな別方向からの夢見がちな女達も大嫌いだった。

そういえば、母と同じ店にいたお姉ちゃんはどうなっただろう。本当に砂漠に埋められているのかラッキョウ畑に捨てられたのか。もしかしたら、そのとき産んだ子は同じソープに勤めてたりして。あり得る。

それよりも嫌なのは、貧しくても愛する男と子どもと、平穏な生活だ。そんなとこにおさまったら、いっさいの夢を断たれる。縛り付けられ、どこへも行けなくなる。

彼女は本当の自分を憎んでいる。そして夢の中の自分をものすごく愛している。周りもそんな女達ばかり。作り物の顔。全部が嘘の経歴。すぐ剥げる薔薇色の未来。

仲間とつるんでよく行くスナックに、若いとき高級な店にいたというのを必ず一日に五度は口にする女がいた。誰でも知っている政治家とたった一回やったというのが生涯の自慢で唯一の拠《よ》り所で、でも今は肥った顔の大きなただのオバハンでしかない。

「てっきり、店のママで政治家の愛人かと思ったら、ただのヘルプで一回こっきり。ああ、やだやだ、あんな過去の栄光？　にしがみついて老いさらばえるの、やだやだ」

みんな、そのオバハンをつついておだててしゃべらせて、後からさんざん悪口をいってバカにするというのを一種の憂《う》さ晴らし、ゲームとしていた。

かつてのソープの師匠に対しては、誰もそんな真似は出来なかった。この違いはなんだろうかと、ふと考えるときもあった。師匠は肉体が腐りきっている、もしくは乾燥しきって、半分くらい本当に別の世界に行ってる感があったからか。

そうこうするうちにスナックのオバハンも店を

辞め、ついに田舎に引っ込んでしまった。ラッキョウ畑にたたずむオバハンを想像すれば、師匠に対する気持ちと同じになれた。

でも、自分はラッキョウ畑の田舎には帰りたくない。未だに実家の家賃は七千円。そんな話は周りの人に、死んでもできない。うちの別荘はたった七千万と吹いてあるのに。

だけど、この頃しょっちゅう故郷が思い出されるようになってきた。夢の中にも、実家とその周辺が現れる。夜明けなど、いつもその夢にうなされる。そこは砂漠の中の、天井の低い宮殿なんかじゃない。

ぽつんぽつん、等間隔に建った木造の長屋。あの頃も今も、汲み取り式トイレ。田舎で銭湯がないから、流し台とそう変わりない大きさの浴槽はついている。父が死んだように寝ていた畳の間。三人座ればいっぱいになってしまう、陰気な板の間の台所。

年寄りしか住んでいない。そろそろ住人がみんな死んで、取り壊しが始まるか。すべてはもう砂漠の中に埋もれてしまい、自分の実家だけがあるんじゃないか。

あのオッサンの家も、まだそのままになっているはずだ。たまに夢に見る。死んだばかりの強張《こわば》った顔と、死後だいぶ経って真っ黒けになって崩れた顔が交互に出てくる。ついでのように、白く膨れた男の子も出てくる。

嫌だ、死者ばかりが夢に出てくる。どんなおぞましい異形の姿でもいいから、神様にも出てきてほしい。そんなことといってたら、本当にラッキョウ畑からよみがえりそうだ。いよいよ食い詰めれば、あそこに戻っていくしかない。寄生虫の妹に食われて朽ちる。

それを思えば、刑務所の方がましかもと本気で考える。あの薄気味悪い壁の絵、いや、もう壁画といっていいあれは、まだ増え続けているのか。

今、彼女の住んでいる都心のマンションは、ここらでは中級の部類だ。すべてが水商売、風俗関係といっていい。それでもお仲間に見られるのは嫌だったから、性懲《しょうこ》りもなく名門私大出の翻訳家で通していた。

しかしここでは、老人は滅多に見かけない。子どももだ。ここは、死を待つだけの人々が住んでるわけじゃない。ぎらつく肉体を持つ人だけがいる。

だけどソープもデリヘルも、客がつかなくなってきたどころか、それ以前に採用されなくなってきた。自分も風俗業界においては、死を待つだけの老人になりつつある。

拾ってもらえるのは熟女、人妻を看板にしたマニア向けの店、あるいは技術重視のＳＭ系。彼女は、熟女なんて呼ばれるのだけはがまんならなかった。店名に高級の文字を入れてあれば、まあ許せた。もはやだまされるのは客ではなく、嬢達だ。

ＳＭ系は、かろうじてプライドを保てた。もともとそっちの趣味はなかったが、やってみればなんとかなった。嬢にも客にも若い人はほとんどおらず、新規開拓ができない代わりに、古くからのお客様がいてくれた。

女王様といえばとんでもなく個性的な女達かと思えば、実はそうではない。みんな似たようなファッションとスタイルで、みんなおんなじようなことをいっていた。個性的になりたくて個性的コスプレをしている、普通の大人しい女達だった。だから彼女も潜り込めたし、それらしく振る舞えたのだ。元いじめられっ子も多かった。

「私達はミストレス〜、女主人よ。バイタじゃないの」

彼らは世間一般の人から見れば変態でも、彼女達の世界では粋な趣味人であり知的な紳士達だった。なんといっても、女王様なんて呼んでもらえる。

男はみんな、敬語を使ってくれる。乱暴もされない。建前上は本番なしとなっているので、頑として自分は売春婦ではない、ともいい張れる。

しかし彼女はSM店に在籍しつつ、馴染みの客と店を通さず直にホテルにも行っていた。つまり売春もしていたのだが、女王様と呼ばれることでそれを帳消しにした。

……都内の二十三区内に住むのが苦しくなり、それでも東京からは離れたくなくて、二十三区外ではあるがぎりぎり東京の郊外に引っ越した。

熟女専門店ではあるが、高級店と銘《めい》打った店舗型の風俗店にも鞍《くら》替《が》えした。ちっとも高級店ではないが、高級店と看板に書いてあるだけでいい。

そのあたりは胸糞悪い郷愁に満ちた、故郷の実家そっくりの長屋や文化住宅が立ち並んでいた。金髪の小太りの子だくさんの若い主婦が行儀の悪い子どもらを連れてファミレスにたむろしているあたり、これまた胸糞悪い郷愁に満ちている。

「コラうっせーよ、静かにしろよ、他所のオバサンが怒ってっだろ」

「えっ禁煙？　マジーマジー、いいじゃんいいじゃん一本くらい」

彼女らが、それなりに幸せそうなのがなおさら憎らしいし、恐ろしい。あんなふうになるのが、順当な未来だったから。あんなふうになるのが、幸せと信じている奴らに囲まれていたから。あんなふうになりたくなくて、東京まで出てきたのだ。

本来の私は、あんたらとは身分が違う。本当なら私の夫は金持ちで有名人で、私はいつまでも若くて美しい奥様と呼ばれて豪邸と高級車と使用人に囲まれていて、子どもも優秀で輝かしい未来は約束されている。今の私は仮の姿だけど、でもあんたらよりはまし。

自分が母親そっくりになっているのに、彼女はうっすら気づいている。もしかしたら自分は、母が若返るための乗り物だったんじゃないだろうかとも。

勝手にファミレスのガラス戸越しに敵意と悪意を向けているが、若いママ達からすればにらんでいる年増は整形丸出し風俗嬢で夫も子どももなくてお先真っ暗の田舎出の女なわけで、それは彼女がいくら仮の姿といい張ろうと、現実の姿なのだった。

つまり、若いママ達にも蔑《さげす》まれ憐れまれているのだ。確かに。どこにもない虚妄と虚構だ。魂の保管庫だの、肉体は来るべき旅立ちのときまでミイラにしてあるだの、素敵な神話ではなく、頭がおかしい奴の寝言だ。

現実の現実として、若いママ達の方が正しいのだった。それでも彼女は自分以外の女に軽蔑の視線を向けながら店に入り、安いランチを食べる。冷凍食品の味と化学調味料の風味は、これこそが素晴らしい郷愁の味だ。

そして帰っていくのは、マンションとは名ばかりのアパートだ。三階建ての一応は鉄筋コンクリート造りで台所と二間で、間取りは故郷の実家と同じ。隣の物音は聞こえるが、筒抜けというほどでもなく、年寄りばかりが住んでいるのでもない。

それでも、管理費を一年も滞納していた。こういう金を払うのが惜しくてならないのも、母譲りだ。知らん顔しておけば、いつかどうにかなると思う。取り立てられたら、脅すか泣くかだますかすればいい。

督促されると一カ月分だけ入れて、払う意志はあるんですよ〜、と姑息《こそく》なアリバイも作っておく。身にしみついている、昔からの手口だ。いつでも踏み倒して逃げられるように、光熱費など引き落としにはしない。

……散らかり放題の、死人もいないのに異臭漂う部屋でも電気代もガス代も滞るようになってきて、あれは実は風俗嬢だと、こんな安いマンションですらいかがわしい女として噂されているのが耳に入るようになってきた。しばらく、引きこもる。もう、引っ越しも億劫《おっくう》だ。なんといっても、金がかかる。違法な闇金だけじゃなく、光熱費の集金人にすら恐怖を感じるようになった。

違法薬物で恐怖や空腹をまぎらわしては、生きたままミイラになりかける。ミイラになっても、魂はよみがえらないと実感できる。

店も無断欠勤を続けてしまった。もう、クビか。いや、人手不足だから大丈夫か。

いよいよ追いつめられ、食い詰めた頃、彼女は、占い師になった。海外で四年の実績を持つ、攻めの占星術師だ。

「はぁい、あなたの悩みを何でも解決しちゃいますよ〜、海外で四年の実績を持つ、攻めの占星術師でぇす。じゃ、いってみよー、あなたのお悩みは？」

「あの〜、先生、聞いてくださいよ」

占い師とはそんな簡単になれるものなのかと、占いに無縁な人は驚くか。いや、占い好きこそが驚くか。しかし、なれてしまったのだ。いとも簡単に。

風俗店にはかろうじて週に二度ほどは行って、おこぼれ仕事にありついてはいたが。ずっと自宅待機で暇だったので、たまたま買った女性誌をめくっていたら、やたら電話占いなる広告のページがあるのを見つけ、検索もしてみた。

意外にもおもしろくて、すっかり夢中になってしまった。占いそのものがではなく、占いの世界を取りまき、関わり、翻弄《ほんろう》される人々がだ。

「バカじゃね、こいつら……世の中、舐めてる」

風俗嬢が待機室で愚痴《ぐち》ったり自慢したりするのと、ほぼ同じ悩みばかりがサンプルとして掲げられ、それに冗談のような派手な名前を付けた胡散《うさん》臭さ全開の占い師が、超のつく適当で安易な答えを出していた。

真面目に悩むふりだけしてとことん業《ごう》突く張りな悩みを持ちかける方と、自分は霊感があるといいながら、俗な欲望は相談者以上のものが透けている答える方。

どちらにも忌々《いまいま》しさと苛立《いらだ》ちとを覚えたが、どちらにも惹《ひ》きつけられていた。これは新たな金の匂いがする。

自分が占い師に相談して高い金を払おうなんて、そこいらの汚いオッサンをこちらが買ってセックスするくらい、あり得ないが。

占い師として、迷える意地汚い子羊を喰らうのはできそうじゃないか。顔写真を見ればどいつもこいつも、とんでもなくインチキ臭い。こんなのが商売で成り立つんだ。

さらに、携帯で占い師を検索した。いくらでも、出てきた。すべて彼女にとっては、金の匂いがした。こんないいものを今まで見逃していたのが、悔しい気分になった。

占い好きの集《つど》う掲示板では、あの先生は当たるだのあの先生はタロットは上手いが霊視は苦手だの、まずは普通の意見交換の場になっているけれど。

占い師達が愚痴をこぼす掲示板なんてものまであって、そちらのほうがずっとおもしろかった。当たり前だが、占い師だって普通の人達なのだ。

「また来たよ〜、ジャニーズのナントカ君と結婚できますか、ってやつ。占い以前に、常識的にあり得ないといったら逆切れされて、会社にクレームがんがん」

「そいつじゃないけど、私んとこにもそういうのしょっちゅう来るよ。韓流アイドルのナントカさんと付き合えますか、みたいな。

ないですといったら、当たらない占い師！　って掲示板に書きこまれまくった。いや、逆に正直な占い師として有名になったよ（笑）」

「人気歌手とメールのやり取りしてるっていうから、それって詐欺ですよ、二人だけの秘密の番号を知りたかったら三十万振り込んで、みたいなこといってきますよ、といったらやっぱり逆ギレ。

案の定だまされてその人、ソープに転職してまで振り込み続けてる」

「でもそういう、イッてしまってる人の方がある意味、楽かも。私が困ってるのは、自分の息子くらいの取引先の男に惚《ほ》れて、あきらかにその男からは引かれて逃げられてんのに、なんとかして私からアゲアゲな希望の言葉を引き出そうとする客。

変に希望を持たせてストーカーになったりしたら、私も責任問われそうよね」

「絶対に相手にされてないのに、しつこくしつこく縁結びをいってくる奴には、『縁は有ります』というしかないんだよね」

「考えてみればジョニデだってブラピだってイギリスの王子様だって、同時代に同じ地球に生きているってことは、それだけで縁があるっていうか」

「だよねぇ。どんな高貴な御方だって、世界的なスターだって、どこかのコンサート会場とか空港とかで偶然会える可能性は誰だってあるんだよ。たとえ、そこから一対一の関係にはなれなくてもね」

「袖擦《そです》り合うも多生《たしょう》の縁か。逆にいえば、袖擦り合うくらいの縁でも、縁は縁」

といった、もっと聞いてみたいと思わせる発言ばかりが並べ立てられている。夢中で読んでいるうちにむくむくと、彼女の中に興味や好奇心を超えた欲望が生まれて膨らんできた。さっそく、そのための検索をする。

『占い師募集』

掲示板の情報だけで、どれだけ占い師が当たればボロ儲けかわかった。考えてみれば資金も要らず投資も不要、資格も免許もなく、すべては口先三寸なのだ。

いや、霊感ですといい張る占い師や、あの先生は素晴らしい知識と勘があるという占い好きもいるだろうが。いたとしてもそんなのは、彼女の前を飛んでいく砂埃みたいなものだ。本物の占い師なんか、自分には何の用もない。

まずは電話占い師として名前を獲得して信者を確保すれば、独立もできる。独立すれば占い会社に金を抜かれることもなく、まるまる懐《ふところ》に入る。うまくいけば、本を出せたりテレビに出られたりするかもしれない。そうなればさらに儲かる。

煮詰まった相談者は、いくらでも金を出す。さらに相談者の大きな秘密を握れれば、恐喝といえば言葉は悪いが、かなりの金を引っ張れるかもしれない。

しかも、定価がないのだ。こちらの言い値でいいのだ。トチ狂った相談者が、一千万注ぎ込んだだの家も売り払っただの、掲示板に書かれているのは珍しくない。きっとそういうのを、捕まえてみせる。

彼女は、自分の口がひん曲がっているのを実感できた。母の薫陶《くんとう》が、いよいよ花開いたのかもしれない。だまされない人は、欲のない人。でも欲のない人なんていない。だから、人はみんなだまされる。だまされる方も悪い。

面接の厳しいところ、いろいろと真面目に質問してくるところは避けて、インチキ臭い広告だけが大きな事務所に電話してみたら、ソープの面接よりも簡単に話が決まった。

「あの〜、ところで私、霊感なんてないんですけど」

「霊感ある人なんて、いないです。あるっていう奴は、インチキか勘違いか病気です」

「ええっと、外れたらどう責任取るんですか」

「占いに責任なんて、あるもんですか。当たるも八卦《はっけ》、当たらぬも八卦。占いってのは元々そういうもんです」

「私でもやれます、か。何も経験ないですけど」

「じゃあ、設定はこちらにまかせてください。攻めの占星術師、タロットもやれますってね。えっタロットなんて知らない？　大丈夫ですよ勉強すれば。あと、水晶玉も見えることにしましょう」

たった十分ほどの間にすべては決まった。考えてみれば、試験も資格も要らない。占い師と名乗れば占い師なのだ。

さっそく派手に盛った経歴で登録された。交通事故で脳挫傷《ざしょう》を負って生死の境を彷徨《さまよ》っているとき霊感を得た、なんて話も作られた。

「すごかったのよぉ。割れたガラスが首に刺さって、ほとんど首が半分取れかかったんだから。抜いた途端、プシューッと血が天井まで噴き上がったわ。それで、背後霊がマリー・アントワネットで、守護霊が卑弥呼だとわかったの」

ヨーロッパの社交界でも知られていて、顧客にはあっと驚くハリウッド俳優やアラブの石油王達もいる。プライバシーの問題で、彼らの名前は明かせない。英語だけでなく五カ国語に通じている。

ホラ話が、そのまま経歴となって記載された。

「え、海外生活？　占い師としては四年だけど、それ以前にもずっとヨーロッパにいたもので、実は日本語の方を家庭教師について勉強したのよねぇ」

もちろん、日本人しか電話してこないからいくらでも盛れる。本物の大富豪やセレブを見たことのない相談者ばかりだから、ありったけ作れる。

「フランス貴族と古城に住んでいたことがあるんだけど、夜になるとお化け屋敷でしかなくて怖かったわ。ベルサイユ宮殿よりは小さいのよ。でも私、ベルサイユは派手すぎて好きじゃなくて」

もちろん、顔写真も修整しまくってもらった。風俗店のそれより、激しく。それをじーっと眺めていると、本当の自分はこれだと思えた。たぶん、この顔がどこかに本当に保管されているんだ。いずれ来《きた》るべきとき、この顔になれるんだ。


風俗店からはほぼクビになっている状態なので、一日中の待機ができる。すっかり化粧もしなくなった。もちろん、整形のメンテナンスも全くできていない。鏡に映るのは鰐のようなミイラのような顔。いや、だんだん母に似てきている。

でも、大金をつかめば一気に引っ張りあげて美女になれる。そんなことをしなくても肉体を保管庫から取り出せれば、永遠に若い美女だ。そうして空から乗り物が迎えに来れば、永遠の国に旅立てる。

最近の彼女は、もう本気でそれを信じていた。インチキ占い師を始めてからだ。眠れば必ず、砂漠が出てくる。鰐は自分を食い荒らしに来る。

鏡の中の顔は、我ながら肌荒れがひどい。鮫肌を通り越して、鰐肌だ。ますます、外出は億劫になる。もう女を売らなくていいとなれば、ばさばさの傷んだ髪とその肌で、寝間着のまま近所まで買い物にも行ける。

ウィンドウに映る自分が、母ではない誰かに似ているのに気づく。杖をついていた、あのバアサンだ。土埃の舞うラッキョウ畑の真ん中で、一日中ぼんやりと外にいた老婆達だ。怖くはない。すぐに、若い女に戻って旅立てる場所がある。あるはずだ。

いつでも待機しているということで、他の先生に見てもらいたくても予約がいっぱいと断られた寂しい子羊たちが、彼女の方に流れても来る。

ソープのときと同じだ。いや、ソープのときより、お茶ひき、つまり客がつかないときもみじめではない。時間を無駄にしているとは思わない。瑞々しい肉体に戻って、もうすぐ別世界に旅立つ。それまでの待機だ。

「高い？　そんなことないわ。神様が決めた値段よ」

一分二百円で、彼女の取り分は五十円。客からすれば一瞬安いと錯覚させられるが。一時間もしゃべれば、一万二千円も取られる。

占い師からすれば、とんでもない安さと目まいがする。実際、一時間も相手をさせられても、手取りは三千円。よっぽど、熟女風俗の方が稼げる。でも、もう体を使うのは嫌だ。子どもの頃から、酷使しすぎた。そろそろ肉体は休ませたい。

「私はいつも、人の幸せだけを願って生きているの」

オバサン扱いよりは先生扱いを望む彼女は風俗で培《つちか》った話術を駆使し、あっという間にこの事務所では上位に食い込む人気占い師になってしまった。

先生なんて呼ばれたのは、生まれて初めてだった。その前は、女王様と呼ばれていたのだが。女王様なんて呼び名はＳＭクラブ内だけで通用する敬称で、部外者には敬称どころか揶揄《やゆ》、蔑称《べっしょう》に近くなる。

本当に自分を女王様と思い込んで、私生活でも店外でもそんなふうな振る舞いと態度になる女達もいたが、さすがに彼女はそのノリにはついていけなかった。そもそもちゃんと、名前を呼んでもらったことがない。あの子、あいつ、あれ。いつも無名の女だった。

しかし先生は、もっと普段使いの敬称だ。呼ぶ方も呼ばれる方も、そこまで構えないし舞い上がらない。飲み屋街でのシャチョーさんに近い。それでも、彼女は女王様よりははるかに、そう呼ばれることで舞い上がった。

何より素晴らしいのは、外れても責任を取らなくていいことだった。どんなばかばかしく派手派手な名前を名乗っていても、もれなく先生！　と呼んでもらえる。丁寧語で話してもらえるし、プレイではない甘い言葉もかけてもらえる。

「先生って美人ですよね。写真、素敵です」

「あらぁ、ほんのちょっぴりだけ修整してあるのよ、ふふっ。ほんのちょっぴりね」

綺羅《きら》綺羅アントワネット先生だの、薔薇小路《こうじ》マーガレット先生だの、呼ぶ方も呼ばれる方も大真面目に真顔で呼び、呼ばれる。ある意味、ＳＭクラブよりイッてる。

私に守護天使が降りて来ただのあなたに美の女神が降臨されただの、前世はエジプトの神殿にいただの、宇宙とつながっただの、どちらも大真面目で必死だ。

迷える子羊は、週刊誌の広告などを見てまず占い会社に電話し、そこから先生達に転送電話となる。占い師の掲示板など見て、当たると評判の高い先生を最初から指名してくる。

相談者もいるが、人気占い師は予約も多く入っている。

となると、待機時間の多い占い師に回されることとなる。当たる当たらないよりも、いつでも聞いてくれるというのは重要だ。

「なにもかもうまくいかなくて……」

「ほんっとに性根が腐っててんですよ、彼の奥さんって。だって……」

「私さえ我慢すればいいのかなぁ、なんて……」

だいたい相談者の大半は、現実的な解決など求めていない。ただ寂しくて話を聞いて欲しいか、とにかく愚痴を垂れ流してそれを慰めてもらい、悪口をはき散らしてそれを肯定してもらい、自分を悲劇のヒロインにして、可哀想ねといってほしいのだ。

思わず真面目に説教してしまう占い師、現実的な回答を突きつける理性的な占い師は、わかってくれない人ではなく当たらない占い師として非難される。

そうして相談者は、ひたすら自分にとっていいことをいってくれる占い師、望む通りの答えをくれる占い師をさがして彷徨う。その行き止まりに、彼女がいるのだ。

ともあれこちらの電話番号は相談者には通知されないし、どちらも本名は決して名乗らない。だから正直になれるというものでもなく、だから話を盛る相談者もいる。

なんといっても、互いに顔も見えない。漫画雑誌をめくりながら鑑定していても、化粧しながら霊視をしていても、あちらには見えない。

もっとも、相談者もそんな純朴《じゅんぼく》ではない。苦悩しつつも、自分のことでぱんぱんになりながらも、占い師の周りの雑音はちゃんと聞いている。

あの先生はお菓子を食べながらタロットを切っていただの、その先生は話を聞きながら韓国ドラマを観ているのが丸聞こえだっただの、携帯をあごに挟んで皿を洗いながら鑑定していた先生がいるだの、ちゃんと聞いているし気づいている。

あまりにも無防備な態度を取れば掲示板にも書かれるし、会社に直接クレームがいって厳重注意となったりもする。

「あの先生って、いつも背後に風の音がする。砂混じりの風。どこにいるんだろう」

彼女は自分へのそんな掲示板への書き込みを見つけたときは、背筋が寒くなった。屋外で電話を受けたことはない。何の風の音。故郷の風か。

彼女は、そのあたりには一応は気をつけていた。ソープ時代も、手抜きをすれば客が店へのアンケート用紙にむちゃくちゃ書いてきたので、懲りていた。

「あ〜、大丈夫よ、彼はあなたに夢中。絶対結婚できる。もちろんお店も持てるし」

「うーんうーん、なんかちょっと微妙な影が見えてますね。気になるならまた明日、電話してきてください。ああ、気になるわ」

「外れた？　ああ、今は人工衛星のせいで、星の運行が乱れがちなんですよ」

彼女は、口の上手さと嘘の年季の入り方には自信があった。嘘つきは泥棒の始まりなんかじゃない。嘘つきは身を助ける。罪悪感など、これっぽっちもなかった。口がひん曲がったって、かまわない。電話の向こうには、見えやしない。

アゲアゲ鑑定、相手の気に入る薔薇色のことばかりいってやると何度も食いついてくる客と、サゲサゲ鑑定、不安をあおってやるとリピーターになる客がいる。これを見極めるのが大事だ。うまく引きずれば、どちらもいい金づるとなる。

「先生としゃべると、元気をもらえます〜」

でしょう、無責任なお世辞しかいわないもんね。

とはいわず、私もあなたともっとしゃべりたいわぁといっておく。寂しくて自己評価の低い女は、特に悩み事がなくても何度もかけてきてくれる。

「外れた？　それはまだ判断が早いでしょ。来月叶うと星回りに出てるし」

外れても、客はどこにも訴え出ることができない。悪口を掲示板に書く程度だ。

しかし彼女は、外れたと文句をいってきたり、占い師の悪口を掲示板に口汚く連投する女達より、自分の甘さ弱さを他人のせいにして綺麗事を並べて見せるいい子ぶった偽善者のほうが嫌いだった。

「なんでそんなに私のことが当てられるの!?」

と無邪気に書き込む奴には、面と向かっていってやりたい。あんたらの悩みが、どれも平凡だからだよ。ていうか、彼氏もだけど占い師のことも、とんでもないあんたの夢の中に勝手に組み込まないでほしい。

電話をかけてくる相談者に食べさせてもらっているのに、彼女は初日から今日まで、いや、たぶんこの仕事を続けている限りは、電話をかけて来る相談者が大嫌いだった。

自分は優しいから、人にだまされたりつけこまれたりすると思っている。お人好しだから、悪い奴らに食い物にされると信じきっている。だから占い師は、必ずささやく。

「あなたは人が善すぎて、いつも損をしてますね」

これで百人中百人が、「当たってる！」と叫ぶ。なんという図々しい自惚《うぬぼ》れ屋ども。いい人なのではなく、いいカモだ。

もう一つ、必ず「あっ、思い当たる」といわれる定番の言い回しがある。

「あなたは今、転換期にあります」

誰だって、いつでも転換期にある。昨日と、すべてが同じ今日を迎える人はいない。同じような毎日でも、何かしら違うことはしている。新しいものを見ているし、初めての人に会っている。本当に、人は純情で欲深い。

それにしても、浅はかな天国や薔薇色の未来ばかりを夢見ているようで、実は人は今どっぷり首まで浸かっている現世の地獄から這い出ようとはしない。

あの木造の長屋に住む人達も、ほとんどが出て行こうとはしなかった。どこかに行きたい、どこかに素晴らしい新天地があると夢想しながら、決してあの貧しいラッキョウ畑の中から出ようとしなかった。

たいして地獄じゃないからというういい方もできるが、本当は天国なんか求めてないし、そこが居心地いいのだ。ここが実は一番楽なのだと、知っている。電話占い師に電話してくる人達も、同じだ。口先だけで夢を語り、貧しい家や殴る男にしがみつく。

嫌な場所から本当に逃げられる奴は、健全だ。嫌いな奴からちゃんと離れられる奴は、正気だ。だから自分は健全で正気だと、彼女は口をひん曲げる。

とにかく暇だし男もいないし家族もいないので、目いっぱい待機時間を作った。朝の五時から午後二時以外は、すべて待機に充《あ》てた。

「先生は他の職には就いてないし、家族とも同居してないんですか」

占い会社の人にいわれたとき、久しぶりに彼女は本当のことだけをいった。

「はい。占い専業だし、一人暮らしです」

電話でしか会わない相手だし、見栄《みえ》を張っても意味のない相手だからだ。それにこういっておくと、初回の客、余っている客を優先的に回してくれる。

そういえば風俗嬢時代、しょっちゅう店を変わる女がいた。彼女らは、常に新人さんでいたいのだった。新人は、優先的に客をつけてもらえるのだ。

企画系の無名のAV女優も、しょっちゅう名前を変えて新人として何度も何度もデビューしていた。いつでも、これから売れるといってもらえるからだ。

占い師は、長くいる方が安心してもらえる。新人よりベテランが望まれる。彼女はとにかくいつでも待機しているので客がついて、ベテランぽくなった。

電話占いは風俗嬢や水商売関係の女が多いから、彼女らの暇になる時間帯は独り勝ちだった。自分が風俗で稼げなくなった頃、風俗嬢達に食わせてもらえるようになったのだ。

確保したのは睡眠だけだ。もともと母と同じで一切の料理ができないから、食事はすべて出前かコンビニの弁当だったし、世話をしなきゃならない家族もいない。

そんなふうに、そこそこ人気の占い師となった彼女だった。広告の扱いも大きくなったし、HPでもお薦《すす》め占い師のところに出るようになった。

ここで奮起してもっとタロットを学び、さらに占星術や四柱推命《しちゅうすいめい》などの系統だてた勉強の必要な占い術を研究し、修行して霊感を研ぎ澄まし、人のお役にたてるよう心を和ませるよう話術を向上させよう、とならないところが彼女の彼女たる由縁だ。

テレビを見ながら鑑定し、あまり音の出ないマシュマロやゼリーなどのおやつを食べながら週刊誌の付録についていたタロットカードを切り、マニュアル通りのことばかりいいながらも時間の引き延ばしだけは上手くなった。

そうして暇なとき、彼女も占い師達の掲示板に盛んに書き込んだ。

「ほんと、バカをカモにするくらい楽な商売はないよ」

「他人様に妄想することの、すごさを学んだよ。いくらでも他人には、身勝手な期待と欲望をふくらませることができるんだねぇ」

「あんたも、占い師を万能の神とか勘違いしないようにね」

「するもんか。ただの主婦や会社員の副業だろ」

「でも、どっぷり専業って占い師の方が、ヤバい感じしない？」

お得意様といっていいリピーターも何人か確保できたのに、その人達を親身に心配するなんてあり得なかったし、金の成る木と無闇にありがたがりもしない。

むしろ、しつこく電話してきておんなじことばかり繰り返し聞いてくる女達を、鬱陶しいと舌打ちして意地悪してやりたくなってくる。

「しかも、欲深いバカ。欲があるからだまされると、お母ちゃんがいってたよ」

特にいらつかせるのが、ねちょねちょしたしゃべり方の女だ。どこかで聞いたような声だが、どうでもいい。この女、同じことばかり繰り返す派ではなく、いつも違うことをいう。つまり、明らかに嘘ばかりの相談をしてくる。

「えっと、私はどう見ても二十代半ばくらいって見られるんだけどぉ、結婚して子どももいるんです。だけど、好きな男ができて。彼も私を、ずうっと待っててくれてるっていうんです。でもさっき、大ゲンカしちゃってぇ」

この女、先週は自分を未婚の母だといってなかったか。常に愛人が三人はいるとも。

彼女は最初から、この女が大嫌いだった。なぜかというと、自分に似ているからだ。特に風俗の現場で学んだが、女は同類を憎む。

その場所に、自分は一人でいい。同じ場所では、自分に似た女は邪魔でしかない。敵にしかならない。似た女が二人いれば、強い方が弱い方をはじき出す。

「私、もうダメみたい～、でも、きっといつか子どもを連れて彼と一緒になれるって夢を、あきらめきれないのぉ」

彼女が嘘つきだから、嘘つきは見抜ける。嘘つきを憎むのは嘘つきだ。勘違いや思い込みで、結果として、現実としては嘘になってしまった女の相談は多いが、この女は最初から自覚的に嘘をついている。

「家族に、携帯見られてピンチですよ～、不倫のメール、一杯だもん。彼は熱烈でちょっとエッチなメールばっかり寄こすからぁ」

この女はおそらく無職の引きこもりだと、見当をつけていた。そして、高齢処女の臭いもする。とにかく、他人とあまり接していない。

いつもわざとらしい作り声、アニメの主人公みたいな舌足らずのしゃべり方。おどおどしているのに、居丈高《いたけだか》。過去に、よく似た女を知っていた。誰だ。ものすごく嫌いな女だったことは、確かだ。

「夫に、殺してやるって追っかけられました。太もも、刺されちゃった」

「あらまあ、大変。大丈夫なの」

「今も足を引きずってるんですよ」

それで、毎回激しくドラマチック、嘘丸出しの相談をしてくる。嘘の話を相談してアドバイスをもらって金を払って、何がいいことがあるのかと部外者は理解できないだろうが、こういう手合いは特に珍しくもない。

「でも、私に激しく恋する彼も既婚者。彼が刺されたら、そして彼がやり返したりしたら、私は生きていられない」

「さすがに、それはないと思うわ」

「ううん、彼も夫も私には狂っちゃうの」

見知らぬ占い師相手でも、すごいだのカッコイイだの驚かれ誉められ、それはつらかったわねと慰《なぐさ》められ、ひどいわと同じ敵に怒って共感してほしい。語っているうちに、本当に自分がそんな波乱万丈な人生を送っているようにも錯覚できる。

「……でね、ついさっきまでスポーツクラブで汗を流してたんですけど、有名な俳優のあの人が来てて、ナンパされちゃって」

けがした足はどうしたの、なんて聞きはしない。

毎回毎回、この女の話はこうなのだ。自分の話した設定を、すぐ忘れる。生い立ちの話は、比較的ぶれない。すべて嘘でも。

この女は地方の大富豪の名門旧家に生まれて、常にトップクラスの成績を誇り、スポーツもオリンピックの強化選手に選ばれるほどになり、美術と音楽は芸大にすぐ入れるほどと評価され、繁華街を歩けばスカウトの嵐。

それでもつまらなくてちょっと不良になって地元のヤクザと暴走族を従え、ヨーロッパに渡って貴族と結婚、社交界の華となる。ハリウッドスターとも不倫三昧。どんな偉い人と会ってもまるで緊張しなくなったのは、そういう生活のおかげ。

飽きて日本に戻ってきて、刺激を求めて銀座でホステスをしてたちまち高級店のナンバーワンとなり、テレビ局のプロデューサーと出版社の社長をやりつつ大臣クラスの政治家の愛人をしている……のだった。もちろん、すべて脳内で。

脳内で完結して誰にも話さないなら、誰にも迷惑をかけないし笑われもしないが。そしてこんな話は、風俗嬢の間では定番。定型として語られていたが。同じ穴のムジナではない、はずの第三者の承認も欲しくて、電話占い師にその役割を振ってくるのだ。

この女に限らず、占いの電話を有料の命の電話にしてくる客は多い。絶対に「それ嘘でしょ」とはいわず、料金分は大仰に驚いて親身になるふりをしてくれるからだ。

風俗でも、好きよという言葉を真に受ける客が一番厄介だった。やっぱり金が目当てだったのか、とキレる。当たり前のことに、裏切られただまされたと激怒する。こんなときは、母のいうことに素直にうなずけた。だまされるほうが悪い、と。

図々しいったらありゃしない。愛の名を借りた、タダマン狙い。すべては有料だよ。ただより高いものはないっていうのを、本当に実感したことはないのか。

「お前、無職だろ。たぶん引きこもりだな。この料金も、きっと親が払うんだよな。相談したいのは親の方だよ、ったく」

なんて吐き捨てられたら、すっきりするだろう。しかし、お客さんには変わりない。できるだけ、今日も引き延ばしてやろう。おもしろい話でもつまんない話でも、一分聞けば五十円もらえる。一時間聞いてやれば、水道代が払える。

もっと暴走して興信所なんかを使い、こっちの居所を突き止めて直接押しかけてこられても危ない。実際、そういう目に遭った占い師の話はよく聞く。嘘か本当か、掲示板にも書き込まれている。

「先生〜、私ってやっぱり、男を引き付ける変な魅力があるみたいなんですぅ」

「そうねぇ、わかるわかる」

「私は、男嫌いなのにぃ」

むかついても相手をしていれば、一定の金を落としてくれる客だとがまんするのは、風俗時代と変わりない。いや、すべての客商売がそうだ。

「それで、今日は何のお悩み？」

「先生は悩みなんかなさそうで、いいですねぇ」

「あら、これでもいろいろあるのよ」

「でもずっと暇でしょ。クリスマスもバレンタインも、ちゃんと待機してる」

しかし不思議なもので、なのか、当然のこととして、なのか。次第にこの女も、彼女に対して何かの不信感や悪意のようなものを隠さなくなり始めたのだった。

「ねぇ先生。実は、先生を見たことあるんですよ」

そのときなぜか彼女は、忘れかけていた故郷の景色とそこに吹く風の音を聞いた。砂漠を吹く風だ。安普請《やすぶしん》の家ではなく、重厚な石造りの宮殿を吹き抜ける風。壁には極彩色で、一族の興亡が描かれている。

滅亡の場面は、削除する。嘘でも繁栄が続く場面に変える。でも、砂がまた覆い尽くしてしまうと、そこから浮き出てくるのは滅亡の場面。

私は本当は、さびれた街の砂丘に面した家の子ではなく、どこぞのエリートの研究員や調査員で、太古の異国の砂漠の地中に埋もれた、かつて栄華を極めた廃墟の調査か何かをしに来たのではないだろうか。それはさておき、手が冷たくなった。

「あら、どこで」

これはなかなかに、凝った設定の話にできた。ただし、風俗の客に受けるかどうかは謎だし、仲間達に自慢できるかどうかも怪しいから、語らなかった。

「いってもいいんですか」

「別に、そんな怪しいとこには出入りしてないから」

それでも、妙な連想と妄想が止まらなくなる。スマホを握ったまま、浮遊するんだか引きずり込まれるんだかわからない感覚にとらわれる。

あそこは生まれ育ったのではなく、立ち寄っただけの場所。かつてあの砂漠には、恐ろしくも魅惑的な怪物めいた種族が住んでいた。その種族の霊魂は、あの砂漠から出てきて帰っていく。自分も、抜け出すことを夢見ながら、戻っていく。

あいつらは人間とは異なる種族だったけれど、滅びたのではない。そのまま永遠に、生きながらえている。そういう地獄を選んだのだ。

あるいは、肉体を別の場所に保管して魂だけで生きられる。そう、今の私のように。

「先生、たくさん死者を連れてましたね」

不意にこの女は、わざとらしく明るい声をあげる。耳元の風が一瞬、止む。

適当にあしらったりごまかしたりが、できなかった。無言で、聞き入ってしまった。沼から鰐が出てくる。汚い牙を剥《む》きだして。また、風が吹き始める。

「先生もいろんな作り話をしてきただろうけど、私もですよ」

「あら、やだ。作り話なんかしてませんよ」

「占いの話じゃなくて」

「じゃあ、何の話かしら」

「太古の異形の神の物語とか、滅びた都市の話とか」

「ずいぶんなスケールの話ねぇ」

「異聞、異説もあるんですよ、すべての物語にはね。たとえば私達の町は砂漠ではなく、海底にあったとか」

なぜ、電話の向こうに風の音がしているのか。おびただしい砂を巻き上げる風の音。

「あの爬虫類みたいな生き物も、想像を絶する神様も、海中の生物だったのかも。信者が作り上げただけで、神話だって上手い奴が一人でこしらえたのかも」

知りたくない神話もあるし、会いたくない神様もいる。

「あの～、何がおっしゃりたいのかな。シビアな話、電話占いは一分いくらの計算だから、ずばっと核心に触れたほうが安く済みますよ」

「それは、わかってるんですけど」

伝説の大陸を沈ませた話は、たくさんある。天罰なのか天変地異なのかわからないけれど、海が干上がったから爬虫類達は海水の残る地下へ移っていったのかもしれない。

すべては、かもしれない、だったのではないか、で結ばれる。こんなに私達は生きているのに。存在しているのに。魂も肉体も、別々に保管したりせず、持ち歩いているのに。私達は本当はどこにいる。ああ、そんな話より手っ取り早く占いをして切り上げたい。

電話の向こうにいるのは、何者。こちらから、問いかけはできない。

「少なくとも私達は、神話を信じる者達でしょう」

とてもよく知った者か、途轍《とてつ》もない化け物か。砂漠の化け物にしても海底の異形の者にしても、同じ血が流れているのは確かなようだ。

きっと顔も似ている。ミイラになっても、似た顔。這いずり方も、同じだ。砂埃の巻き上がる、粗末な宮殿。いや、古びた長屋。

「もう二十年以上昔のことになるかなぁ」

馴れ馴れしい、ねっとりしたしゃべり方。誰だかわからないけど、昔からこいつを大嫌いだったというのは何度でも確信できる。

「真夜中。貧しい人達の住宅街。熱い日だったんで玄関を開けっぱなしてて、私は台所の床で寝てました。そこが一番涼しかったから」

台所は板の間だからね、といいかけて、やめた。

「そのとき開け放したドアの向こうに、変な女が立っているのを見ました。案山子《かかし》みたいな薄っぺらい人。安いハンバーガーの匂いをぷんぷんさせてて、顔はよく見えなかった」

あの頃は、ハンバーガー欲しさに体を売った。今は、さすがにハンバーガーのためには売れない。でも、またハンバーガー欲しさに売る身分に逆戻りの予感はある。

「うちの親は、そんなもの見なかったというんです。でも、確かに見たんです。なぜかそのとき、あれは死神だったと直感しました」

月光の下で、そいつは骨だけの馬に乗っていたり、大きな鎌を掲げていたりはしなかったはずだ。頼りなげな貧しげな、女の子でしかなかったはずだ。

「死神なんか、それ以前にも見たことあるの」

「ないよ。なくてもわかるよ」

だんだん、女の作り声が変わってくる。地声に近くなってきた。知っている、この声。腐った寄生虫の声だ。いつも陰気に湿った家の中にいて、何もせず日がな板の間にうずくまって、壁に絵を描いていた奴。

「昨日、先生を街なかで見かけたんだけど。同じくハンバーガーの匂いがしてて、昔見たのも先生だったのかなぁって思いました」

「私、ファーストフードや冷凍食品って苦手なの」

「よくいうよ。子どもの頃から、がつがつ貪り食ってたくせに。体と引き換えに、オッサンからもらった金でさ」

もう、この女は作り声をやめてしまっている。多くの人に、口がきけないと思われていた子どもの声。身内の者には、わかる。相手のいない独り言と、不満をぶつける金切り声だけだったとしても、身内にはわかる。ほぼ二十年ぶりに口をきいた、こいつ。

しかし二十年が過ぎていても、やっぱりわかるもんだ。なつかしくはない。胸糞悪いだけだ。反吐《へど》が出る。この、反吐が出るというのも、妹の口癖の一つだった。

「お姉ちゃん」

この呼びかけ。確定だ。でも、返事はしてやらない。

「オッサンとあの男の子を殺したの、お姉ちゃんだよね」

これにも、返事はできない。

「あら、酔ってるのかしら」

努めて平静を装って、流したつもりなのに。語尾が震えまくっていた。

「オッサンに、睡眠薬を飲ませただろ」

なんで知ってるの。なんてうっかりいってしまったら、いきなり負けだ。ここは、とぼけるしかない。語尾の震えを隠すため、わざとゆっくりいう。

「睡眠薬なんて〜、子どもには買えないよ〜」

そんな子どもを買ってた、オッサン。しかも、うんと安く。それこそ、睡眠薬より安く。

「お母ちゃんから盗み出したやつ」

いったい妹は、どこまで知っているのか。カマをかけているだけか。いくらバイタでも、寄生虫には負けないよ。こっちは姉でもあるんだし。

「お母ちゃん、睡眠薬なんて持ってたんだ」

「白々しいよ。お母ちゃんが客用にあらかじめすり潰して、オブラートに包んでたやつだよ。知ってるよね、その辺にほったらかしてたんだから」

そうだった。無雑作に、食い散らかした弁当の箱や酒の空き瓶、脱ぎ散らかした服や下着に混ざっていた睡眠薬のシート、袋。盗んでないよ、借りただけ。

「オッサン酒飲んでたし、っていうか、あんたが飲ませたんだよね。さんざんヤッた後だったから、睡眠薬は毒薬になって心臓に効いたんだね」

「一気に死ねる毒薬じゃなくて、効くかどうかわかんない睡眠薬じゃ、殺人まではいかないよ。事故じゃないの」

思えばあの頃は、捜査もいろいろ杜撰《ずさん》だったのと、何より自分が子どもだったから疑われず調べられず済んでいたのだ。

あのバアサンは、もしかして何か気づいていただろうか。いや、あのバアサンは辺り一帯を支配しているつもりでいながら、実際は自分にしか興味がなく、自分のことだけでいっぱいいっぱいだったはずだ。

「お姉ちゃんには、殺意はあったと思うけどね」

すでに勝ち誇っている妹は、声の調子を変えずに続ける。

「あの男の子も、パンツの中を見せるとかいって誘い出して突き落としたんだろ」

うわ、次から次へと反吐が出そうな、なつかしい名前が続く。

「あらかじめ金網の柵の鍵を壊してたの、知ってるよ。お父ちゃんの泥棒道具の中から、ペンチとか持ち出してたよね」

やっぱり、妹だ。でも、やっぱりちゃんと確めておこう。本名を呼ぶのではない。

「寄生虫」

死者をよみがえらせる呪文か、魂を別の地に飛ばす約束の合言葉か。いや、あの頃も今も喧嘩を始めさせ喧嘩を終わらせる罵倒に過ぎない。

一瞬、電話が切れたかと思った。電話の向こうから、獣めいた唸り声が聞こえた。だから繰り返す。寄生虫。返事がない。ただ、荒い息が伝わってきた。

オッサンもあの男の子も、最後に漏らした声によく似ている。母も、殴りつける前にこんな息を漏らしていた。他にも聞いた覚えがある。思い出したくもないけれど。

「よくもいいやがったな、このバイシュンフ!」

あっさりと、挑発に乗ってきた。なんて堪《こら》え性《しょう》がないんだろう。せせら笑う鼻息を聞かせてやったつもりだが、興奮しきっている向こうにはそれこそ鼻息でかき消された。

「たまたま雑誌で、お姉ちゃんの顔写真を見つけたんだ」

なんとかして、こっちを脅そうとしている。母にそっくりだ。

「相変わらず、つまんない漫画ばっかり読んでんだね」

占いの広告は、コンビニ売りの女性週刊誌などでよく見られる。幸運を招くブレスレットだの、リッチな彼氏が見つかる出会い系サイトの広告などと並んで。

「つまんない漫画の広告に載って、威張るんじゃないよっ」

「あんな小さな広告でも、ちゃんと姉はわかるんだ」

「整形しまくってても、やっぱりわかるよ」

そのまんまの顔写真を提出した後、整形とフォトショでまったくの別人になりましたよと、占い会社の人にはいわれていた。確かに、別人のような若い美人になっていた。それでうれしいのではなく、少し傷ついた。

「整形まみれでも、死んで腐ったら元の顔になるらしいよ。ちょっと意味が違うけど、あんなからからに乾いた太古のミイラも、生前の顔がなんとなくわかるようにね」

そういえば美女のミイラ、なんてのも雑誌か何かで見た気がする。元が美人のミイラという意味か、ミイラの中では美人という意味か、見たときはわからなかったけれど。今、妹にいわれて気づいた。きっと前者だ。

「占い師になってるなんて、大笑い。でも、あたしが妹だと気づかないのも、占い師として根本的にどうなのよ」

息切れして妹が黙ったとき、電話の向こうからはオッサンとあの男の子の声がした。彼らは、彼女ももう忘れかけていた彼女の本名を呼んだ。

それから、いきなり母の声がした。背後で鰐達が騒いでいる。ミイラどもも、起き上がってくる。頭が痛い。ミイラにされるとき、脳髄《のうずい》は掻《か》きだしてほしい。

「嘘ばかりつくから、口がひん曲がったんだ！」

母に頬を思いきり張られた衝撃が、よみがえった。本当に殴られたかのように、ぐらりと体が斜めになった。いや、幽霊なんかであるもんか。妹が真似ただけだ。

「うまいでしょ〜、だてに引きこもってアニメばっかり見てたんじゃないよ。ずうっとアニメの中の人と会話してたら、声真似《こえまね》がすごく上手くなってたんだよ」

妹に関することで、何一つとして誉めたくない。認めたくない。

「死んだ人の真似が特に上手いよ。なぜかな。死んだ人が乗り移ってくれるのかな」

さすがの彼女も、動揺を隠しきれなくなった。もう、とぼけられない。こいつを妹として扱わなければならなくなった。

「本当に相変わらずだよね、あんたって」

「口がひん曲がってるから、根性もひん曲がったんだ」

頼むから、死んだ奴や死んでるかもしれない奴らの声で脅かすのはやめてほしい。本当に死んだ奴らに出て来られる方が、ずっとマシな気がする。

「ていうか、あんたなんで今頃になって電話してきたの」

妹が、自分と同じくらい嘘つきになっていた。いや、妹の方が嘘つきになっていた。今までずっと気づかず、だまされていた。いや、嘘だとは気づいていたけれど、まさか。

「ずっと前から、電話してたよ」

それを噛みしめると、心よりも先に歯が折れそうだった。ぎりぎりと歯ぎしりした。本当に、口がひん曲がった。

「妹と名乗れば、ただなのに。変な小細工して金払ってバカだね」

もちろん彼女だって、常に自分が嘘をついて人をだます立場だった訳ではない。いろんな人の嘘に、だまされてもきた。客、男、同じ店の女、数え切れない。

けれど、妹にだまされ続けていたというのは、悔しさや怒りや虚《むな》しさの度合いが違った。

「けっこう、ショックなことを伝えなきゃならないからよ」

「なにそれ」

「お父ちゃん、刑務所の中で死んじゃったんだよね」

「あ……そうなの」

「ずいぶん、あっさりしてるね」

「実感ない、っていうか」

それは単なる事実の報告であるのに、何かの詩として響いた。父はもう、彼女の中では死んでいるも同然だった。最後に話したのはいつだったろう。有名人のガキから金を盗れると計算して、そのガキに罵倒されていた父。

でも、人に語るときは飛び切り素敵なパパに作り上げる。名門大学では意外に硬派で、応援団なんかに入っていたんだって。だから女とそんなに縁がなかった。でもモテたんだよ。有名女子大のマドンナだったお母さんを射止めたの。

「お母ちゃんは、大丈夫なの」

「なにが」

「いや、あの、お父ちゃん死んでショックとか」

「別に〜。三年ほど飼ってた犬が死んだときの方が、ショックだったみたいよ」

妹と会話だけは続けながら、ぼんやりと目を開けたまま何かの幻を見ている。うちのパパはねぇ、大手の新聞社に勤めてたの。広告のモデルとして現れたセーラー服の美少女に一目惚れ。それがママだったの。

しかし、こんな話をどこから思いついたんだ、と自分に突っ込みたくなる。風俗嬢の誰かが語っていた嘘だ。そいつから拝借したとして、そいつは誰からその話を盗ったのか。話のもとになる、素敵なパパやママはどこに実在しているんだろう。

「その犬って、死んだ後はお墓でも作ったの」

「墓っていえば墓なのかなぁ、裏のラッキョウ畑に埋めてたよ。でもお母ちゃん、犬を睡眠薬の実験台にも使ってたからねぇ。犬で試してから、男に使うの」

「それって本当に、可愛がってたといえるの」

「お母ちゃんなりに、可愛がってたんだよ。犬も男も」

犬を埋める母の隣に、だまされている男が立っているのが幻視できた。男は、犬の後は自分だとわかっている目をしていた。犬もまた、男を見ながら自分の次だとわかっている目をしていただろう。

その犬に限らず、犬はすべて悲しげな目をしているのは、人間の心を読むからだ。

「それで、お母ちゃんは今どうしてんの」

「お母ちゃんはつい最近、いなくなった。男と一緒に逃げたみたいだけど、もう死んでると思う。私はお姉ちゃんと違って、あんなババア怖くもないしね」

「死んでる。ふうん、あんたの声真似が上手ぃのはお母ちゃん、もう死んでるからか」

自分も先生としてではなく、姉としてしゃべっている。妹は妹ではない声で、しかしどこかの死者だとわかる声で笑った。

「お姉ちゃん、一応はその占い事務所で上位五人に入る占い師なんだよね。広告でも顔写真出されてるじゃないよ。修整しまくりの顔でも、お姉ちゃんだってすぐわかった。じゃあ、占ってみなよ。お母ちゃんは生きてるか死んでるか」

「占い師は、自分のことは占えないんだよ」

「お母ちゃんはもう、あたしの面倒は見てくれない。それは、占い師でなくてもわかるよね。お母ちゃん、もう死ぬと思う。死んだらあたりまえだけど、用も意味もない」

もう死ぬ。なんとなく、もう死んでいる気もする。妹だって嘘つきだ。

「思えば因業《いんごう》なババアだったよねぇ、うちらの母親。嘘つきでバイタで泥棒で人でなしで。たぶん、あたしらの知らない悪事をもっと働いてるよ」

老人ばかりがいた、朽ちかけの家々。それはそれで、のんびりと平穏な景色といえばいえた。元の素性がどうであれ、老いてしまえばみんな優しく無力だ。死を待つ人達は、夢見る穏やかな目をしていた……はずだ。

いや、それは作り話だ。あそこの人達もみんな、復活を待っていた。永遠の眠りの方は選ばない。だいたい、死ねない方が地獄じゃないか。

ああ、そうだ。やっぱり自分も、そこに帰っていく。そこで老いて、死ぬ。あの老人達も、もうみんな死んでしまっている。

妹の後ろから、死んだ老人達の話し声が聞こえる。寂しい風の音と混ざって。

「帰って来てよ、お姉ちゃん。一緒に歳を取って、死のうよ」

電話を握りしめたまま、彼女は目を閉じた。耳元に、寂しい風の音がする。故郷の音。

何かが見えてきた。玄関先に出した椅子に掛けて、ぼんやりと遊ぶ子ども達を見ている干からびた老女。それが自分。

「やだよ。私は旅立つの。用意してある乗り物に乗って」

「ぷっ。なにそれ。どんな乗り物」

「魂を乗せて飛ばす」

「お姉ちゃん、変なクスリやってるでしょ」

「……やってはいるけど、それとは関係ない」

「うちらの田舎は、新幹線に乗るのも手間がかかるからねぇ。電車も一時間に一本。東京に出るなんて一日がかり。いつの時代のどこの国なんだか」

「私の乗り物は、個人に合わせて作られているものだから」

自分でも、何をいっているのかわからなくなってくる。もう、目をつぶりたくない。嫌な幻が実体化して迫ってくる。

隣の椅子にもたれかかっている、白骨化した死体。それが妹。悪い薬が、まだ残っているのか。それとも。本当に妹も、何かの乗り物を用意してここまで飛んできたか。やめてほしい。ここは終着駅でも目的地でもないはずだ。

「そんな乗り物、来ないよ」

しかし妹は、あっさりという。白骨化した死体が沈黙しているから、これは妹ではない。目を開ける。嫌な気配だけ残して、幻は消える。

「ねぇお姉ちゃん。あたし、働きたくないの。絶対、外に出ていくの嫌なの。ミイラになったままの方がいいな」

もしかしたら自分は、長い夢を一瞬のうちに見ていたんじゃないだろうか。朽ちかけた家の前で、椅子に掛けてちょっとうたた寝して、その間に上京してソープに勤めてSMデリヘルで女王様と呼ばれて、電話占い師になった。

嘘嘘嘘。私は名家に生まれて名士の父と社交界の華の母に蝶よ花よと育てられ、才色兼備の令嬢として育ったの。という話を信じた人も、一人か二人はいたはず。

「うちにいたら、どんな素晴らしい人生でも夢見られるじゃない。出たら、おしまい。お姉ちゃんは外に出て体売りながら夢を見ていられる人だけど、私は違う」

それらは全部が、夢。本当はずっと故郷にいて、あの家から出ずに歳を取ったんじゃないか。だらしなく肥って、お金がないからというよりもったいないから歯を治さず、欠けた前歯でにたにた笑いながら人をだまして、ただ老いていく。その先は虚しい死だけ。

未来のある人には貸せないよ、ここは住人が死んだら取り壊す予定だから。その予定に組み込まれて、未来は決して与えられないし、求めても無駄。

「お姉ちゃんさぁ、いきなり都会に出るあたりは攻撃的なんだけど、武器も持たずに燃料も積まずに軍資金もなしで、そりゃ冒険っていうより無謀だよ」

「ただ死を待つより、ずっとましだよっ」

嫌だ。目を開ければ、散らかり放題の東京のマンションの一室よ。その方がいい、遥かにいい、自分が未来のない四十代半ばでも、ずっとずっといい。

「みんな、出ていきたくないんだよ〜。ここにいたいんだよ。夢のような新天地、約束された理想の故郷なんてあるわけないって、みんなわかってる。わかってるから、だまされないんじゃなくて、だまされる」

　四十も半ばの、自分以外は誰もいない部屋であってほしい。たとえ背後に、妹がたたずんでいても。オッサンや、ブウッと膨れた男の子がいるのは嫌だ。あのバアサンがいても嫌だし、とにかく故郷に関係した人はみんな嫌だ。

「まさか、自分の名前を忘れたなんていい出さないよね、お姉ちゃん」

　さすがに部屋を借りるときは、本名を使った。公共料金は引き落としではないにしても、ここも本名だ。あとは、ソープ。ソープだけはきっちりと住民票や身分証明が要るのだ。そのソープではなんと呼ばれてたっけ。最後に勤めた店では、どんな名前を使ったっけ。

「忘れてはいないけど」

　電話の向こうで、彼女のではない本名を呼ぶ声がするが、答えてはいけない。ついうっかり、古代の砂漠の神の名前など正確に発音してしまったら、終わりだ。

「その名前は、もう使わないから。今は、違う名前があるから」

「どんなに名前を変えても、無名になることだけはできないんだよねぇ」

「それは、あんたも同じでしょ」

　恐る恐る、目を開ける。……何か、果てしなく黒い死をまとうものが見えた。殺したオッサンかあの男の子か。あるいは、父か母。

　誰のものとも知れないミイラ。鰐や海豹。妹はたぶん、壁画を完成させている。破滅を描いた場面だけが、極彩色だ。

　そんなことより、今後ろにいるもの。黒い影。

まさか、舌を抜く閻魔様ではないだろう。恐る恐るゆっくりとではなく、お前なんかこわくないよと、勢いよく振り返る。黒い影は、こそこそと消えた。そのこそこそぶりが、誰かに似ている。誰だ。

「お姉ちゃん、可愛い妹のために身を削って働く、大事な妹のために体を売ってでも稼ぐ、そういう境遇をこしらえなよ」

「頭おかしいんじゃないの、あんた」

こいつにだけは、なめられたくない。

「声震えてるよ、お姉ちゃん。でも、これってなかなか素敵な神話じゃないよ。得意でしょ、お話を作るの。お姉ちゃんだけじゃないよね、信じてもいない天国を語れたり、神様はいなくても神話を作れる人って」

アラビアの詩人になったつもりで、彼女は幻視する。砂漠の中の宮殿。廃墟なのに、生々しく生き物の匂いがする。天井の低い回廊。毒々しい壁画。

いつの間にか、故郷の長屋に変わっていく。災害の少ない地域だから、なんとか持ちこたえた木造の安普請。あのころすでに、築三十年くらいではなかったか。汲み取り式便所の鈍い重い悪臭。貧しい食事の支度の、それでも立ち上る温かな湯気。

「お姉ちゃん、あんたもうミイラだよ。でも、生き返るのは難しい。肉体はどこに保管したの。魂はどこに隠してあるの。ないでしょ、そんな場所」

実際は狭いのに、地の果てのような行きどまり。聖なる怪物たちの終焉が描かれている。

そんな怪物ではなくごくつぶしの寄生虫が描いたのに、終焉だけは美しい。

そういえばどんな宗教でも、天国、極楽の絵は単一で、異教徒にも信徒にも平板で何か思考が停止してしまっている感を与える。対する地獄はみ

んな想像力の限りをつくし、生き生きと躍動《やくどう》している。

ああ、やっぱりみんな、本当は地獄に行きたいんだと思わせる。

「私は、ついに壁の絵を完成させたよ。お姉ちゃんの今と未来も、ちゃんと描いてあるよ。見においでよ。お母ちゃんの死も、これから描き加えるよ。お父ちゃんが野たれ死んだのも。楽しいねぇ、死と地獄を描くのは」

散らかり放題の、部屋をぼんやり見渡す。ここには来たくて来たんだっけ。無理矢理に連れて来られたんだっけ。地獄に堕《お》ちた者も、きっとみんなそうつぶやくだろう。

「お姉ちゃんを安い金で買ってたオッサンも、頭の変なバアサンも、みんなみんな描いてある。ラッキョウ畑に埋もれてた古代の神は、この私よ」

そして彼女は、暗いのにぎらぎらと眩《まばゆ》い灯りに気がつく。砂でざらつく床の、深い穴。そこから、光が見える。ごまかされてはいけない。希望の灯なんかであるものか。希望に見せかけただけの光。光に見えるだけの幻。

「でも、せっかくできあがった絵なのに、お母ちゃんがその壁も砂壁にしちゃったの。何を思ってか知らないけど、絵が描けないように塗ったくったんだよ。

なんかさあ、有名なホラー映画にあるの、知ってる？　壁を壊していくと、下から塗りこめてあった恐ろしい絵が出てくる。子どもの描いた、殺人の情景だよ。

私は、殺人の場面は描いてない……って嘘だね。描いてたよ。お姉ちゃんのいろいろな人殺しの場面。近所の人達の、失踪や自殺や病死に見せかけた、本当は殺人。

お姉ちゃんが戻ってきたら、また爪で引っかいて全部の絵が出てきたかなぁ。そしたらお母ちゃん、お姉ちゃんを殴ったかな」

異界ではなく故郷の海から吹きつける過酷な風が、砂をまき散らしながら通廊を吹き抜ける。二本足では歩かない奴らが、さらに背中を低くして這って行く。油断していると、奴らに穴に突き落とされてしまう。

自分の爪の間に、故郷の砂壁の砂が入っている。そこから砂が湧きだして、足元に積もっていく。頭まで埋まって、そうしたら鰐になって這いだすのか。

彼女は、いや、狂気のアラビア人の詩人は詩を口ずさむ。ここで故郷という怪物に食われるのか、妹に化けた、いや、妹が化けた怪物に拷問されて死ぬのか。

『私は永久に暗い田舎町から出て行けない女ではないけれど、光に満ちた永劫の街の中で自分も超えていく。

天国なんか、本当に夢見ているのか。神様なんて、心から信じているのか。夢見ているふりだけ、信じているだけ。なぜなら、みんな本当は地獄が好きだし、邪悪な獣に魅了されているから』

目をつぶれば、すぐそこに壁がある。今住んでいる部屋のそれではない。実家の畳の間の砂壁だ。ボロボロ、簡単に剥げ落ちる。砂がたまって足首はすぐに埋もれた。でも目を開けるのも嫌だ。

子どもと逃げたお姉さん、橋の下の名前のない一家、ソープの師匠まで埋もれていそうだ。自分が今、目を開けているのか閉じているのかも、わからなくなってくる。

故郷の死んでしまった老人達が、爬虫類みたいな姿に変わって群れをなしている。オッサンもバアサンも、親までいる。あの男の子もいるし、香港の魔窟にいた子までいる。あいつらに貪り食われる前に、早く飛翔しなければ。

でも、どこへ。もちろん、天国。そして神のいるところ。嘘だ。ここよりも地獄。自分より卑しい怪物のいるところ。

それにしてもみんな、本当に神なんて信じているのか。信じてもいない神のために、神話なんか作れる人間の方が恐ろしい。

電撃の塔

《図子 慧》（ずし・けい）

一九八六年、「クルトフォルケンの神話」（『コバルト・ノベル大賞入選作品集4』収録）でデビュー。好きな作家は藤沢周平で、彼の文章を手本に本格的な作家活動に入る。少女向け作品からホラーまでを手がける。『秘神―闇の祝祭者たち 書下ろしクトゥルー・ジャパネスク・アンソロジー』には、クトゥルー・ラブ・ストーリー作品「ウツボ」を寄稿している。

1

荒涼とした尾根道に、一台の白いバンがとまっていた。

あたりには灰白色の岩が転がり、みぞれ混じりの風に濡れている。立ち枯れして骨のようになった木立、空は怪しく曇って急激にあたりは暗くなりはじめた。

予定ではとうに全員が山をおりている時刻だったが、モデルの小娘はプレハブ小屋からでてこなかった。出発時刻を一時間すぎても、小屋に立てこもって泣きじゃくっている。

太った男がミニバンからおりてきて、内股歩きでヨロヨロと小屋に近づいた。悲壮な顔をしている。

「アンヘラ、な？ 頼むからおっちゃんと帰ろう」

いやだ、とアンヘラは小屋の中からいい返した。

「キタムラ先生の車で帰る。キタムラ先生を呼んできて！」

「キタムラ先生はとっくに出発したよ」

わああっ、とアンヘラは声をあげて泣きくずれた。

かわいいアンヘラは、グアム生まれの十四歳。小柄で細身で、繊細な目鼻立ちに、ふっくらした唇と象牙色のなめらかな肌をしている。母はハワイの日系人で、父はグアムの基地っ子。日本人、駐留米軍兵士、出稼ぎフィリピン人、チャモロ人その他のどこともしれない血の混じり合った人種の美しいカクテルだった。

父親はアンヘラが五歳のときに失踪した。アンヘラは六歳でモールのカタログモデルになり、仕事がないときは金持ちの子の誕生会で歌った。あどけない童顔が日本の広告業界に受けて、去年は住宅の広告にでた。今はタレントへの転身を模索中である。

アンヘラはがんばり屋だったから、グアムと日本を行き来しながら日本語を勉強した。日本語が話せるようになれば、外国人タレントとして日本のテレビにでられる、と社長で伯父のサバタに聞いたからだ。山頂での三日間のロケは過酷だったが、一度も涙をこぼさずにやり遂げた。

カメラマンのキタムラは、撮影が終わったらゴージャスな遊園地のホテルに連れていくとアンヘラに約束してくれた。ホテルのレストランを借り切って、アンヘラの十五歳の誕生日パーティを開くのだといった。ドレスを着て、星と月の冠をつけて。きみは夢の国のお姫さまになるんだ……。

でも、キタムラには約束を守る気はこれっぽっちもなかった。

「遊園地ならおいちゃんが連れていってやるから。おいちゃん、じつは低気圧で痔が悪化してな。靴下もかえときたいし……」

アンヘラの泣き声が大きくなった。こんなときに社長の痔と臭い足の話は聞きたくなかった。

「シャチョー、あっちにいって！　もうキライ！」

社長は大きなため息をついた。涙でかすんだ少女の目には、社長の血走った目も黒ずんだ顔も映らなかった。辛そうに左手で尻を押さえているところも。

彼女の小さな胸は、キタムラの冷たい仕打ちで張り裂けそうだったのだ。

「じゃあ、電波が入るところで電話かけてくるから。ここで待っててな」

社長は内股歩きで、ダイハツのミニバンに戻っていった。

カメラマンのキタムラは、香港俳優のアンディ・

ラウに似たきりっとした顔立ちの美男子だった。凄腕のカメラマンらしく言葉巧みに初心《うぶ》なアンヘラの下着を脱がせた。

貧しい母子家庭育ちのアンヘラは、諦めることに慣れている。我慢も平気だった。だが、いいことには慣れてなかった。何十回と他人の誕生日パーティに雇われて歌ったが、自分の誕生日パーティは一度も開いてもらったことがない。

他人のパーティで拍手したり歌を歌いながら、いつか自分の番がくると信じていた。次はあたしがみんなにおめでとう、といってもらえる番。次はあたしがケーキのキャンドルを吹き消す番。ケーキには、チョコレートでＡｎｇｅｌａと名前が描いてあるの。

キタムラは微笑んで、アンヘラの夢を聞いてくれた。ケーキは予約したし、スタッフたちも店で待っているよ。その言葉を信じてアンヘラは限界までがんばった。目の眩むような崖っぷちでポーズを取って、夜間の撮影をした。凍りつくような地面に裸で一時間以上も横たわった。

深夜の撮影は、本当におそろしかった。

スタッフたちは先に帰ってしまい、頼りにならない社長は車でぐうぐう寝ていた。まわりの暗闇からおかしな音がずっと聞こえていた。ごうっという冷たい風。月の光に奇妙な影が浮かびあがった。ストロボのなかで、大きな獣の影をみた。恐怖のあまり途中から頭が働かなくなったから、何もおぼえてないけれど。

山をおりたら、そのままホテルに向かうものだと思いこんでいた。だけど、キタムラはアンヘラを置いて帰ってしまった。

――だまされたんだ。

アンヘラは、悔しくて悔しくて泣きつづけた。

パァァ。社長がクラクションを鳴らした。

五分後、ダイハツのミニバンは荒っぽい切り返しをして走りさった。

アンヘラは気にしなかった。社長が戻ってくるのはわかっていたからだ。気のいい社長にひどいことをいってしまった。あとで謝らないと。

車のあとを追うように、雨が降りだした。

三時だというのに、山は夕方のように薄暗い。強い風が送電線を揺らしている。

プレハブ小屋があるのは岩だらけの荒れた斜面で、そこは携帯のアンテナすら立たない神に見放された土地だった。コンビニも自動販売機もない。敷地はどこもかしこも傾斜していて、ペットボトルを捨てればまっしぐらに谷底に落ちてゆく。どういう理由なのかあちこちの斜面から鉄塔が突きだして、びょうびょうと風に吹かれていた。

グアムの基地のそばで育ったアンヘラは、軍事施設かもしれない、と思った。何年も前に閉鎖され、放棄された施設。

中央のコンクリートの平屋の建物と倉庫は、施錠されていて入れなかった。プレハブ小屋は、離れた場所にポツンと建っていて無施錠だった。住居用の小屋なのか寝室に暖房器具やシャワールーム、小さなキッチンスペースがあった。どれも何年も前から使われてなかったようで、給湯器は外されていた。

こんな風呂にも入れない荒涼とした場所で、アンヘラは一泊したのだった。冷たいレトルト食品を食べて、ちっちゃな尻を寒風にさらして岩陰で用を足した。キタムラのために残雪の残る岩肌で裸になった。それなのに。

キタムラは、約束を果たす気なんかこれっぽっちもなかったのだ——。

泣いて泣いてついに涙が枯れた。鼻水もでなくなった。

ふと、アンヘラは自分の吐く息が白いことに気がついた。肌寒さにぞくっとした。

外をのぞいて雲の黒さに驚いた。渦巻くどす黒い雲が、空の白い部分を呑みこんでゆく。低気圧。社長がわめいていたのは、このことだったのだ。

アンヘラの気分は一瞬で切り替わった。まずい。すごくまずい。

低気圧のことなら何でも知っている。家と車をぶっ飛ばす強風や人をさらう高潮のこと。グアムの熱帯性低気圧。

ボア付きコートを着て、道路にでた。社長の車を探した。

車はどこにも見当たらなかった。

「シャチョーーー！」

叫び声が雨に吸いこまれる。罵りながら小屋に戻った。信じられない。シャチョーが本当に自分を置いていってしまうなんて。

ようやく、アンヘラの頭はまともに働きはじめた。小屋は強風にゆさゆさと揺れている。この小屋で嵐をしのげるだろうか？　アンヘラは山の天気のことは何も知らなかった。

パァァァン──

雷の音に飛びあがった。

空全体が、巨大なストロボをたかれたように白く光った。すさまじい音が轟いた。

山の雷をみるのははじめてで、しばらく物珍しさで見入っていた。雷光が毛細血管のように闇に広がって残像になる。たてつづけに雷が落ちた。綺麗だと思いながらながめているうち、だんだん雷撃が近づいてくることに気がついた。

アンヘラは不安になって窓から離れた。椅子を部屋の真ん中において腰をおろした。床に水溜まりが広がっていた。小屋の壁が土台とずれていて、強風のたびに建物が浮きあがっているのだ。小屋が吹き飛ばされかけている。

アンヘラは五秒で決断した。

ピアスをすばやく外し、ブレスレットを抜いた。祖母からもらったお守りのペンダントは外したくなかったが、金属のチェーンがついていたから諦めた。財布もテーブルにのせて、金属を身につけてないことを確認した。

社長が山のロケ用に買ってくれたコートはボアつきの防水タイプで、みてくれはともかく温かかった。ジッパーはプラスチック。金具はないはず。防水のミトンもあった。ブーツを脱いでスニーカーに履きかえた。

アンヘラはフードを被り、何も持たずに外にでた。小屋の照明を消さなかったのは、怖かったからだ。昼間なのにあたりは真っ暗だった。上のほうにあったコンクリートの建物に避雷針がついていたことを思いだし、そちらに歩きだした。

雨はほぼ止んでいるが、風が強くてまともに目があけられない。風に押されるように歩いた。

行く手で空が光った。

間近でパァーンと音が弾け、衝撃でアンヘラは尻もちをついた。林立する塔の一つに雷が落ちたのだ。

つづけざまに雷光が走って、空を巨大な雷撃が切り裂いた。直後、閃光と衝撃音が襲ってきた。至近距離にある塔が火柱をあげている。

そのあとはもう爆撃のようだった。

数秒間隔でつづけざまに十回ぐらいの落雷があって、そこら中の塔が雷撃を受けた。閃光と轟音にアンヘラはふるえあがった。

ひたすら地面に頭を抱えてうずくまっていた。バリバリという音で地面も自分も振動した。恐怖のあまり生きた心地もなく歯がガチガチ鳴った。

時間を巻き戻したかった。社長と一緒に山をおりていればよかった。馬鹿なアンヘラ。いつもいつも悪いほうばかり選んでしまう。ママ、助けて。おばあちゃん、おばあちゃん。

パンパンパン。目の前の鉄塔が赤い火球に包まれて炎をあげた。

このままじゃ死んじゃう。

アンヘラはプレハブ小屋に戻ろうとした。だが、這うように身体の向きをかえたとき空全体が光った。

衝撃音がアンヘラの全身に突き刺さった。

何かがすぐそばで燃えていた。火事のようだが、目がかすんでみえない。まばたきすると、プレハブ小屋が燃えているのがみえた。軒下から白熱した光が吹きだし、電線を火が走った。パキッ。破裂音とともに、屋根にまた雷が落ちた。

直後にドーンという地響き。アンヘラの身体が浮いた。落雷の瞬間はみていなかった。顔をおおって地面にふせていたから。

おそるおそる顔をあげてみれば、小屋は壁が倒れて床がむきだしになっていた。ヒーターが転がって炎をあげている。アンヘラの目の前で、小屋の屋根と外壁が、紙細工のようにくしゃくしゃに潰れて斜面を転がり落ちていった。

わっ、と悲鳴をあげてアンヘラは逃げだした。走る速度にあわせて、周囲の鉄塔につぎつぎと雷が落ちた。

アンヘラを狙うように稲妻が黒い空を駆ける。まるで頭上に何かがいて自分めがけて雷撃を投げつけているかのようだ。前方の塔が雷になぎ払われて倒された。真っ黒な煙が、一瞬視界をさえぎった。

次の瞬間、巨大なエネルギーの流れが鉄塔を破壊して炎の熱が顔を焼いた。

アンヘラは母と祖母に助けを求めながら、地面に這いつくばった。今にも直撃を受けそうで怖くて立ちあがれなかった。腰が抜けていた。泥のなかを這って斜面をのぼった。

コンクリートの建物はどこにもなかった。パニックで方向を見失ってしまったのだ。

目の前はゆるやかなのぼりになって、片側にはゲート型をした鉄塔が並んでいた。その先には見上げるような大岩。

大岩は雨雲にけぶってぼうっと青白く光っていた。

その先端をみあげて、アンヘラは目を疑った。岩のてっぺんに人工物の輝きがみえたのだ。無数の光が横並びにまたたいて、そのあいだにはハイウェイらしきものがのびている。オレンジの光にかすむ都市。

でも、こんなところに街があるの？

まさかと思って目をこらした。だが光はまだみえた。青や赤の光が混じっている。まちがいなく街の光だ。

街をながめているうちアンヘラの胸に懐かしい気持ちがわきあがった。広い道路に見慣れたパームツリーの街路樹。どこか気怠《けだる》い平坦な町並みは、緊張でピリピリしている東京とはぜんぜんちがっていた。

もしかしてグアム？　うちに帰ったの？　ママ！

混乱しながらも、アンヘラの濡れて冷えきった身体は安堵であたたかくなった。母の顔が浮かんで力がわきだし、ともかく前へ進みはじめた。

街のはるか下には輝く門のようなものがみえた。

入り口だ。あそこまでいけば助かる！

ゴロゴロゴロ……。

空は不気味に光り、暗い雲のなかを夜より黒いものが動いている。金色の目がアンヘラを捉えたのがわかった。捕まる。恐怖に押され風に転ばされながらアンヘラは必死に門を目指した。

近づいてみれば、門にみえたものはただの岩の裂け目だった。むきだしの岩肌は荒々しく濡れそぼり、辺りにはぞっとするような気配が満ちている。

しかし、裂け目の内部には光があった。乳白色の輝きがはっきりみえた。

照明がついているのだ。

アンヘラは夢中で穴に這いこんだ。涙と鼻水で息をするのも苦しい。ぬるぬるした岩肌にしがみついて片方のつま先で地面をさぐった。階段のような突起が感じられた。やはり通路なのだ。ここをおりれば――。

ふいに身体が軽くなった。

気がつくとアンヘラは宙に浮いていた。周囲には真っ白な光があふれ、強烈な輝きが背後から差して世界を焼き尽くしすべてが消えうせた。

*

鯖田は、落石よけのコンクリートの庇の下で落雷をやり過ごした。

ドーン――。

山の上に大きな雷が落ちたらしく、空気を切り裂く衝撃音が伝わってきた。青白い光で、世界が真っ白になった。

「ひぃぃぃ」

鯖田は恐怖のあまり小便をちびりそうになった。生きた心地がしない。冷えたせいで尻がずきずきうずいている。

栃木生まれの鯖田は雷が苦手だった。年がら年中雷が落ちる山なんかにきたくなかった。

伊弉冉《いざなみ》山。この山は鯖田の生まれた町の近くにある。地元では有名な心霊スポットだ。

標高は千二百メートルほどで、台地から山脈にかかわる地点に単独でそびえている。活動を終えた火山で、岩とガレ場だらけの地味のやせた山だから山菜採りも寄りつかない。山頂まで立派な道路が通っているが、それが仇になって遺棄死体がたびたびみつかる。

山には道反《ちがえし》の岩と伊弉冉神が祭られていて、山頂には、伊弉冉が夫を追いかけてきた黄泉の国に繋がる洞穴があるといわれている。

出雲と縁もゆかりもない北関東に伊弉冉神社と道返の岩ができた理由は、一説には山頂の穴のせいらしい。溶岩道がいたるところに開いていて、飢饉のときはその穴に死人を遺棄していた。当時は伊弉冉山という名ではなかった。本当の山の名前は口にするのも忌まわしいとして避けられた。明治の神社合祀令のどさくさで新しく神社が建《こん》立《りゅう》されて、伊弉冉山と名称があらためられた。ある種の霊場だったことは確かなようで、山に入った人が行方不明になる事件が頻々とおきた。

そんな場所だが、雷の発生率が高いことから何十年か前、電力会社と大学が合同で山頂に落雷の実験施設をこしらえた。実験場が完成してしばらく稼働していたが、いつのまにか施設は閉鎖された。研究員が行方不明になったという噂だった。地元のものは「やっぱり」といいあった。

それきり施設は放棄されたと聞いていたが、現地にきてみれば、施設は高いフェンスと電動式のゲートでしっかり守られていた。管理者は電力会社。電動式のゲートはスムーズに動いた。

警戒厳重そうな場所のパスカードを、北邨《きたむら》はどうやって手にいれたのか？

「正式な許可じゃない。他言しないように」

北邨はそうスタッフたちに口止めした。

売れっ子カメラマンの北郁は、神も仏も気にしてない。山頂の岩の前にはってあった注連縄《しめなわ》も、撮影の邪魔だといって取り払ってしまった。それが気の小さい鯖田には心配で仕方ない。

とはいえ北郁公之《コウシ》の仕事は、涙がでるほどありがたかったのだが。

義母のコネで、それも拝み倒してやっと紹介してもらった仕事だった。北郁がカメラを構えているなら、雷の山どころか火口に飛びこむモデルだっているだろう。

ともあれ北郁は望みどおりの写真を撮ったようで、「約束は守るよ」といってくれた。

約束……。

おぞましい記憶がよみがえって、鯖田は身悶えした。

心と尻の傷がズキズキとうずいた。アンヘラを売りだすためなら大抵のことは我慢できるが、さすがにあれはッ！　そこでようやく座薬が効いてきて鯖田は苦痛から解放された。

嫁から電話がかかってきた。撮影の首尾を聞かれたので上々だといっておいた。嫁は安心したようだが、一言付け加えるのは忘れなかった。

『テレビの司会の話だけど。アンヘラは処女なんだから変な営業させちゃ駄目よ』

「も、もちろんだよ。ハニー」

変な営業を強要されているのはマネージャーのほうなのだが、それは妻にはいえない。

鯖田はおのれを知っている。足の臭さが殺人級だということや、怪獣マニアにフィギュアモデルを頼まれたりする容姿だということも。若いころの鯖田は決してそうではなかった。ジャニーズ系のイケメンでモテモテだったのだが、ある日、妻の実家でだされた魚料理で中毒をおこして、一夜にしてゲテ物面になってしまったのだ。家庭は円満になり妻子はやさしくなったから特に気にしてないのだが。たまに北郵のような変な趣味の人間が寄ってきて謎めいたことをいうので困っていた。深きものどもとか、ナコト写本とか。

ともあれ北郵のおかげで、アンヘラの初のレギュラー仕事は無事に決まった。Eテレの子ども番組の司会だ。ギャラは高くないが知名度があがる。

北郵はテレビ局に顔が利く。

一介のカメラマンがそんな力を持っていることは、なかなか納得できないのだが、実際にそうなのだ。北郵のバックには本当にその名をおおやけにできない教団がついていて、北郵はそこのトップの特別なお気にいりという噂だった。北郵が撮ったモデルはたいてい売れっ子になるから、鯖田はそれをアテにしていた。

気になるのはヌードを撮らせたことだったが、北郵はアンヘラのヌード写真は公開しないと約束した。北郵の仕事をしたモデルのヌード写真が流失したことはないから、その点は信用している。

北郵の写真のなかで、アンヘラは神話の登場人物となり、虐待や拷問、レイプをイメージさせる衣装や小道具を身にまとって、この世ならぬ輝きをおびる。

美しいがどこか邪悪な写真だった。それでいて心を揺さぶってくる。北郵を一流たらしめている特徴だ。決して見過ごしにできない広告。

ああいう写真なら、成人のモデルのほうがいいんじゃないか――?

鯖田は内心そう思っているが、口にはださない。ナルシスト、マゾの女装愛好者、変態。北郵は、若いころ、衝撃的な自撮り写真で売りだした。異形の男たちに犯される女装した北郵自身の写真だ。邪神崇拝を思わせるホラーとエロの結合した写真集は、写真史に残る傑作と名高い。

今は文化人として有名になった北郵だが、中身が変わったわけではなかろう。

鯖田もスタッフたちもみんな北郵の実態を知っていて、知らないのはアンヘラ一人だった。もっともその性癖ゆえに、北郵は凝りに凝った凄い写真が撮れるのだろうけれど。

鯖田は、プレハブ小屋にアンヘラを置き去りにしたことは心配してなかった。電気はきているし暖房設備もある。小屋の避雷設備は万全のはずだ。なにしろあそこは落雷の実験場なのだから。

鯖田は、プレハブ小屋の用途について完全に誤解していた。

それをいうなら北郵も、昨日までいたスタッフたちも同じだった。

他の建物に立ち入りできなくて、あの小屋だけ施錠されてなかったのは、そもそも宿舎として建てられたものではなかったからだ。落雷ハウス――、実験場をかつて使用していた大学の研究者たちは小屋をそう呼んでいた。

落雷用の実験施設に撮影隊が泊まったと聞いたら、研究者たちは即死するほど驚いたにちがいない。

鯖田は空をのぞいた。黒い雲は東に去って、空はほんのり明るかった。雷雲は通りすぎたようだ。

鯖田は、車をゆるゆると発進させた。安全運転で山頂にむかった。

実験場の大きなゲートがヘッドライトに浮かびあがった。敷地内の道には轍がくっきり残っている。標識を確認するまでもなかった。鯖田はプレハブ小屋の前までいった。そのはずだったが、小屋が見当たらない。

鯖田はクラクションを鳴らした。二度、三度と鳴らしたがアンヘラの応答はない。敷地内のどこにも灯りがみえないことに気がついて胸騒ぎがした。

懐中電灯をだして外にでた。

「おーい、アンヘラ」

凍てつくような風に、ビニールを燃やしたときの焦げ臭さが混じっている。

もしやと思い、異臭のほうへ歩いて、プレハブ小屋の残骸をみつけた。

「なんてこった」

鯖田はおろおろとあたりを探した。アンヘラはどこにもいなかった。小屋は壁もなく、床は黒焦げ、電線がまだくすぶっている。鯖田は声の限りにアンヘラの名前を呼んだ。死んじまったのか。おーい、頼む、返事をしてくれ。

小屋の残骸をひっくり返し、岩の後ろをのぞいた。半泣きで探して回ったが、彼の姪っ子はいなかった。

絶望のあまり、鯖田はその場に座りこんだ。アンヘラの花柄のバックパックが、テーブルの下に転がっている。財布、アンクレット、ピアス、お守りのペンダントも。

ペンダントは、霊媒師をしている鯖田のハワイ住まいの姑――、アンヘラの祖母にもらったものだった。ギターピックのような薄い石に、魔除けだという奇妙なシンボルが刻まれている。撮影のときも、アンヘラはなかなか外そうとしなかった。

鯖田はハッとした。

アンヘラがこれを外したのは、理由あってのことだ。利口なアンヘラは危険を察知して避難したにちがいない。

鯖田は地面を懐中電灯で照らして必死で足跡を探した。北へ向かう足跡がみつかった。泥まみれのミトンとスニーカーが落ちていた。

「アンヘラ!」

アンヘラは、山頂近くの窪地に泥まみれで倒れていた。鯖田は懐中電灯を放りだして駆け寄った。髪をかきわけ、頸動脈に指をあて脈を探した。脈がない!

「アンヘラ! 目をあけてくれ!」

無我夢中で少女の身体を仰向けにして、心臓のあたりに両手を置いた。薄っぺらい胸を力をこめて押した。

「起きろ《カモン》、起きてくれ《カモアップ》」

泥に横たわるアンヘラの灰色の顔は、石のようだ。押しつづけても、少女の身体はぴくりとも反応しない。鯖田は泣きわめきたくなった。

「アンヘラ、頼むよ」

藁にもすがる思いで、焼けた小屋で拾ったペンダントをポケットから取りだした。アンヘラの額にのせて、心臓マッサージを再開した。

何分ぐらい押しつづけていたろう。

ふと、暗い地面に光りが差した。紫がかった雷光が周囲を照らしだし、突風が斜面を走りぬけた。

パキッ、

音をたててペンダントヘッドの灰色の石が粉々になった。

アンヘラが目をあけていた。

「よかっ……」

といいかけて、鯖田の声は尻すぼみになった。アンヘラの双眸が青く光っていたからだ。よくみれば、明るいのは瞳孔の中心部で、本来、真っ黒なはずの瞳孔が青いレーザーのような異様な輝きをはなっている。小さな美しい顔が青白く妖しく照らしだされた。

鯖田は混乱した。

何か映っているのかと背後をみたが、夜空だけだ。

「アンヘラ?」

アンヘラの唇がかすかに動いている。ヨト・サト・テミグレ……。

それから、がくりとアンヘラの頭がのけぞった。鯖田は、おそるおそる胸に耳をつけた。鼓動を感じた。念のためアンヘラのうなじに手をやった。頸動脈が脈打っている。まちがいない。蘇生したのだ。

鯖田は、意識のない少女を背中に担ぎあげた。小柄なアンヘラは空気のように軽かった。

「がんばれ、アンヘラ。すぐ病院へつれていってやる」

鯖田は少女を背負い、ぬかるんですべる斜面を踏ん張りながらおりていった。雨は止んで、雲の切れ目から星がのぞいている。

嵐が過ぎたあとの月のない夜空には、胸がドキドキするほど豪勢な星が輝いていた。

こんなに星が近くみえたのははじめてだ。星のひとつひとつが皿ぐらいある。星ってこんなに大きいものだっけか。

林立する鉄塔がきしみ、うめきをあげ、真っ黒な岩が音を立てて割れた。鯖田はその場に自分たち以外のだれかがいる気がした。まるで大勢の影に取りまかれているような。もしかしてあれは星ではなく、塔にみえるものは塔ではないかもしれない。

がらにもなく鳥肌をたてて、鯖田は車へ急いだ。今は姪っ子を病院に運ばなければ。何も考えるまい。ケツの痛みも恐怖も。

2

『著名カメラマン、変死体で発見』

三月二十三日の午前十一時ごろ東京都目黒区の

映像会社の従業員から、「三階のスタジオで、男性が首から血を流して死亡している」と目黒署に通報がありました。遺体の所持品やスマートフォン、キーから、遺体はスタジオの経営者でカメラマンの北郵公之さん（四十七歳）とみられています。

北郵さんとみられる遺体は、着衣姿でフロアの中央に仰向けに倒れており、傍らにカメラ、照明装置が散らばっていました。遺体は頭部がなくなった状態で、警察では遺体の身元確認作業と頭部の捜索にあたっています。

検死の結果、男性が死亡したのは同日午前一時から午前二時のあいだとみられ、室内に物色の形跡があったことから、警察では物取りおよび怨恨の両面から調べをすすめています。なおスタジオのドアは内部からカギがかけられ、窓は開かない状態になっていました。

『目黒区のカメラマン変死事件、死因は心筋梗塞か』

目黒警察署は、二十三日死体で発見されたカメラマン北郵公之さんの死因を心筋梗塞と発表しました。頭部が切断されたのは死後まもなくとのことです。また北郵さんが倒れていたスタジオの換気窓が開放された状態だったことが、関係者への取材で明らかになりました。

会社建物の防犯カメラには、二十三日の午前零時三十分に北郵さんがビル駐車場に自分の車をとめてビルに入る姿が残っていました。一時間半後の午前二時にビルのブレーカーが落ちて建物全体が停電したあと、防犯カメラは午前八時三十分に社員が出勤してブレーカーを戻すまで停止した状態でした。ブレーカーが落ちた原因は落雷とみられています。

二十二日から二十三日の未明にかけて、東京湾岸は雷をともなう激しい雨がふっており、開いた換気窓から雨が降りこんでスタジオの床は一部が濡れた状態になっていました。

警察は、会社に住みこみで働いていたアルバイト従業員から事情を聞いています。

有名カメラマンが変死した事件は、テレビのトップニュースになった。

北郵公之といえば、ルックスのよさと鋭い弁舌でもてはやされた有名文化人だった。車のCMに出演し、国際的な芸術祭のアートディレクターをつとめ、ファッション誌のグラビアに登場した。抱かれたい男ランキングの十位に入ったこともある。

その北郵公之には息子がいて、こちらは犯罪でもやらかさない限りマスコミに登場しそうもない平凡な大学生だ。それがぼくだ。籠目リョウ。

姓がちがうのは両親が離婚したからで、父とは一年前に対面した。一年間、雑用係兼カメラアシストとして父の下で働いた。警察に事情を聞かれた『会社に住みこみで働いていたアルバイト従業員』というのはぼくのことだ。重要参考人だったのだ。

『北郵公之さんの親族から事情聴取』

日刊スポーツの一面に、警察官に囲まれたぼくの写真がドーンとでた。

屈強な刑事に任意同行される、ぼうっとした表情の痩せた若い男。髪はぼさぼさで顔は青白く、口は半開きだ。黒縁のメガネは今にも落っこちそうに傾いている。自分でいうのも何だが実に変質者っぽい。

『父親殺しの容疑者つーより、幼女への猥褻行為で捕まったロリコン大学生だな』

ネットにそう書かれているのをみたときは、あまりに言い得ていて苦笑するしかなかった。言い訳すれば、このときは海外ロケの帰りの飛行機で風邪をひいて熱があった。ふだんはここまでひどくない、と思いたい。まあ容疑は晴れたからいいのだけどね。

父のたぐいまれな美的センスはぼくには伝わらなかったので、理工系にすすんだ。都内の大学で、二度目の二年生をやっている。専攻は材料工学。断じてロリコンではない。好きなタイプは、アモルファス合金みたいな女子だ。

アモルファス合金とは固形でありながら液体の性質を持つ金属である。金属、つまり結晶金属では原子が規則正しく並んでいるが、アモルファス合金は固体であるのに原子は液体のようにランダムな状態にある。強度と粘りがあり、腐食に強い。

アモルファス合金は、七十年代に実用化され磁性材料として脚光を浴びたものの、現在ではとくに目立つ素材ではない。金属合金の一つとしてゴルフのヘッドから、スマホのフレームなどに幅広く使われている。現在の材料工学の先端といえば、炭素同位体のグラファイトだが、ぼくはグラファイトばりに硬い女性は苦手だ。できればアモルファス合金のように粘りがあって、ときには金属ガラスに変化するもろさがあるほうが魅力的だと思う。いや彼女もいないのに、熱く語っても仕方ないのだけど！

話を戻す。北郎公之は、国内では女性専門のカメラマン兼アートディレクター、海外では画家として有名だった。そう、絵もうまかったのだ。モデルのコスチュームや小物を自分でデザインすることも多かった。

父が作った撮影用のアクセサリーや衣装、ラフ画は、写真と並んで北郁公之記念財団で展示されている。小物のいくつかは市販されてヒットした。仕事量と質の高さでゴーストライターを使っていると噂されたこともあったが、正真正銘父は一人で仕事をこなしていた。

その上、数カ国語を流ちょうに喋り、モデルたらしのカメラマンだけあってめっぽう口がうまかった。国際交流の文化事業やアートフェスティバルには打ってつけの人材だったから、父が死んで文化庁や広告代理店はさぞや困っているにちがいない。

こんなふうに書いていると、父がすばらしい人間だったように思えてくる。そんなことはなかった。北郁公之は才能はともかく人としては、最低のクズ野郎だった。

たとえば北郁公之は、自分に批判的なことを書いたコラムニストや批評家に陰湿な嫌がらせをおこなった。強力なコネを使って仕事を干したこともある。敵に回すと怖い人間だという噂が広まって、だれも逆らわなくなった。

父を後援していたのは、『本当にその名をおおやけに口にできない』教団だった（本当にそういう名称なのだ）。これについてもメディアは言及しなかった。北郁公之が影響力を持っていたのは、この教団のバックがあったからこそなのだが。

北郁公之の業績をたたえる報道の一方で、死体損壊事件の捜査は停滞していた。

外国人窃盗団グループの可能性がある、という発表のあと、事件の続報は途絶えた。

ぼくは、犯人は永遠に逮捕されない、と思っている。というのも——。

＊

「リョウくん、早く自首したらどうかね」

父の一般ファン向けお別れ会の翌日、デスクを片付けているぼくに専務の白鬚さんがいった。

白鬚さんは会計検査院を定年退職した経理と事務のプロで、天下りしてからファッションに目覚めた。『相棒』の杉下右京を着こなしのお手本にしている。ダブルのスーツに、ネクタイと同色のチーフをのぞかせ、爪と靴はいつもぴっかぴかだ。

ぼくはメガネをずりあげて、応戦した。

「ぼくの動機はなんですか？　白鬚さん」

白鬚さんはうれしそうに笑った。手入れのいい白髪と肌は日光につやつやと輝いて、杉下右京というより七福神の何かの神様に似ている。

「そりゃきみが、北郎公之の唯一の親族で、相続人だからだよ」

「ぼくは遺留分以外もらえませんし、その遺留分もほんのちょっぴりだといったのは、白鬚さんですよ？　そもそもこれ、殺人事件じゃないし」

「きみは、この密室変死事件を解決したいとは思わないのかね？」

「思いますけど、やってもない犯行の自白をぼくに強要しないでくださいよ」

「わたしはヒマなんだよ、リョウくん」

そういって、白鬚さんはすねた子どもみたいに椅子を一回転させた。

社長の変死以後、スタジオ北郎の仕事はなくなった。せっかちな仕事人間の白鬚さんには拷問のような日々だ。ヒマ潰しに推理ゲームに励んでいる。今は尋問技術のスキルアップ中で、ぼくを毎日練習台にしている。まったくもう。

事務所には父の秘書だった田根さんという女性もいるのだが、こちらは白鬚さんをぜんぜん相手にしない。

「遺留分がちょっぴりしかないといったのは失言

だったね。あれで、きみ、容疑者から外れちゃったんだっけ」

「当時、東京にもいなかったんですけど」

成田からの帰り道、車をパーキングエリアにとめて仮眠をとっていたのだ。パーキングの防犯カメラ複数にぼくの映像が残っていた。

「完全犯罪だね。お見事だ」

白鬚さんは、パンパンパンと手を叩いた。

ぼくはデスクの片付けに戻った。引き出しのゴミのなかから海外ロケのスケジュール表がどっさりでてきた。まとめてゴミ袋に捨てた。

一カ月月前、ニュージーランドロケからの帰国日に近隣国の火山が噴火して飛行機が欠航になった。北郷公之やモデル、スタイリストといった正規の航空券を購入できる人々は、オーストラリア経由で日本に帰った。その他の日雇いスタッフは機材とともに残された。ぼくも残され組だ。空港に一泊してトイレで身体を拭き、互いの不遇を嘆きあった。

ようやく成田についたが、そのあと機材を積んだトラックを会社に持って帰るのもぼくの仕事だった。途中どうにも限界になって、パーキングエリアで仮眠を取った。

会社についたのは正午過ぎ。会社の前にはパトカーが止まって警官があふれていた。

名乗ったとたん拘束されて、着の身着のまま警察につれていかれた。

連日警察に呼ばれて事情を聞かれ、報道やニュースではほぼ容疑者扱いだった。会社の部屋に戻れず、友人の家を泊まり歩いた。パーキングエリアの防犯カメラの映像も、ぼくの身の潔白の証にはならなかった。共犯がいると疑われたのだ。ところが父の死因が心筋梗塞以外にはない、とわかったとたん、警察の熱意は冷めてぼくは解放された。

相続については、前々から、白鬚さんが社員や撮影スタッフの前で口にしていたことだったから、秘密でもなんでもなかった。北邨公之の写真の版権や不動産の大半は、教団と関わりのある財団に寄贈されることになっていた。

白鬚さんは財団理事との兼務だ。田根さんも理事をつとめている。この二人は当夜は自宅にいて、どちらも午前一時半に北邨公之と通話していた。

あの夜、ぼく以外のスタッフたちはなぜか活発に電話しあっていた。白鬚さんも疑われて警察に呼ばれた。刑事ドラマを愛好する白鬚さんには、忘れられない経験になったらしい。

「この年で刑事の取り調べを受けるとは、興奮したね。血圧があがって死ぬかと思ったよ」

「いっそ白鬚さんが自首したらどうです？」

「わたしが犯人なら、遺体は公園に移すさ。きみがスタジオに放置したせいで、この建物が瑕疵物件になったよ」

「もし公園に遺棄してたら、ぼくの遺留分は増えましたか？」

「今の聞いたかね、田根さん」

白鬚さんは大きな声でいった。

「こやつ犯行を認めましたぞ！」

ほらほらほら、と白鬚さんは興奮しているが、マネージャーの田根さんは無表情でパソコンの入力をつづけている。

田根さんは実年齢は五十代なかばだが、今日はお別れ会のあとで疲れたのか、老人のように老けてみえた。経理以外の業務は彼女が仕切っている。雑談を一切しない人で、彼女の私生活のことはだれもよく知らない。

田根さんが反応しなかったので、白鬚さんは賛同者を求めて室内を見回した。

あいにく室内はガランとしていた。空きデスクが四つ並んでいる。

先日までいたスタッフたちは、ボスの死後やめたり田根さんに解雇されたりしていなくなった。ぼくは解雇はされてないが、仕事もない。だから今日をもって自主的に辞めることにした。

「白鬚さん、会社から支給されていたものを返却していいですか？　会社は財団の建物に移すんですよね？　引っ越しのあとで何かなくなったとかで疑われたくないので」

ぼくの本心を知らない白鬚さんは、快く応じてくれた。

「いい心がけだよ。ついでにきみ自身も不要品にだしたらどうだね」

ぼくは引きだしをあけて、残ったものがないことを確認した。一番下の引きだしから厚いファイルを取りだして、デスクの上に積みあげた。

「スマホも忘れるなよ」

会社支給のスマホをだした。ついでにキーも。

「合い鍵なんて作ってないだろうね？」

「これは、複製できないキーですから」

カードキーと建物のキーリングを置いたとき、白鬚さんが眉をひそめた。ぼくの魂胆に気づいたのかもしれない。ぼくはジーンズの尻ポケットから、車のリモコンキーを引っ張りだしてカードキーの上に置いた。

「白鬚さん、受け取りにサインしてください」

白鬚さんは受取書の項目を指さし確認しながら、チェックをいれていった。署名欄に殴り書きしながら、上目遣いにぼくの顔をのぞいた。不安げな表情でたずねた。

「やめるんじゃないだろうね？」

「やめませんよ」

今日はやめない。明日からだ。

「あの書類にはサインしたかね？」

「書類はファイルに入ってます」

白鬚さんはじつは親切な人間かもしれない……。

そう思ったことは一度や二度ではない。

落とし穴を仕掛けたときに、わざとらしく罠の近くをうろうろしていて、自分から落とし穴があることをバラしてしまうタイプ。白鬚さんはそれだ。すぐに口にだしてくれる白鬚さんのおかげで、ぼくはこの一年間ずいぶん助かった。

ロッカーから喪服をとってきてバックパックに詰めこみ、「それじゃ」と頭をさげた。さりげなく事務所のドアに歩きだした。白鬚さんはファイルをめくっている。

「書類はどこだね」

「青いファイルです。棚かも」

白鬚さんが支払い証明書に混ぜた委任状は、シュレッダーにかけた。白鬚さんをぼくの代理人とする旨の書類だ。本気でぼくがこんな書類にサインすると思ったのだろうか？

「どのファイルだね？」

ぼくは事務所のドアをあけて、フロアにでた。白鬚さんに呼びとめられたが、階段を駆け足でおりて会社を飛びだした。一階は駐車スペースになっていて、建物部分は支柱と玄関だけだ。

一階の駐車場はいつもよりガランとしていた。奥に会社の二トントラックサイズの機材運搬用のバンと、手前に父のＳＵＶ。

ぼくは会社の前にマスコミの車がいないことを確認した。車道を横断しようとしたとき、会社の斜め前にとまっていた黒のミニバンが動きだした。ぼくに向かってくる。

ぼくは、目についたビルの駐車場に駆けこんだ。この駐車場は、反対側の通りに繋がっている。通り抜け禁止だが、そんなことはいっていられない。

黒いミニバンがとまる音がした。ドアがあいて、人がおりてきた。

逃げながら、ぼくはふり返って相手をみた。

駐車場に入ってきた人物は、黒っぽいフードにマスクをかけて、上半身が妙にずんぐりしていた。

おや、と思ったのは両手を前に突きだし、よろよろと歩いてくる姿が不自然だったからだ。晴天なのに雨用のポンチョを着ている。

フードをかぶった頭は、大きな茸のように頭の周囲に張りだしていて、チカチカと光るものがくっついていた。なんだ？　ぼくは目をこらした。風でフードの一部がめくれた。

うわっ、という悲鳴がぼくの喉からほとばしった。

フードのなかに、二つの顔が上下に重なっていたのだ。

衝撃のあまり駐車中の車にぶつかった。盗難防止ブザーが鳴りだした。警報音にわれに返った。反対側の出口目指して無我夢中で逃げだした。全身に鳥肌がたっていた。

キモかった。フードからのぞいた異様な二つの顔が目に焼きついている。肌は黒くてざらざらしていて、目が一対、口が二つ……。何かをみまちがえたのだと思うが、二度見する勇気はなかった。嫌悪感に肌を粟立てながら、全速力で走った。

駅の周辺をぐるりと一周してコンビニに隠れ、そいつが追ってこないことを確かめた。それからそろそろと会社に戻った。会社から一ブロック離れたところにレンタカーをとめていたのだ。

通りをうかがいながら、白のワンボックスカーの運転席の窓を叩いた。

「垣内、あけろ」

もう一度ノックすると、垣内は目を覚ましてドアのロックを外した。

ぼくはバックパックを後部に押しこみ、助手席に乗りこんで、シートベルトをかけた。

「早くだせ。変なやつが追いかけてくる」

ぼくは窓の外をのぞいて、うわ、と叫んだ。反対側の歩道に白鬚さんの姿がみえたのだ。サンダルばきで鬼のような形相をしている。垣内があわてて車を発進させた。

振りきったとわかるまで、二人とも無言だった。

ミラーをのぞいたが、引っ越し荷物が邪魔で車の後方がみえない。窓から外をみた。

「黒のミニバン、つけてないか？」

「さっきのじいさんか？」

「あの人はお節介ってだけだ。会社の前でおかしなヤツが張ってたんだ。そっち、いない？」

さっきの気味の悪い追跡者のことを思いだして、また鳥肌がたった。身体中を掻きむしった。

「引っ越し先は隠してあるよな？」

「もちろん」

会社ともマスコミとも縁を切りたかったから、手は打った。

会社に知らせた住所は、垣内の住む寮の存在しない部屋番号で、郵便物は大学近くの郵便局の局留めにした。母にも口止めした。母は報道のせいでぼく以上に傷ついたから、親族にも黙っている、と約束してくれた。

白鬚さんが学校に探しにくる可能性がないとはいえないが、校舎入り口には学生証によるチェックゲートがある。外部の人間は入れない。

「さっきのじいさんが容疑者って可能性は？」

「白鬚さんは高血圧で、前立腺肥大で、すぐ息切れするんだよ」

「それでなんで容疑者から外れるの？」

ぼくは、北郁公之の死の状況についてざっと説明した。

「スタジオのドアは、停電になるとロックがかかって、出入り不可能になる。父が入ったあとドアからでた人間はいないわけ。つまり密室ね。唯一開いてたのは換気窓で、これは縦横がサッカーボール大のサイズだから、通り抜けは不可能。換気窓に父の血と毛髪がこびりついていたから、ここから頭部を外にだしたのはまちがいない。でも犯人自身は外にはでられないんだな。

だから、犯人は父と一緒にスタジオ内に入って、父の頭部を換気窓から外に放りなげたあと、ずっとスタジオに潜んで、死体発見の騒ぎでドアから脱出したと考えられる。あるいは、父の死体の頭を換気窓から外に突きだして、外部にいた人間が頭部にロープかフックかそういうものを引っかけてひき抜いたとか」

「じいさんにできない理由がわからん」

「だれにもいうなよ?」

ぼくは、父の頭部は刃物によって切断されたわけではないことを話した。

父の死体の頭部は、首の部分で引きちぎられていたのだ。人の頭蓋骨は脊椎に固定されているのではなく、乗った状態になっていて、十種類の筋肉で胴体に繋ぎとめられている。首を構成する筋肉を引きちぎるには、重機並みのパワーが必要だ。しかし、スタジオには重機のような大きな機材が入った形跡はなかった。

もっと大きな謎は、心筋梗塞で死んだ人間の頭をわざわざひき抜いて隠した理由だ。そんなことをしてもだれにも利益がないのだ。室内は物色されたあとがあったが、盗まれたものはなし。

「完全犯罪か。すげえ」

といったあと、垣内はふと真顔になった。

「不謹慎なこといって、すまん」

「いや。自分もあの人が父親って感じはしなかったから」

「冷たかったのか？」

ぼくは考えた。「いいや」といった。

小さな会社だったから、スタッフ同士は仲良くやっていた。白鬚さんは口うるさかったが、根はいい人で、給料日前は下っ端《したっぱ》たちによく奢《おご》ってくれた。秘書の田根さんが、いわゆる対人関係に問題を抱えている人だということもみな知っていた。

だが、父は不可解だった。必要な相手には愛想をふりまいた。その感情があとを引くことはなかった。さっきまで笑顔をみせていた人が、ふり返りながらスッと顔から表情を消してゆく。そういう場面をぼくは何度もみた。顔付きや気配まで変わった。これが人間じゃなく、ケーブルテレビなら説明がつくのだが。

通販番組からホラー映画にいきなり切りかわるようなものだ。とくに何かあったわけではないが、視線の異様さに鳥肌がたった。

そう感じていたのはぼくだけではなかった。他のスタッフたちも、一人で作業中の北郵公之を呼びにいくのを嫌がった。平気だったのは田根さんだけで、だから秘書だったのだと思う。

母が逃げだしたのは、怖いバージョンの父に耐えられなかったからだ。

「父はハードワークが原因で心臓が肥大していて、いつ死んでもおかしくない状態だったんだってさ。解剖でわかったんだけど」

そのあと話題は引っ越しの手順のことになった。

手伝いの友人たちを駅前で拾って、大学裏のアパートにむかった。

引っ越しはあっというまに片付いた。部屋で飲みながら垣内たちはアイドルグループを周期律に置きかえた。ぼくも参加したが、胸の底にはもやもやした思いがわだかまっていた。

だれにもいえないことがある。

あの人は、本当にぼくの父親だったのか？

＊

生物学的に、北郎公之はたしかにぼくの父親だった。

警察は、頭部のない死体を検死するにあたり、ぼくの口腔から粘膜細胞を採取した。ＤＮＡ鑑定の結果、99％の確率で親子という結果がでた。

つまり、首なし死体はぼくの父親だ。

しかし、心のどこかではまだ納得できてない。

ぼくの両親は、ぼくが生まれる前に離婚した。正確には、妊娠中の母が実家に逃げ帰ったあと、離婚が成立したのだ。その後、父はだれとも結婚しなかった。今のところわかっている相続人はぼく一人だ。

父は、元妻や子どものことはすっかり忘れてしまったようだったが、父方の祖父母はぼくら母子を気にかけてくれた。東京から何度も会いにきてくれた。小学校にあがってからは、夏休みといえば目黒の祖父母の家だった。そう――、会社の建物だ。あそこはもともと祖父母の家だったのだ。

ぼくが大学に進学できたのは、二人が残してくれた信託金があったからだった。

しかし祖父母はもういない。ぼくが高二のときに事故で亡くなった。親戚の葬儀の帰り、乗っていたタクシーが崖道から転落したのだ。運転手含めて三人が亡くなった。

目黒の家は父が相続した。一階部分を駐車場にして、地下に倉庫と作業場、三階にスタジオを増築して会社として使った。

ぼくは、北邨の祖父母との繋がりを疑ったことはない。二人に会うたび、理屈抜きに懐かしい感覚がわきあがった。

「公之は行方不明になってから、性格が変わっちゃってね……」

祖母によれば、父が一変したのは大学卒業の二カ月前だったという。それまでの父はごく普通の呑気な学生だった。器用で何でもこなしたが、とくに写真が得意なわけではなかった。大学卒業前、父は友人に誘われてアフリカ旅行にでかけた。

参加した砂漠のツアーが武装強盗団に襲われてツアー客たちは殺され、あるいは誘拐されて行方不明になった。父だけが何百キロも離れたペシャールの街で発見された。記憶をなくしていた。

父は日本で数カ月入院した。入院中だれも聞いたことのない言語で昼も夜も話しつづけた。部屋中の壁に血で奇怪な絵を描いた。薬は効かなかった。やがてカルテには書けないようなことが父の周囲で起こりはじめた。病院のスタッフたちは、父の病室の近くで激しい頭痛や吐き気に悩まされるようになった。祖父母も同じだった。こんな疾患があるはずがない。祖父母は手を尽くして霊能力者を探した。

ハワイから高名な霊能力者を招いたときは、父の病室のある病棟にはだれも入れない状態になっていた。

「息子さんのなかに息子さん以外のものがいます。扉の向こうからきたものたちです」

霊能力者はいった。扉とはどういう意味か祖父母にはわからなかった。だが、何かが起きていることは知っていた。

「公之からその人たちを追いだす方法はないんでしょうか?」

「追いだすことはできませんが、人間でないものなら封印できます」

試してくれ、と祖父はいった。

霊能者の助手たちが、シートをかけた大きな水槽を病室に運びこんだ。病院の暗黙の了解のもと、施術がおこなわれた。

どんな術だったのか祖父母は知らない。一晩外で待たされたあと、「終わりました」と連絡がきた。病室は生臭く粘りけのある液体で濡れていた。壁、天井、窓はすべて腐食されたようにボロボロだった。潮の生臭いにおいでむせるようだった。水浸しのベッドで、息子が眠っていた。

息子は目をさますと、英語で「ここはどこですか」とたずねた。日本だと祖父は答えた。公之は、日本語で質問をはじめた。それで終わりだった。奇怪な現象は消えた。

しかし、何もかも元通りというわけではなかった。北郁公之は別人になってしまった。習ったわけでもないフランス語やその他の言語を自在に喋りはじめた。写真に打ちこむようになったのも回復したあとだ。

祖父母はおかしいと思ったが、だれにもいえなかった。息子は、必要なときは昔と同じようにソツなく振るまったからだ。だが祖父母は変だと感じたし、母も同じ疑問を持った。

母と父は大学の同級生だった。社会人になったあと再会してすぐ結婚した。しばらくして母は、夫が他人のような目付きをすることに気がついた。気味の悪い獣じみた顔付きになることもあった。だんだんそれが厭でたまらなくなった。

「なかに何人もいるような気がするのよ。何十人かも。多重人格というのとはちがうと思うんだけど」

今なら母のいったことがぼくにもわかる。

だがそれは、実際に会ってみなければ確かめようのないことだった。

ぼくは、祖父母の葬儀で遠目にみた父をよく知りたいという衝動に抵抗できなかった。進学した大学のすぐ近くに父の会社があったせいでもある。その大学を選んだ理由が、そもそも祖父母の家に下宿することになっていたからで、二人はぼくの進学をとても楽しみにしていた。

大学から電車で四駅。寮と大学を往復するあいだ、電車の窓から毎日会社のビルをながめた。おじいちゃんとおばあちゃんの家だ。夏休みを過ごした家。毎日みているうちに、どうしても父に会いたくなった。いや、単に家に入りたかっただけかもしれない。

ある日、住みこみのアルバイト募集広告をみつけて応募した。北郎公之は、ぼくが息子だということはすぐ気づいたようだが、何もいわずに採用した。何カ月すぎても態度は変わらなかった。

父への淡い期待は消え失せた。母はわかっていたのだろう。「北郎くんはまだ行方不明中なのよ」とぼくにいった。

北郎公之は、行方不明になる前は北郎家の一人息子の公之《きみゆき》だったが、行方不明後は公之《コウシ》と名乗った。祖父母のいったとおり、彼は別人になったのだと思いたい。まあぼくは、公之《コウシ》のほうの息子なのだけどね。

北郎公之のように人間らしさを欠いた人間が、なぜ人の心を揺さぶるすばらしい写真を撮れたのだろう?

ぼくにとって忘れがたい写真がある。高校生のときに駅ビルでみかけたポスターだ。

荒涼とした夜の廃墟の底で、たき火が燃えていた。

この世に煉獄があるなら、こんな場所だろうと思うような陰惨な景色だ。汚れた雲の渦巻く空は夕日の血の色、木立はどれも枯れて骨を思わせる。たき火のそばに、痩せた少女が子鬼のようにしゃがんで、こちらに突き刺すような双眸を向けている。

少女の顔に、ぼくはとてつもなく魅了された。人種不明の、みたこともないような美貌なのだ。同時に、その顔に漂う虚無感にも驚いた。子どもが、こんな表情を浮かべるものだろうか?

写真が撮られた場所はおそらく国内だ。そばには焼け焦げた車の残骸があり、少女の足元にはコンビニのレジ袋や食品の包装紙が散らばっている。

周囲の地面にはうっすらと白い雪がみえるというのに、少女は、薄いジャンパーに季節外れのショートパンツとサンダルばきだ。

児童虐待、あるいは貧困? ポスターに見入ったあとで、それがアパレルの広告だと気づいた。陰惨なイメージはアイキャッチのためだったのだ。だが、広告だとわかっても、写真の魅力はあせなかった。

ぼくはその写真が掲載されている女性向けの雑誌を買って、切り抜いた。アルバイトとして働くようになってはじめて、写真を撮ったカメラマンが自分の父親だと知った。会社のロビーに例の写真が展示されていたのだ。

働きはじめた当初はまだ期待を持っていたから、会社で留守番をするあいだ父の写真集をながめた。初期の異形の人物のシリーズは有名で、身震いするほどおそろしくて、興奮した……。そう勃起したのだ。モデルは〝本物〟を使ったという噂だ。〝本物〟が何かはよくわからないのだけど。

父の会社で働いて一番よかったのは、倉庫で祖父母の遺品をみつけたことだった。遺品は引っ越しのときアパートに持ってきた。

夜中、スマホに着信が入った。白鬚さんからだった。留守録を聞いた。

『リョウくん、すぐ委任状を書いてわたしに送りなさい。お父さんみたいなことになるぞ』

ぼくは録音を消去した。毎日ひたすら眠りつづけた。睡眠不足の一年分を取り戻そうとしているかのように眠気は底なしに深かった。

3

金曜日の夜、アパートのドアを叩く音で目をさました。

手探りで眼鏡をかけて目覚ましをのぞいた。午後十時。何だ？　もしや白鬚さんが、ぼくの居場所を突き止めたとか？

「だれですか？」

「サバタといいます。お父さんの仕事のことでおたずねしたいことがありまして」

のぞき窓から外をのぞいた。ネクタイを締めた男性だ。ぼくはドアにチェーンをかけてから開いた。

「夜分遅く失礼します。籠目リョウさんですね」

男をみたとき、反射的に頭に浮かんだのは〝深海魚〟という単語だった。そのぐらい廊下にいる男は人間離れした容貌をしていた。

泥色の肌に、腐った肉色の唇、でっかい口、あいだの離れた垂れた目が、両手で頬の肉を掴んで横に引っ張ったような愛嬌たっぷりの大きな顔についている。

「アタシ、こういうものでして」

深海魚がいって、べたべたした緑色のものがついた名刺を取りだした。名刺についた染みは匂いからして抹茶ミックスのようだ。

ぼくは眼鏡をずりあげて名刺をみた。有限会社ＳＡＶＡＮ社長、鯖田ミチル。

なんだ深海魚じゃなくてサバか。噴きだしそうになるのを必死でこらえた。

「写真のことなら会社のほうにいってください。白鬚って人に」

「ご相談がありまして。お時間を少々いただけませんでしょうか？」

「なんでうちがわかったんですか？」

サバは、自分のスマホから垣内のＦａｃｅｂｏｏｋページを呼びだした。写真が投稿されている。段ボール箱だらけの部屋で、車座になってビールを飲んでいるぼく、垣内、学科の友人二人。

「お友だちの一人を買収しました。『花金アイドルストリート』の公開収録のチケットで」

「くっそ、羨ましいな」

「チケット、さしあげましょうか？」

ぼくはプラチナチケットをジャージのポケットにしまった。まあこの賄賂なら仕方ない。チェーンを外した。

「あの、ぼくに時間をかけても無駄です。写真はみんな財団の所有になりますし、ぼくは会社のバイトもやめましたので」

「でもあなたが、代表取締役じゃないんですか？」

「何の話ですか？」

鯖田が、ポケットから折りたたんだ紙を取りだして、ぼくの目の前で開いた。

社名と住所が書かれた書類のコピーだった。会社登記。株式会社スタジオ北邨。代表取締役、北邨リョウ。

「ぼく、北邨じゃありませんよ。籠目なので。人違いです」

「リョウと名前のつくご親族がほかにいるんですか？」

「心当たりはありません。会社に問いあわせてください」

遅ればせながら、ぼくの頭は男がいったことを理解しはじめた。会社の代表が北郎リョウになっている。一体どうなってんだ？

とりあえずネットで検索してみないと。そう思いながら部屋に戻ろうとすると、鯖田が靴をぬいで勝手にあがりこんだ。後ろに小さいのが一人くっついている。

「節税用に親族を役員にするってのは、よくあるんですよ。もし心当たりがないなら、お父さんとお祖父さんの除籍謄本を取り寄せればわかるかもしれませんよ」

ぼくは、取り寄せる方法を鯖田から聞いてメモを取った。

「シャチョー、足が臭いよ。靴下を脱いでよ」

小さいのが文句をつけている。ハイトーンのかわいい声。鯖田の巨体を押しのけ、前にでてきた。紺色の野球帽をかぶり、栗色の三つ編みが肩でくるんと跳ねている。

細身の女の子だが、春色のベースボールTシャツを押しあげている胸のふくらみが眩しかった。ほっそりしたうなじ、ショートパンツからすんなりした脚がのびている。

「北郎の息子って、ユー？」

ユー？　の響きが、パルスレーザーのようにぼくの脳天を貫いた。

ぼくの顔が熱くなった。

目があった一秒後に、生え際と脇下から熱湯のような汗が噴きだした。心臓が急に熱心に仕事をはじめた。熱い血が全身に巡りだした。口のなかがカラカラになった。

「息子だけど、北郎じゃない。籠目リョウ」

彼女は――、ものすごくかわいかった。

撮影助手として一年間働いたあいだ、ぼくは美人を山ほどみた。十三歳から二十代前半までの手足の長い異星人のような美女たちが世界中からきて、スタジオで服を脱いだ。彼女たちがトップレスで歩きまわっても、ぼくは何も感じなかった。

今、目の前にいる女の子はぜったいにタレントかモデルだ。この完ぺきな肌と歯並びをみればわかる。

素通しの赤い眼鏡をかけたハート型の顔は、子猫のように寸詰まりで、えくぼがあった。笑うたびに頬に刻まれる小さなくぼみに気づいたとたん、ぼくはそこから目が離せなくなった。えくぼが生まれる瞬間をみようとして、そこばかりみてしまう。

彼女は、ぼくの顔立ちのどこかに父との相似をみつけたようで、ふぅん、と唇をすぼめた。

「北郎に似てるけど、似てないね」

「それ、誉め言葉だよね？　誉めたんだよね？」

彼女の顔に大きな笑いが広がった。ぼくにむかって手を差しだし、テレビで馴染みの声でいった。

「あたし、『ジョイフル英語』のアンジーよ。写真を返してほしくてきたの」

＊

五分後、ぼくは布団その他を押しいれに蹴りこんで、訪問者二人のためにお湯をわかしていた。湯が沸騰したあとで、コーヒーも紅茶もなかったことを思いだした。カップスープを溶かしてだした。

頭が混沌として、ろくに口がきけなかった。

「北郎さんの息子さんが、意外なところに住んでおられるんですなあ。ゲヘゲヘ」

鯖田は正座が苦手ということで、部屋に一つしかない椅子に腰かけた。靴下をぬいで洗面所で足を洗い、うちの唯一のスリッパ――、つまりトイレスリッパをはいている。

アンジーは冷蔵庫をのぞいている。

「貧乏なんだね」

アンジーは直球だった。

「これ、食べ物？」

アンジーは、磁性体の入った塩辛の瓶を取りだした。人体には猛毒だ。反射的にNO！　と叫んだ。突然、会話は英語に切りかわり、アンジーはものすごい早口の英語で喋りはじめた。何かを要求している。GOHAN！　GOHAN！　ゴハン！　あたしにはご飯が必要なの！

ぼくは食べ物を探して、戸棚や流しの下をのぞいた。アンジーは押し入れを、鯖田は本棚を捜索している。鯖田が本棚に差してあったスパゲティの麺を発見した。彼が鍋で麺をゆでているあいだ、ぼくはソースを求めてコンビニに走った。

そのあたりで思考力が戻ってきた。

スマホでアンジーを検索すると、二秒前の投稿がみつかった。

〝今、ご飯をつくってます。スパゲティだよ？〟

うぉお、本物だ。

ジョイフル英語は低年齢むけの英語番組だが、視聴者の大半は大きいお友だちだ。見せ場はアンジーと子どもたちとのダンスシーンで、アンジーは、全国の小学校や幼稚園を訪問してそこの子どもたちと踊りまくる。校庭や教室や遊戯室で。ぼくをノックアウトしたみたいに、あっというまに子どもたちをとりこにして、教室を熱狂の渦に巻きこむ。

動画サイトには、ミラクルダンスを踊る一般視聴者の動画がどっさり投稿されている。職場や結婚式や学校で普通の人たちが踊っている。ぼくも新歓コンパで踊った。

「いやあ、すみませんね。新潟で仕事があったもんで、その帰りでして。ゲヘヘ。アンジーは空腹で倒れちゃうし」

「あれは雷のせいだって」

「雷、嫌いなの？」

「もうだいっきらい。ゴロゴロって音を聞いたら、テーブルの下に潜っちゃうの」

雷を怖がるなんて犬みたいだ、と思いながら、ぼくはアンジーのえくぼに見取れていた。

「あたしの番組、みたことある？」

「うん、ダンス、踊れるよ」

アンジーの顔がぱっと輝いて、にこにこの笑顔になった。

ぼくは、電磁波を浴びたアイスクリームのようにめろめろにとろけた。

鯖田とアンジーはしゃべりながら、ひたすら食べている。スパゲティが消えてサラダが消えてプリンが消えてアイスクリームがなくなった。切れ目なく会話がつづく。

グアムに住んでいるアンジーのママの話。ハワイにいる親戚たち。鯖田はアンジーのママのお姉さんの旦那さんで、本業は雑貨の輸入販売だ。アンジーは鯖田の家に居候させてもらっている。アンジーの大好きなハワイのおばあちゃんは四年前に心臓発作で亡くなったが、いつもアンジーをルルイエから見守ってくれている。ルルイエってどこだ？　ハワイ？

「これグランマにもらったお守りのコピー。本物は壊れちゃったの」

胸元から引きだされた石にはどことなく見覚えがあったが、ぼくはネックレスよりそれが引きだされた場所が気になって仕方がなかった。チェーンに吊るされて彼女の谷間にぶら下がりたい。

「そういや返してほしい写真て、なんですか？」

イカ煎餅を食べていた二人が、あ、という表情になった。

「そうだった。写真のことをお願いにきたんだった」

「リョウさん、北邨公之の写真はどうなるんですか？　北邨さんの写真は、まだ会社にあるんでしょ」

「いや、ほとんど置いてません」

ぼくは説明した。

「会社にも画像データはありますけど、写真集や個展で使うやつだけです。写真の権利を買いとりたいのでしたら遺言検認まで待ってもらって、相続人に直接交渉してもらうしかないと思います」

アンジーの大きな目に、涙の玉が盛りあがった。鼻水もにじみだした。

「どうしたの？」

アンジーは、うつむいてすすり泣いている。鯖田が小声でいった。

「北邨さんが画像の編集用にヌードが必要だといって、アンジーのヌード写真を撮ったんですよ、契約外で。その写真を処分していただきたいんです。アンヘラ、いやアンジーはこれから大事な時期なので」

そういったあと、鯖田はまばたきして、死んだ魚のようにどんよりした目をうるませた。アンジーを思う鯖田の気持ちは見た目は美しくなかったが、ぼくは胸を打たれた。

アンジーは四年前にジョイフル英語の司会になり、番組とともに人気が高まった。しかし弱小プロダクション所属ということもあって立場が弱かった。大手への移籍を断ったせいで、これまで数々の嫌がらせを受けてきた。もしヌード写真が流失すれば、大規模なバッシングを受けてタレント生命は終わってしまうだろう……。

「移籍を断ったときにだいぶ脅されまして。もしヌード写真がでたりすれば、ひどいことになるでしょう」

「父との契約はどうなってました？」

「ヌードはださないことになってました。乳首、ヘアは一切駄目ってことで」

「じゃあ、財団はその写真を管理してないかもしれないな」

ぼくは考えこんだ。

本音をいえば、ぼく自身はそんなに深刻な問題だとはとらえてなかった。父は人間性はどうあれカメラマンとしては一流だった。北郁公之が撮ったヘアヌード写真が流失したところで、スキャンダルになるだろうか？

だが、モデル本人が希望しているのだ。契約外ならプライベートな写真ということになる。削除は問題ないだろう。会社の二人、とくに田根さんに知られれば厄介だが……。

「父のプライベートな写真は自宅マンションにあると思います。ただ、ぼくはカギをもってないんです。会社のアカウントは使えると思いますから、念のため、そのヌード写真が財団のデータベースに登録されてるかどうか調べてみます」

財団のデータベースにその写真はないだろうと思ったが、ぼくはパソコンを立ちあげた。ログインアカウントはまだ有効だった。

「写真を撮ったのはいつ？」

「四年前の三月十一日。誕生日の一週間前だったからはっきりおぼえてる」

アンジーの写真がでてきた。その荒涼とした風景をみた瞬間、ぼくは気が動転するほど驚いた。

たき火を前にしゃがみこんだ少女。駅でみかけたアパレルの広告ポスターの被写体はアンジーだったのだ。しかし、あの虚ろな表情は今の彼女とはまったくちがう。

「あたしにみせて」

ぼくは彼女に椅子をあけわたした。

アンジーは画像をクリックしながら、食い入るような表情で写真を探している。どの画像も、目が切れそうにシャープで鮮烈だった。

灰色の鉄塔のあいだに立っているアンジーは、モデルにはみえなかった。今にも泣きそうな顔をしている地元の子どもにみえた。雪の残る野外だというのに、アンジーは薄着に汚れたサンダル履きで、鳥肌をたてている。すごく辛い撮影だったにちがいない。

アンジーは時間をかけて丹念にみたあと、息を吐いた。顔から血の気がひいていた。こんどは前後の日付の写真を探しはじめた。手が震えているのがわかる。

「だいじょうぶ?」

「平気。でも、あの写真がない……」

アンジーの額には汗が浮かんで唇が白っぽかった。

「写真はここだけ?」

「いや、ここに登録してあるものは、『売れる』画像だけなんだ。失敗した写真やプライベートな写真は登録してない」

「オリジナルの画像データは、どこにあるの?」

ぼくは考えた。

「父は、ノートパソコンを持ち歩いていて、その場でデータの整理や編集をしていた。カメラのメモリーカードは会社にはないな。自宅だと思う」

「そのノートパソコンは?」

殺された当夜、父はスタジオに手ぶらできた。ポケットには財布、キー、スマホが入ったままだった。ノートパソコンは持参してなかった。

「スマホは警察が証拠物件として持っていったけ

ど、パソコン類はそのままだったと思います。パスワードがわからなくて調べられなかったという話だったんで」

「自宅の合い鍵はだれが持ってるんですか？」

「秘書の田根さん」

その人に頼めるかと聞かれて、ぼくは首をふった。

「彼女に頼んでも無駄ですね。頑固っていうか融通がきかなくて、頼めば頼むほど意固地になる人ですから」

アルバイトしていた一年間、ぼくやその他のスタッフたちは田根さんをどう迂回するかで悩みつづけた。彼女は番犬のように縄張り意識が強く、ぎゃんぎゃん吠え、ボスの命令しか聞かなかった。だが彼女を通さずにやれば、もっと不快な目にあうから、みな我慢していた。

ぼくが父のマンションに入れないのは、高価なものを持ちだされないため、というより、田根さんの意志だ。彼女は、自分の管理下のものを他人に触られたくないのだ。

「部屋に入る方法はないの？　侵入できない？」

アンジーは本気だ。目がマジになっている。

「セキュリティが厳重だから今は無理ですね。押し入ったら五分で警察がきます」

アンジーは、花が萎《しぼ》んだように元気をなくした。鯖田さんもしょんぼりしている。しょげている二人が気の毒になった。アンジーの力になりたかった。

「相続人会議が終われば、たぶん父の部屋に入れると思うので、それまで待ってもらえば。ぼくには遺留分がありますし、衣類などの私物は引き取ってもいいはずだから」

本当のことをいえば、ぼくは相続放棄をするつもりだった。宗教団体と争っても、ロクなことにならない、というのがぼくと母のだした結論だった。

「写真のことも、何とかできるかもしれません」

二人はすがりつくような視線を向けてきた。その視線に負けて、ぼくは余計なことをいってしまった。

「これから話すことは絶対他言しないでほしいんだけど。ぼく、実は父のパスワードを知ってるんです。だからチャンスがあれば、田根さんに気づかれないように写真を消すことができると思います」

アンジーの目が潤んだ。くしゃっとした顔が目の前にきたと思った次の瞬間、ぼくはアンジーに抱きしめられていた。薄手のシャツに包まれた温かい腕が、ぼくの肩にしがみついている。柔らかい髪にぼくの鼻先が埋まった。なんという甘い匂い。あったかくて弾力があって。感触に馴染んだと思った次の瞬間、腕が解かれて、アンジーの身体が離れた。

「ありがとう」

アンジーはぼくの手を取った。重ねられたアンジーの手は小さくて、蜜みたいになめらかだった。ぼくの身体が熱くなった。この子はアイドルでどうしようもなく遠い存在だ。そう思いながら、押し流されそうな自分をどうしようもなかった。

アンジー、きみのためなら何だってやっちゃいそうだ。

＊

ぼくが父のパスワードを知っている理由は、簡単だ。

父がパスワード類を書きとめた手帳をジャケットの内ポケットにいれたまま、ぼくのスーツケースに押しこんだからだ。

ニュージーランドの空港で、父は機内用の上着に着替えた。空席がでたのが最終搭乗手続き時間の四十分前だったから、父はあわてていたのだろう。帰国したあとの騒動で、ぼくはスーツケースの整理ができなかった。引っ越しのときに気がついた。

ジャケットに入っていたのは、手帳と灰色の石のついたペンダントだった。ペンダントは父がいつも身につけていたもので、長い金属のチェーンがついている。空港のセキュリティゲートを通るために一旦外してポケットにいれたにちがいない。

ペンダントの石は灰色で薄く、なめらかな楕円形をしている。一見、自然石のようだが微細な結晶構造になっている。チタン結晶だと思うが、非破壊検査ではそれ以上のことはわからない。シンボルらしい図形が彫られて銀色の金属でコーティングされているが、何の象徴なのかは不明。

メモ帳をみつけたときに、一度だけ調べた。引っ越した直後のことだ。手帳に書かれたアドレスを、検索窓に打ちこんだ。海外の銀行名がでてきた。すると下の記号はたぶん口座番号とパスワードだろう。

そこで画面を閉じた。脱税用の口座だとうっすら見当がついたからだ。

もしあの場に白鬚さんがいたら、何といっただろう？

(ほらほらリョウくん、隠し口座を申告しないつもりかね？)

もし申告したらどうなる？　莫大な追徴課税？　知らないとシラを切ったとしても、検索したことが証拠として突きつけられたら？

ぼくは検索履歴を削除した。それきりメモ帳には触らなかった。

アンジーたちが帰った翌日、ペンダントとメモ帳をもう一度じっくり調べた。

ペンダントの石はアンジーがつけていたものに少し似ていた。同じ工房で作られたものかもしれない。それを首にかけて、メモ帳の最初のページから調べた。

メモ帳は大雑把に四つの部分にわかれていた。何かのサービスのアカウントIDとパスワード、銀行口座らしき数字と記号の並び。イニシャルと数字。イニシャルの後ろの数字は電話番号だろう。国際局番がついている。電話をかけたい誘惑にかられた。

頭のなかで、白鬚さんがしきりにそそのかしている。

(電話をかけてみたまえ、リョウくん。自分のスマホからね。一発で逮捕だよ)

それでぼくは週明け、電気街へでかけた。途中でみつけた公衆電話から会社にかけた。留守録になっていた。平日昼間なのにどうしてだれもでないのか？　おかしいなと思いながら、二度かけて切った。

店で格安のタブレットと二千円のプリペイドカードを買った。接続するにあたっては、手帳に記されていた父の予備のメールアカウントを借用した。メールサーバーをのぞいたが、フランス語やスペイン語らしい言語でやり取りされたメールは読めなかった。

父の脱税用らしき口座をみつけたことで、ぼくはちょっぴり用心深くなっていた。公衆無線のカフェに座って、メモにあったサービスの一つに繋いでみた。

ログイン成功。だが、すぐエラー表示がでた。エラー、エラー、エラー。

諦めて他のアカウントを調べた。

大手のネットサイレージのアカウントを発見した。これが父がふだん使っていたバックアップのようだ。大量の画像と文書のファイルが入っていた。

ぼくは四年前のアンジーの画像を探した。このサービスがはじまったのは三年前だったから、それ以前のデータは一つのフォルダーに収納されていた。没になった画像が続く。スタッフたちの集合写真からはじまる。動画のようにロケの流れがみえる。テスト撮り。十四歳のアンジーの不安げな幼い表情。

待ち時間のあいだ、アンジーは毛布を巻き付けて座っていた。山頂で飛びはねるアンジーを遠景で撮ったショットはきれいだった。ドーナッツを食べる鯖田さんの写真が混ざっている。車の後部シートでカバのように眠る鯖田、夕日をながめる海の賢者のような鯖田。アンジーと並んで「うふ」とかわいい仕草をする鯖田。どれもクソ高画質で高解像度なので、無茶苦茶重い。

気がつくと、ぼくは鯖田さんとアンジーのツーショットに見入っていた。怪獣映画に出演したアイドルと着ぐるみ怪獣の宣伝用スチール写真のように愛らしい画像だった。

父は人としてはクソだったが、才能があった。アンジーと鯖田さんのあいだの温かい信頼感を見事にとらえていた。ぼくはこの画像が欲しかった。

心が折れて自分を見失いそうな夜、これをみればどんなにか慰められるだろう。財布のなかにいれて、勇気が欲しいときに取りだしてながめたい。しかし、ダウンロードして自分のメールアドレスに送れば身の破滅だ。

諦めて次の写真をみた。アンジーの写真がつづく。没写真、没写真、テスト写真。時間とともにアンジーが疲れてゆくのがわかる。憔悴するアンジー。山の尾根に伸びた車の長い影。夕暮れどき。突然、スタジオ写真に変わった。金髪モデルの撮影写真だ。

結局、アンジーのヌード写真は一枚もなかった。

＊

午後の講義にでたあと、ぼくは研究室に寄った。垣内がやってきた。深刻そうな表情でぼくを手招きした。

「おまえが寮に住んでないのがバレたぞ」

垣内によれば、昨日スタジオ北郎の社員から寮に電話がかかってきた。管理人は、籠目リョウなる学生はすでに退寮したと返答した。これは事実だ。ぼくは住みこみになる前、寮生だったのだから。

「管理人は、問いあわせのことは大学には報告しないけど、見逃すのは今回だけだって。困ってることがあるなら学生支援課に相談しろってさ」

「わかった」

ぼくは考えた末、生協でUSBメモリーを買った。どうしてもアンジーと鯖田さんの画像が諦めきれなかったのだ。二人の写真をメモリーに落とした。他にもいろいろ。

その後、研究棟の廊下をうろついて、表示できないサイトのことを知ってそうな人を探した。結果、わかったのは、あらかじめそのサイトの閲覧ができるブラウザを端末機にロードしてなければ、サイトに入るのは絶対無理ということだった。

つまり父のパソコンからでなければアクセスできない。

「エラー403ってのは、アクセス許可がないってことで、ログインIDとパスワード以外にも、会員用のツールか何かが必要なんだろう」

情報工学科の院生は、ぼくのタブレットの秘密サイトに興味津々だった。涎のでそうな目付きでエラー表示をながめている。

「ここに掲載されている情報に心当たりはない？　それがわかれば検索で掘れる」

「ドアが開かなくても窓からは覗けるってことですよね？　でもそれじゃ役に立たないんです。このなかに入らないと」

ぼくの目的はアンジーのヌード画像のデータを削除することだ。悪意ある第三者の目に触れる前に永久に。目の前の情報工学科の院生は、その見本のようにみえた。ま、ぼくも他人のことはいえないが。

未練たらたらの相手を残して情報工学科をでた。門の近くのラーメン屋でモヤシラーメンを頼んだ。待っているあいだ、父のノートパソコンの行方について考えた。ノートパソコンは警察から返却されたのだろうか？　白鬚さんに聞けばわかるかもしれない。

垣内から電話がかかってきた。声の調子が妙に硬い。

「あのさ、警察の人がおまえと話したいって寮にきてるんだけど」

垣内がスマホをだれかに渡した。女性の落ちついた声が『籠目さんですか』とたずねてきた。目黒署の刑事だと名乗った。

居場所を聞かれて、ぼくは食事中だと答えた。食べている場所を聞かれたとき、これはぼくを確保するつもりだなと気がついた。

「どんな用件でしょう。必要でしたら、出向きますが」

『迎えの車をやりますから、場所を教えていただけませんか？』

「名前をもう一度」

真田《さなだ》という名前を聞いたあと、通話を切ってスマホの電源を落とした。腰から下の感覚が消えうせていた。胃がせりあがってくる。落ちつけと、自分に言いきかせた。

ここに白鬚さんがいたら、何をいうだろう？

(もちろん証拠隠滅だよ、リョウくん。それから弁護士だ)

ぼくはタブレットを引っ張りだして、アカウントごと削除した。初期化してから、大学のアカウントで接続しなおした。ラーメンがきたが、食欲はまるでない。

ぼくの弁護士は保澄《ほずみ》といって、北郁公之記念財団が依頼した。刑事が専門だ。彼女がいなかったらまだ留置所にいたかもしれない。担当した間渕《まぶち》という警部補は、ぼくに共犯者を〝自白〟させたがっていた。今も諦めてないだろう。弁護士に電話をかけ終わると同時にパトカーが店の前に到着して、ぼくは目黒署に任意同行された。

担当の生活安全課の刑事の真田は、三十ぐらいのキリッとした顔立ちの女性だった。高校時代はソフトボール部に所属していたみたいなタイプだ。

廊下にいた間渕警部補と目があった。間渕が真田を呼びつけた。間渕があれこれいうあいだ、真田刑事は無表情に腕を組んでいる。

成り行きにハラハラしていると、弁護士の保澄さんが到着した。彼女がきたことで、間渕はむっつりした顔で離れていった。

ぼくは事件のことを聞かれるのだと思って身構えていた。だから、真田刑事に白鬚さんについて質問されたときは意外だった。

「会社をやめたあと、白鬚さんと連絡を取りましたか？　彼と最後に話したのは？」

ぼくは最小限の返事をした。いいえ。会社をやめた日が最後です。

相対しているあいだ、ぼくはドアの外に立っている間渕警部補をみつめていた。向こうがぼくをにらみつけていたからだ。真田がふり返った。

「隣の部屋にいってくれます?」

警部補は消えて、隣室のドアを閉じる音が響いた。マジックミラーごしに、こっちをにらんでいるのだろう。

ぼくは真田にたずねた。

「白鬚さんがどうかしたんですか?」

「白鬚さんは昨日の午後二時に、目黒署に出頭してきました。北郡公之さん変死事件に関して重要な情報がある、ということで、弁護士とともに」

ぼくは相手の口元を注視した。

「彼は、自分とあなたの身柄の保護を求めてきました。心当たりはありますか?」

「ぼくの身柄の保護って、どういう意味です?」

「わかりません。理由を話すまえに白鬚さんが消えてしまいましたので」

真田が説明した。父の死因が心筋梗塞とわかったあと、捜査本部は解散になった。刑事課の担当者たちの手が空くまで、受付の警察官が白鬚さんから話を聞いた。

途中電話がかかってきて、白鬚さんはトイレにいきたいといいだした。署員がトイレまで案内した。その後、捜査員が白鬚さんを探したが、彼は消えていた。その間七分ほど。

署内のカメラ映像には、駐車場に向かう白鬚さんの映像が残っていた。

「弁護士によれば、身の危険を感じていたようです。白鬚さんはあなたに警告していたそうですが、白鬚氏から何かいわれたことはありますか?」

「あれかな? 白鬚さん、ぼくに委任状を書けっていうさかったんです」

ぼくは留守録を聞かせた。白鬚さんのメッセージは一部消したが、その後の録音が残っていた。

『リョウくん、委任状はどうなった？　今すぐ書いて送ってくれ』

「委任状というのは？」

「白鬚さんが、相続の際のぼくの代理人になるという趣旨の委任状です。その委任状に、サインしろと白鬚さんはいってました」

「理由は話しましたか？」

ぼくは考えた。そういえば、どうして白鬚さんはぼくの代理人になりたがったんだろう？　今まで考えたことがなかった。

「理由は説明してもらえませんでした。それでぼくはサインを拒否しました」

「白鬚さんの経済状況はご存じですか？」

「裕福だと思います。奥さんが亡くなって貯金するのが虚しくなったので、スーツにお金をかけるようになったといってました。スタッフによく昼飯をおごってくれました」

「親しくしてた人は？」

考えこんだ。白鬚さんの私生活のことはあまり知らない。

「子ども会で柔道教室の世話役をしていたそうです。血圧が高くて医者に柔道教室を禁止されたとかで、ションボリしてました」

真田は、委任状の件を蒸し返した。白鬚さんがぼくの代理人になることで、なぜ危険が回避されるのか？

その理由は、白鬚さんの弁護士も知らなかった。ぼくが知っているはずがない。

「あなたは、北郗公之さんの法定相続人ですね？相続内容について不服申し立てをおこなうつもりだったんですか？　それで白鬚さんと組んだ？」

「いえ。ぼくの相続内容は相続人会議までわかりません」

「相続人会議はいつです？」

「さあ。知らせもきませんし」

と、いったあとで、知らせは届いているかも、と気がついた。ぼくの郵便物は局留めになっている。一週間取りにいってなかった。

「じゃあ、だれから相続の内容を聞いたんですか？」

「白鬚さんに聞きました」

刑事たちは顔を見合わせた。

「田根さんなら、何か知ってると思います」

「田根洋子さんですね？　彼女とも連絡が取れないんですよ」

「会社は？」

「だれもいないようでした」

結局、手詰まりということで、ぼくは帰された。

翌日、郵便局で郵便物を受けとった。予想どおり法律事務所からの封書が入っていた。遺言執行者の金杉法律事務所。ほかにスタジオ北邨からの封書。中身は会社のキーとカードキーだった。会社のだれかが送ってきたらしい。これで会社にこいってこと？

ぼくはその情報を弁護士の保澄さんに伝えた。保澄さんから警察に知らせてもらうことにした。

コンビニで弁当を買ってアパートに戻ると、アパートの前には覆面パトカーが駐車していた。間渕警部補がクラクションを鳴らした。嫌がらせだ。胃がもたれた。

母に電話しなければならないことはわかっていた。

父の事件直後、ぼくは完全に容疑者扱いだった。母の職場や実家にまでマスコミの取材が押しよせた。有名カメラマン殺害の重要参考人は、実の息子。だれでも飛びつくネタだ。容疑は晴れたが、プライベートなことを書きたてられて、母は傷ついた。非常勤の中学教師だったから職場に居づらくなった。今は自宅待機中だ。

風呂からでても、ぼくはまだ電話するかどうかで迷っていた。十時ごろ、鯖田さんから電話がかかってきた。鹿児島ロケから帰ったところだそうだ。

ハーイ、とアンジーの声が割りこんだ。声がもぐもぐしている。何か食べているらしい。

「まだあの写真、みつからないんだ、ごめんね」

『ううん、気にしないで。今日ね、桜島をみたんだよ。小学校の校庭からみえたの』

桜島をバックにアンジーと子どもたちは踊った。お天気がよくて空が青くて、噴煙が白くてきれいだった。全校生徒は八十人のちっちゃな学校。みんなとても上手だった。

ぼくは電気を消して、壁にもたれた。アンジーのロケの話に耳を傾けた。

耳元でくすくす笑う声を聞いているうち、すぐそばに彼女がいるような錯覚に陥った。同じ枕に頭を乗っけているような声の近さ。彼女と並んで寝転がりたい。肩を抱いて、一緒に笑って、彼女の頭がぼくの肩に乗っかる。その瞬間を味わえたら、きっと素敵だろう。

『学校にいくのがユウウツなの』

アンジーは都内にあるインターナショナルスクールに通っている、といった。二年落第したせいで、同じクラスだった子たちは卒業してしまった。また置いてけぼりになった。落第生のアンジー。

「ぼくも落第生だ。留年確定だから」

『リョウは化学って得意?』

「化学専攻だから」

そのまま家庭教師の話に流れるかと期待したとき、鯖田が割りこんだ。

『これ、アタシの電話なんですけど。アンジーはお風呂』

おやすみー、と電話のむこうでアンジーがいった。おやすみ、といって切った。

4

垣内たちと昼飯を食べていたとき、弁護士の保澄さんから電話がかかってきた。

ぼくはテーブルから離れながら、用件をたずねた。

『籠目さん、去年から今年にかけて改姓してますね。籠目から北郎、また籠目に』

思いがけない内容だった。

警察に届けたほうがいい、と保澄さんはいった。

午後の講義はなかったから、友人の自転車を借りて区役所にいった。保澄さんがいったとおり、ぼくの戸籍が勝手に動かされた形跡があった。

保澄さんとともに目黒署に届けをだした。

緊急で調べてもらえることになり、その間、ぼくと彼女は署の近くの喫茶店で待った。待っているあいだ、ぼくは気になっていたことをたずねた。つまり弁護料の話だ。

「弁護料は大丈夫。財団の理事会から支払われることになってて、着手金を受けとってます」

「ぼくの弁護を頼んできた人って、具体的には、財団のだれなんですか？」

保澄さんはぼくの目をじっとみた。

「『本当にその名をおおやけに口にできない』教団の教主である天海《てんかい》教主です」

「本当に、本当にその名を――、ええと長いな、ホンその教団の教主さんがなぜぼくを？」

「実をいえば今回の弁護料は、天海師のポケットマネーです。師は北郤公之さんと親しくされていたからだと思います」

保澄さんに電話がかかった。失礼、といって席をはずした。待っているあいだ、ぼくには考える時間があった。

本当にその名をおおやけに口にできない教団の教主、天海。天海についてぼくが知っていることはすごく少ない。天海は教団の教主であると同時に、予言者として有名だ。天海の予言は人のことだけに限られていて、依頼者の運命を観る。成功するか失敗者となるか。天気や地震などは予言しない。教団は小さいが政財界に大きな影響力を持っている。

なぜ、ぼくに弁護士をつけてくれたのだろう？

保澄さんが戻ってきた。さっきの電話は警察からだった。おおよそのことがわかったと知らせてきたのだ。ふたりで署に戻った。

＊

「家庭裁判所で改姓手続きが取られてました。籠目さんから北郤さんになって、また籠目さんに戻ってます」

真田さんが申請書のコピーを机に並べた。ぼくは呆然とした。

「つまり、今のぼくは法的には籠目リョウなんですよね？」

「そうです。籠目さんです」

説明によれば、ぼくの代理として家庭裁判所に申し立てをおこなったのは、父の北郤公之だった。なんと。後ろにいた間渕もコピーを手にとった。

「北郤さん自身が裁判所にきたそうです。本人の免許証で確認されてます」

「なりすましの可能性は？」

そういったのはもちろん間渕だ。「免許証などアテになるか」といった。

まあしかし、裁判所の担当者は、窓口にきたのはまちがいなく北郵公之だと証言した。二十歳そこらの若造が変装していたということは？　とんでもない！

裁判所の許可がでて、父は、区役所で入籍の手続きをとった。手続き期間を含めると、去年の十二月末から今年の三月までの三カ月間、ぼくは北郵リョウだったことになる。

三月一日に財団理事会が開かれて、ぼく不在で、ぼくの理事就任が承認された。ぼくがスタジオ北郵の取締役に就任することも決まった。本人不在で、理事と社長になったのだ。鯖田さんが持ってきた登記書類に記載された北郵リョウとはぼくのことだった。

そして会議の翌日、父は同じ手続きを踏んで、ぼくを籠目姓に戻した。


出席した理事は、父、田根洋子、白鬚宏。欠席したのはホンその教団の天海師。

「年金や健康保険の通知がきたはずだけど。そのときの宛名は？」

「みてません。先週まで会社に住みこみで、会社宛てに届いてたと思うんですが、父のほうの郵便物に混ざったのかも。大学からの成績表は籠目リョウ宛てで届いてます」

大学から送られた成績表は持っていた。うちの大学は、成績表を学費の支払者に書き留めで送付している。ぼくは信託金で学費を支払っているから、自分のところに成績表が届いた。

去年、出席不足で留年した情けない成績表を、忸怩たる思いで真田さんに差しだした。宛先は籠目リョウだ。

「これ受けとったときの住所は会社？」

「はい、一年間住みこみでしたから」

「保険証や運転免許証をだれかに渡したことは？」

「海外ロケの前は、秘書の田根さんにわたすことになってました。チケットの手配やビザ申請をまとめてやってくれましたから」

今年の年明けにサイパン、三月にニュージーランド。そのたびに免許証や保険証のコピーとパスポートを預けた。しかし、田根さんとはあいかわらず連絡が取れない。

真田さんが提案した。

「スタジオ北郁の社内に入ってみましょう」

捜査令状などはない。代表取締役のぼくの要請による社内の調査ということになった。弁護士の保澄さんは、ほかの面談があったためそこで帰った。保澄さんからレコーダーを貸してもらい、ポケットにいれた。

会社の前についたときには、とっぷり日が暮れていて、ぼくは腹ぺこで不機嫌だった。

それでも久しぶりにスタジオ北郁を目にすると、この一年間の記憶が胸にこみあげた。

鉄格子のシャッターで囲まれた駐車場は、薄暗かった。感知式センサーライトがパッと灯って、会社の車を照らしだした。

車が四台入る駐車場の一番奥の定位置に、ぼくが成田から運んだ機材運搬用の紺色のトヨエース・ルートバンがとまっている。隣に社員用のスバルの白いＳＵＶ。手前には父専用のスバルのフォレスター。

それから、会社の玄関前に駐車している黒のミニバンに気がついた。

真田にたずねた。

「あれは警察車両ですか？」

真田さんが車を調べた。警察車両ではないそうで、ナンバーを照合している。もしや会社をやめた日に追いかけてきたミニバンだろうか。

「会社のドアをあけてください」

ぼくは、会社から送られたキーで半月ぶりに会社に入った。ポケットのなかで、レコーダーのスイッチをいれた。

玄関フロアには朝刊と夕刊、チラシが散らばっていた。郵便ボックスは一杯だった。空調が効いていて、寒いほどだった。

「地下には何が?」

刑事の一人に聞かれた。

「倉庫と宿直用の部屋です。その部屋に住んでました」

「そこは引き払ったんですか?」

「はい」

鼻がむずむずした。階段をおりてくる空気の流れに、かすかなアンモニア臭がかぎ取れた。二階のどこかで有機物が腐敗している。

まずいな、と年長の刑事がつぶやいた。捜査員たちは立ち止まって話しあった。ぼくは靴にカバーをつけさせられた。この時点でもう帰りたくてたまらなかった。十中八九、上にはだれかの死体がある。彼らはぼくに死体の身元確認をさせたいのだ。手間がはぶけるから。

真田さんが先頭で、ぼく、若い刑事の三人が二階にあがった。腐敗臭は目に染みるほどきつくなり、カードキーで事務室の入り口をあけたときは口で息をしていた。

ぼくは、ハンカチを鼻に押し当てて事務所に入った。

事務所の窓辺、ブラインドが閉じられた窓の前のデスクに、黒バエのたかった田根さんが座って椅子の背にもたれかかっていた。

「確認をお願いできますか?」

ぼくの足は、事務所の入り口から一歩もすすまなかった。警察官にうしろから押されて、いやいや近づいた。田根さんはいつもの黒いスーツをきている。スカートに通勤用の地味なローヒールの革靴。

視界の隅で彼女の顔をとらえた。肌が緑がかっていた。うえ。

田根さんは虫の這う目をカッと見開いていた。ぼくは血のついた髪に目をやって、そこに白いものが蠢くのをみた。頭頂にあいた穴は蛆でいっぱいだった。わっと叫んだ。

周囲の捜査員たちが、「脳はどこにいった?」と会話している。

「田根さんです……」

もういいですよ、といわれて、口をおさえて、事務所を飛びだした。

エレベーターホールのトイレには、鑑識の捜査員がいた。「洗面台でださないで」といわれたが、我慢できなかった。洗面台の並びのモップ洗い用のシンクに胃の中身をぶちまけた。

「死体、みたのははじめて?」

死体はつい最近みたばかりだ。警察の安置所で、ステンレスの台にのった首のない父親の死体をみた。少なくともさっきのよりは目にやさしかったと思う。

「おい、籠目はいるか?」

大きな身体がぬっと入ってきて、ぼくは凍りついた。逃げようとしたが、たった一つのドアは間渕警部補にふさがれていた。

「ここに田根洋子の死体がある、と知ってたんだろ?」

鑑識員は、平然とバケツを持ってでていった。ぼくは洗面所の壁に突き飛ばされた。暴力を受けたのは生まれてはじめてで、反応できなかった。自分の頭が壁にぶつかる音と痛みが頭蓋骨に反響した。

「今度は覚悟しとけよ」

腹部に強烈な膝蹴りが入って、身体が折れ曲がった。息ができない。

ふいに間渕の手が外れて、ぼくは床に落ちた。冷たく硬いタイルに転がり、腹部と頭をかばった。だが、間渕は洗面所からでていった。だれかの怒号が聞こえてくる。

「おい、止まれ!」

警察官たちが騒いでいる。ぼくは床の上に丸まって、あえいでいた。

耳をつけた床から人が走り回る振動が伝わってくる。騒ぎが起きているようだ。狭いホールで数人がもみ合っている。植木鉢が倒れた。植木鉢があるのは、階段の手前だ。バケツが投げられ、金属の音が弾ける。悲鳴。人が倒れるドサッという重い音がした。

なにが起きているの?

膝蹴りのダメージで歩けないぼくは、シンクと壁の隙間に入りこんだ。そこで身を縮めた。後頭部がうずいて、肋骨がじんじんする。警察官たちが悲鳴をあげて逃げまどっている。突然、息が白いことに気がついた。ぞっとするほど寒い。

洗面所のドアの窓が光った。同時に爆発音。キャー、という女性の悲鳴。

館内の照明が消えて、真っ暗になった。

ぼくは暗がりで息をひそめた。ドアの隙間が白い光に浮かびあがる。バンバン、という炸裂音。衝撃波で、窓ガラスと壁がびりびり鳴る。あまりの寒さに歯が鳴った。

ギャッ——。

ドアごしに悲鳴が聞こえた。バタバタとだれかが階段を駆けおりてゆく。

ドアが開いた。ぼくは洗面所の隅にへばりついた。

「助けて」

叫んでいる声は間渕警部補だった。ドアの枠にしがみついて、背後の相手を蹴りつけている。数分前にぼくを締めあげたあのマッチョな警察官が、われを忘れ絶叫しているのはなぜだ。ぼくは助けにいこうと近づいた。

間渕の背後に何かがいた。人じゃない何か。猛獣？　泣きわめいてドアの枠にしがみつく間渕の様子から、彼がもう助からないことがわかった。間渕の背後から黒い帯のような線が入りこむ。ただの影か、それとも紐か、見極めようとしても、ぼくの目はそこにあるものを分類することができない。空間の奥行きと陰影が視覚の仕組みと合致しないのだ。

壁にのびた影は、窓から差しこむ街灯の光源とは反する方向にのびている。影ではないし、物体でもない。

そのことに気づいた瞬間、くらり、と世界が傾いた。

間渕の頭上に、傘のようなものが広がった。せり上がり、みるまに面積が広がって口になった。口としかみえなかったのだ。口以外の部位もみえているのだが、それがなんなのかぼくの目はとらえることができない。

開いた口に小さなナイフのような歯がびっしりと並んでいる。ギラギラした水銀めいた光沢。大きな口だが、奇妙なほど奥行きが感じられない。騙し絵を思いだした。

口以外の部分は植物の茎のように上にのびている。植物とはかけ離れた形状だが、他にたとえが浮かばない。

「こっちに」

間渕に手を差しだした。個室に立てこもることを考えた。間渕の指が助けを求めて空を切る。一瞬後、彼の身体は後ろに引っぱられた。

口が突然閉じて、間渕の頭を挟んだ。

血が凍るような悲鳴があがった。骨が砕けるボキボキという音と悲鳴がまじりあって、壁に反響する。目の前の光景に髪が逆立った。

間渕警部補の大きな身体全体が爆ぜた。血が飛び、両手と両脚がバタバタ動く。背後から二本の人間の腕が伸びて、間渕の身体を捕まえている。

黒くて太い線が、間渕の背後から放射線状に広がって、洗面所の狭い空間を歪ませていた。最初、ぼくはそれを影だと思ったが、よくよくみれば立体だった。壁や天井にあたったときだけ黒くみえるのだ。だが、そんなものがこの世に存在するのか？

口が間渕の頭蓋骨の頭頂部を毛髪ごと食い破った。短い髪のついた頭皮が、タイルの床にべちゃりと落ちた。間渕は「あー、あー」といっている。口は、頭蓋骨を薄い腱ごと引きちぎり、ぺろりと脳をむきだしにした。奥行きのない巨大な口の中心から、漏斗の形をしたねばねばする器官がでてきて、間渕の頭蓋の穴に入りこんだ。

脳が吸引されるのがみえた。いやらしい肉ででてきた漏斗のなかに吸いこまれて、口のなかへ消えた。間渕の肉体が放りだされて、ようやくそれの全容がみえた。

首から下はぼくにも理解できた。人間だ。黒っぽくみえるコートのようなものをきて、胸元がはだけている。半透明になった胃袋状のものが前にせり出して、食道を間渕の脳がゆっくり落ちてゆくのがみえた。

胃袋に入っている脳はほかにもあった。体育館にあるボールを収納する籠のように三つ四つの脳が収納されている。

そのあたりでぼくは気絶したらしい。短い時間だったようだ。轟音ではっとわれに返ったときは、そいつはぼくの目の前にいた。

菱形に広がった口が目の前に広がり、半透明になった首がエラのように開いて迫ってきた。黄色をおびたエラは、口と比べると馴染み深い気がした。どこかに人間らしさが感じられた。

さっき間渕の脳が通過していった食道ごしに、見慣れた何かがみえた。すぐ見分けがついた。毎日みていた顔だったからだ。本来の肩の上に、その化け物の口とほかの部分が寄生しているのだ。

寄生され、歪んだ小さな顔は老いていて、どこか悲しげだった。

「……白鬚さん？」

そのときのショックは、言葉では言い尽くせなかった。驚愕《きょうがく》と悲しみが全身を走りぬけた。

視野いっぱいに黒い線が展開している。幾何学的な恐怖。さっきのずらりと歯の並んだ口が今閉じている。白鬚さんを含んだ半透明の器官が、ぼくのほうにゆらゆらのびてきて、巻き付こうとしている。恐怖とおぞましさで息もできなかった。

予想に反して、それはなかなか襲ってこなかった。

視界のどこかで、白鬚さんの表情が動くのをとらえていた。逃げろというように。それから視界の上のほうにもう一つ顔らしいものがみえた。白鬚さんの頭の上に別の顔がある。

毛髪が生えていたから顔とわかった。髪の下には、灰色の人の皮膚とかすかな人間の目鼻立ちが認められた。眠ったように安らかな表情をしている。これまたぼくには馴染みの顔だった。

だれだかわかった瞬間、目の奥に焼けるような熱が生まれた。眼球が涙で溶ける。涙が目からあふれだした。

ぼくは両手のこぶしを口にあてて、すすり泣きをこらえた。

「お父さん……?」

父が生きていたときにはついぞ口にできなかった言葉が、食いしばった歯のあいだから漏れた。涙がだらだら流れた。

「お父さん、やめて」

パンパン、と音が弾けて、洗面所のドアの窓が砕けた。

銃が発射されている。父の顔と白鬚さんの顔を持ったそいつは、ふり返った。黒い放射状の帯が引っこんだ。

次の瞬間、くわっと黒い帯が開いて、衝撃波が壁を揺るがした。

ドーン。

建物が揺れた。閃光と同時に、ぼくは目を硬く閉じたが、まぶたごしに光は焼きついた。ガラスというガラスが砕けちった。

わあっ、と悲鳴があがって警官たちが逃げ散った。そいつはぼくに向き直った。屈みこんできた。白鬚さんの周囲の半透明の器官がふくらんだ。ぼくをおおうように。

だが、それはぼくには触れなかった。近づきたいが近づけない、そんな感じだった。

ぼくは胸元の一点が熱いことに気がついた。

その一点を中心にして、ぼくの身体がすっぽり入るぐらいの半円の空間があった。その半円より内側は、そいつは入ってこられないのだ。いや、半円ではなく球体だ。ぼくの身体を完全につつんでいる。

どこもかしこも凍りついて、洗面所のタイルの表面は薄い氷が張りつめてダイヤモンドのように輝いていた。腕の産毛が凍りついてキラキラ光った。身動きすると、凍ったシャツが紙のように鳴った。ぼくは震える手でTシャツの衿を引きさげ、首にかけたチェーンを引っ張った。石が熱を発していた。父のメモと一緒に内ポケットにしまいこまれていた石が。

燃えるような石を手に握り、そいつに向けたとき、重い手応えがあった。目の前の空間が反発した。押されながら壁を背に、ぼくは渾身の力を振り絞って、扉を押しあけるように空間を押した。

そいつはするりと洗面所をでていった。

ぼくはシンクと壁の隙間に這いこんだ。石を握りしめた手を両脚のあいだにはさみ、ふるえをこらえた。パトカーのサイレン音が聞こえた。恐怖が風圧のように全身を揺さぶって腹が痛かった。

5

病院に運ばれて凍傷の手当てを受けた。顔や足の指、手が軽い凍傷にかかっていたのだ。

睡眠薬を点滴で投与されて、きっかり五時間眠った。目をあけたとき、真っ先に考えたのは「石」のことだった。

ぼくは石をしっかり握りしめていた。手当てを受けるあいだも、首にかけたこの石をずっと掴んでいた。パニックを起こさなかったのは、石のおかげだった。

警察に聞かれて、ぼくは同じ説明をくり返した。

『二階にいたのは白鬚さんです。正気を失っているようにみえました。呼びかけにも反応しませんでした』

ウソをついたわけではない。事実をいくつか省いただけだ。

何度も話すうちに、ぼくは落ちついてきた。会社の二階でみたものを、以前から知っていたような気持ちになった。たぶんうっすらと知っていたのだ。祖父母や母の口を通して聞いたものが目の前に現れた。そう自分を納得させることで、錯乱せずに済んだ。

二日目の午後、真田さんが事情聴取にあらわれた。

真田さんは、骨折治療用の黒いアームホルダーで左腕をつっていた。爆発の衝撃で肩を脱臼したのだそうだ。落ちくぼんだ目と粘土のような顔色をみれば、同じものをみたのだとわかった。

真田さんは椅子に腰をおろして、生気のうせた声でたずねた。

「具合、どう？」

「生きてます」

真田さんはうなずいた。

「わたしも」

真田さんは、黒いミニバンのことだけど、と前置きしてから、若い男性の顔写真をみせた。思いだすまでにちょっと時間がかかった。ニュージーランドロケで一緒だった派遣スタッフの一人だ。ロケのことが一年前のように遠かった。

「成田まで一緒でした。俵藤《ひょうどう》さん？」

「俵藤保《たもつ》。ニュージーランドから帰国したあと、連絡が取れないとして家族が捜索願いをだした。彼の遺体が、スタジオ北邨の倉庫で発見されてね」

ぼくが驚く様子を、真田さんはじっとみていた。

それから、彼の遺体は会社の倉庫にあった大型のトランクケースからみつかった、とつづけた。

「黒いミニバンは彼の車で、死後、二週間ぐらい」

「頭蓋骨に穴が？」

「脳がなかった」

そういったとき、真田さんの口元が痙攣《けいれん》した。

スタジオ北邨で起きたことは『ガス爆発』として報道された。無人になっていた建物内に、漏れたガスが充満して爆発した。捜索中の警察官三人が死亡、七人が負傷した。大事故だ。地下一階から若い男性の死体が発見されて、三月二十三日に帰国して以来、連絡が取れないとして家族が探していた千葉県在住の二十六歳の男性と判明した。

目黒署は、ぼくの目撃証言をもとに、スタジオ北郵の専務、白鬚宏を爆発物取締法違反および死体遺棄容疑で捜索している。

白鬚さんは深刻な心神喪失状態にあると考えられていて、実名報道はされなかった。しかし他人に危害を与える可能性が高いとして、警察は名前を伏せての顔写真の公開に踏み切った。

「警察では、どういう話になってるんですか？」

真田さんは説明した。

警察が立てた筋書は、田根さんが主犯で、白鬚さんが従犯という共謀説だ。田根さんの目的は、父の資産乗っとり。

北郵公之は三年前アメリカの病院で診察を受けて、心臓移植以外に助かる方法はないと医者に宣告された。しかし、父は移植手術を拒否した。かわりに資産を自分の死後、財団に譲渡すると決めた。おそかれはやかれ父は死んで、全財産が財団に譲渡されることになったろう。

ところが、ここでぼくが登場した。

生まれてこのかた北郵公之が目もくれなかった息子だ。

何を思ったか、北郵公之は息子を財団の理事と、会社の代表取締役に据えた。理事の白鬚と田根は、北郵公之が、ぼくを後継者にするつもりだと考えてあわてた。二十三日の夜、白鬚が会社のスタジオに出向いて北郵公之を説得中、あろうことか北郵は心臓発作で死んでしまった。

白鬚は田根に電話をかけた。田根から、自然死だと籠目リョウに有利になってしまうため、殺人にみせかけようと提案されて白鬚は同意した。

「ほんとうですか？　その話」

思わずたずねた。

「いいや、みてきたようなウソ」

真田さんは無表情にいった。

「白鬚氏はリタイヤする予定だった。二月の理事会で四月一日付の退任届が提出されて受理されているの」

「金めあてだと、辻褄があいませんね」

真田さんは話をつづけた。北郎公之が殺害されたようにみせかけるため、白鬚と田根は細工をした。白鬚が、死体の首にロープをかけて換気窓からロープをだし、死体を何らかの方法でスタジオ内に固定した。田根がロープを車のバンパーにつないで、車の発進力で首をひき抜いた。

アルバイトスタッフの俵藤は、北郎公之の一斉送信メールをみて会社にきて、犯行の模様を目撃したものとみられる。

事件発覚後、財団の部屋から俵藤保の血と毛髪がでてきた。北郎公之記念財団は、四谷の教団関連の資料館の一部を間借りしていて、展示や管理は資料館の学芸員がおこなっている。俵藤保は、田根によってこの部屋に誘いこまれて殺害されたとみられている。

財団の部屋や、死体が入っていたトランク、会社の地下室などから田根の指紋や毛髪がでた。俵藤保を殺したのは田根で、そのことを打ちあけられた白鬚は錯乱してしまった。

白鬚は、田根を殺し会社を爆破して証拠隠滅をはかる予定だった。しかし、そうする前に警察が入ってきて、爆発で警察官らが死傷した……。

「白鬚さんが密室から脱出した方法は？」

「田根が共犯なら、田根がスタジオをあけたときに、白鬚をこっそりスタジオ外にだしたと考えられる」

ぱんぱん、と白鬚さんが拍手する音が聞こえるようだ。

(お見事だよ、真田さん)

あの声が聞けないことがさびしい。

「映像はないんですか？　現場にはカメラを持った鑑識の人がいましたけど」

真田さんは、なぜか目を伏せてもじもじした。

「カメラは爆発のときに、強い電磁波を浴びて故障してしまってね。きみ、レコーダーを持ってたね？」

ぼくは黙っていた。

「あれは……、公表はしばらく控えてもらえないかな」

「ぼくのほうもお願いがあるんですが」

真田さんはたちまち警戒した。

「父のマンションのキーは、いつぼくに返却されるんですか？」

数秒間、真田さんとぼくはみつめあった。無言のうちに取引が成立したのを感じた。

「北郵公之氏の親族はあなた一人です。遺言執行人の金杉弁護士事務所には、あなたに返却したと伝えます。連絡先含めて」

警察をよけいなもめ事に巻きこむな、ということだ。ぼくは了解した。

「白鬚が逃走に使ったミニバンが消えた周辺には、教団本部があってね。敷地内への立ち入り調査は断られました。金杉弁護士事務所は、教団と関わりの深いところなんですよ」

「そうなんですか」

真田さんは何かいいたげな様子で、ぼくの顔をみている。聞きたいことがあるのだが、口にだせないのだ。ぼくから切りだした。

「ちょっとした仮説があるんですけど、聞いてもらえますか？　荒唐無稽な話なので、時間があれば、ですけど」

真田さんの表情が動いた。溺れる人間が藁《わら》にすがっている。そんな目でぼくをみた。

「ぜひ……」

話のあいだ、真田さんはじっとりと汗をかいて青ざめていた。だが、最後まで耳を傾けた。

＊

ぼくが東京の大学に進学した理由は、祖父母との約束があったからだが、ほかにも理由があった。祖母から聞いた話が忘れられなかったのだ。

祖母が信じていたように、父の肉体には父以外のものが入りこんだのだろうか？

もしそうなら、本物の父はどこにいった？

その疑問が頭を離れなかった。それで東京の大学に進学した。父が「人が変わる」以前の知りあいに直接たずねて、父が本当に別人になったのか確かめたかったからだ。

人のツテをたどって、父の中高時代の親友に会うことができた。今は商社勤めの彼が、祖父母の話を裏付けしてくれた。

『別人格とかいうレベルじゃなかったな、あれは』

父の元親友は、病院の父を何度も見舞いに訪れていた。

精神病院の保護室にいた父は、友人をみても反応せず、さまざまな言語で、どの人種とも異なる発音で話しつづけた。空中に黒い影のようなものがみえたときもあった。

そういうとき、病室はひどく暗く寒くなった。停電が頻繁におきた。長時間の面談は無理で、十分ほどで彼は気持ちがわるくなった。

「その人によれば、病棟の看護師が落雷で亡くなったそうです。建物のなかで仕事中に」

真田さんの顔色が変わった。

「父を病院に置いてもらうために、祖父は病院に大金を寄付しました」

ぼくは、父が入院していた病院名と所在地をいった。その病院は二十年以上前に廃業した。父のことが原因だったのかもしれない。真田さんは書きとった。

「霊能者という人は？」

「ハワイ在住の女性だったということしか」

何かがぼくの脳裏をちらりとかすめた。

「祖父母はずいぶんお金をつかったようです。捜索費用も含めると、何千万もかかったといってました」

「どうやって払ったんですか？」

「ビルを一棟売ったそうです。祖父は不動産を所有してましたから」

「この駅周辺、北郎ビルがずいぶんありますが、それは関係あるの？」

「親族で経営している不動産会社のビルです。父の株の持ち分は財団にいきます」

あるいは隠し口座に、とぼくは考えた。ペットボトルの水を飲んだ。入院中ずっと考えていたことを口にした。

「ぼくと祖父母、ぼくの母は同じことを考えてました。北郎公之の頭のなかには、人間以外の何かがいると」

ぼくは、胸元からペンダントを持ちあげた。

「これは、父がその霊能者の女性からもらったものだと思います。丈夫なチェーンがついていて、父はいつもかけてたんです。でもつけたままでは空港のセキュリティゲートを通れなかったから、父は飛行機に乗る前に外して、まちがってぼくのバッグにいれてしまった。三月二十三日の未明、父は会社にこれを探しにきたんだと思います」

真田は、おそるおそるペンダントを手にとった。ぼくの体温の残る石をそっと撫でている。「なにも感じない」といった。

「ぼくも感じません。でも、会社の二階であの――、白鬚さんと向かいあってたとき、石が熱くなりました。この石の周囲だけ量子レベルで活動が起きたんだと思います」

「は?」

ぼくは化学を専攻していることを話した。学部生だからたいしたことは知らないが、熱が発生したのならそこにエネルギーの流れが生じたはずだ。

「この石の半径一メートルかそこらの空間に、アレが――、白鬚さんに寄生していた何かは入れなかったんですね。この世界、つまりぼくらが存在する三次元的の物体は通すけど、そいつがきた場所にあるような物体は通れない、そういう〝もの〟というか〝場〟がこのペンダントの石の周囲に存在しているのだと思います」

「それは霊的な力ってこと?」

「ぼくは霊能力なんてないです」

量子と磁場について説明をはじめたが、真田さんの目が虚ろになってきたのでやめた。

とにかく祖父母が依頼した霊能者は、別の世界に所属する物質を持ってきて、父の頭にすぽっとかぶせたのだとぼくは想像している。人間の活動には影響はないが、そうでないものには不具合な塊だ。ペンダントヘッドの小石は、みえない塊に付けられた目印ではなかろうか。

丸二日考えて、その結論にいたったのだ。石の表面に彫られたシンボルが接着剤がわりに、小石とそのみえない塊をつないでいるにちがいない。

「とにかくペンダントがなくなって二日で、父の頭のなかのそいつが暴れだして抑え切れなくなった。父は臨時スタッフにまで招集をかけた。ペンダントがだれかのバッグに紛れこんだと考えたんでしょう」

俵藤さんは、スタジオ北郎の住みこみの仕事が欲しかった。それでメールをみて真っ先に会社に駆けつけたのかもしれない。

「父が死んだとき、父の頭のなかにいたヤツは頭を身体から引きちぎって死体から離れたんです。換気窓をどうやってあけたかはわかりませんが、黒い帯のような触手を持っているのをみました。自力で建物から脱出して、会社の前にいた俵藤さんを襲ったんじゃないでしょうか」

ぼくは、会社をやめた日に、黒いワゴン車からおりてきた人物に追いかけられた話をした。あれは、おそらくは、寄生された俵藤さんだったのだろう。田根さんが、彼の世話をしていたにちがいない。「白鬚さんがどの程度のことを知っていたかはわかりませんが——」

白鬚さんは、詳しいことは知らなかったろう。ただ、理事会の出来事を不審に思って、ぼくに代理人の署名を書かせようとしたのかもしれない。

「白鬚さんは、保護を求めて警察にきましたよね？」

「本気で怖がっていて、『自分と籠目リョウの保護を頼む』と強硬だった。それなのにいきなりいなくなってしまった」

真田さんは考えこむ表情になった。「電話だ」といった。

「白鬚氏がトイレにいく前、会社の番号から白鬚の携帯に電話がかかった。会社にきみがいるといわれたのかもしれないね。それで急遽会社にむかったんでしょう」

ぼくのために……。

真田さんの言葉はぼくの胸をえぐった。目の裏側がじわっと熱くなった。

「ぼく、あの人を信用してませんでした。気遣ってもらったのに」

「例の霊能者と連絡を取る方法は？」

ぼくはペンダントをみつめた。ハワイ。すごい霊能者だったおばあちゃん。

「もう亡くなってるかもしれません。二十五年も前だから」

「きみの祖父母は記録を残してない？」

「会社に遺品が多少ありました。自分の家に戻ったら探してみます」

記録を探すより、もっと手っ取り早いアテがあったが、それは真田には話さなかった。

「……あれはだんだん成長してると思います」

「何が？」

「二週間前に追いかけてきたヤツは、ぎりぎり人のサイズでした。でも、会社の二階でみたヤツはもっと大きかった。成長してるのかもしれません」

「人間の脳を食べて？」

軽い調子でいったあと、真田さんの表情がこわばった。

仲間の死にざまを思いだしたにちがいない。病室の洗面台に屈みこんだ。

刑事が吐く音を聞きながら、ぼくは考えていた。

半透明のエラに包まれて、縮んでみえた白鬚さん。白鬚さんを包んでいた器官は、人から抽出された物質で形成されたものかもしれない。脂肪とかタンパク質といったものを宿主から吸い取って大きくなっているとか？

だとしたら、土台にされた人間は長持ちしないだろう。

真田さんは、色の抜けた顔を両手でこすった。

「すぐにカギを手配します。必要なものがあったら何でもいってください」

6

その日のうちに制服警官がぼくの病室に角封筒を届けにきた。なかに父のキーリングとスマホ、財布が入っていた。

退院の手続きを取ってもらうあいだ、病院の携帯電話コーナーから鯖田さんに電話をかけた。留守録だったから「また電話します」と伝言を残して切った。五分後に、鯖田さんから電話がかかってきた。

どうも、と鯖田さんはいったが、声に元気がなかった。

『アタシ、いま病院なんですわ。アンジーが倒れちゃってね。いや本人はピンピンしてるんですけど、念のため検査入院をすることになったんですよ』

「ぼくも病院にいるんです。どこの病院ですか？」

鯖田さんが口にした病院名を聞いて驚いた。今ぼくがいるところだった。

『ここ、秘密厳守だから芸能人や警察がよく入院に使うんですよ。リョウくん、どっか悪いとこでも？』

鯖田さんは、スタジオ北邨で起きた爆発事故のことは知らなかった。今回の事故報道にはぼくの名前はでなかったようだ。

「ぼくはその――、凍傷にかかっちゃって」

『へええ、ひどいんですか？』

「いや。水ぶくれみたいなのができて、潰さないでっていわれてます」

内科病棟にいるというので、連絡通路をわたって病棟にいった。二階でエレベーターをおりてすぐのソファコーナーに、ずんぐりと太い鯖田さんのシルエットがあった。

ぼくは病院で買ったジャージの上下にスニーカーという格好だ。鯖田さんは電話しながら、「二〇二ね」といって病室のほうを指さした。これは病室を訪問してもいいという意味だなと解釈して、そちらにいってみた。

部屋の前に名札はでてなかった。ドアには磨りガラスの窓がついている。そこで待っていると、ジーンズ姿のすらっと背の高い女性がでてきた。髪が長く華やかな目鼻立ちをしていて、元ミスユニバースみたいなすごい美人だった。芸能人のお見舞いだろうかと思いながら、ぼくは「籠目です」といった。

女性は微笑んだが、警戒心がありありとでていた。

「リョウくんは友だちなの」

アンジーの声がした。

友だち。全身がくすぐったい火照《ほて》りに包まれた。面はゆい気分で、ぼくは病室に入った。

アンジーは点滴を受けながら、たこ焼きを食べていた。水色のチェックのパジャマにカーディガンをきて、中学生の女の子みたいに幼くみえた。ぼくをみあげて微笑んだ。えくぼをみたとたん、ぼくは元気になった。

椅子をすすめられて、ベッドのそばに腰かけた。付きそいの女性は鯖田さんの奥さんのラニさんとわかった。ぼくは、凍傷のあとの水ぶくれのできた指をちらっとみせた。彼女の容態のことや、収録のあと楽屋で倒れた話を聞いた。

「最近、おかしいんだ。すぐ気絶しちゃうの」

「最近っていつから？」

「一カ月前から。雷がすごかった夜、うちで気絶して救急車で運ばれたの。前から雷は大きらいだったけど、あんなことはじめて。そのときも検査を受けたけど、異常なしだった」

「それって雷の光をみたとき？」

「てんかんのこと？　ちがうっていわれた。窓のないところにいてもそうなるの。身体が穴に吸いこまれちゃう感じ？　扉がみえて――」

ふいにアンジーは口をつぐんだ。顔が青ざめていた。

「働きすぎじゃないかな？」

ぼくは気休めをいった。

「そういや、父の部屋のカギが手に入ったんだ」

ほら、といってカギをみせた。

「警察の人が返してくれた。いつでも写真を探しにいけるよ」

明日にでも、といいかけて、彼女が入院中だと気がついた。結果によっては、ずっと入院かもしれない……。

アンジーは大きな黒い目でぼくをみている。あまり喜んでいるようにはみえなかった。悲しそうな疲れて沈んだ表情をしていた。

「鯖田さんの奥さんて、きみの伯母さんなんだよね？　あの人に代わりに立ち会ってもらうっていうのは？　忙しいかな」

「リョウくん、もういいの」

「いいってなんのこと？」

心臓のど真ん中がうずいた。悪い予感がした。

「画像、消さなくてもいいんだ」

失意のあまり自分の顔が歪むのがわかった。画像を消す必要がないってどういうこと？　ぼくはもう用済み？

「どうして？」

平気なふりをして質問したつもりだったが、声が歪んだ。

「ウソだったの」

アンジーの目にじわっと涙の玉が浮かんだ。ぼくは硬直した。自分が何かやらかしたにちがいないと思ったのだ。それから、彼女のいうウソの中身について想像をめぐらせた。ヌードより、もっとタチの悪い画像だったとか？　父ならありうる。

「ほんとうは、引退しようと思ってて。これからの仕事のためってウソなの」

引退——！

その話のほうが、ぼくにはショックだった。ホームから線路に突き落とされたような気分だ。彼女をもうテレビでみられなくなる……。そんな。

「引退、しちゃうの？」

アンジーは点滴をつけてない右手で、片方ずつ目をぬぐった。ティッシュを探していたから、ぼくは枕元の箱を差しだした。

ティッシュをもみくちゃにしながら、アンジーは、ぽつりぽつりと話した。『ジョイフル英語』の仕事は六月で降板が決まっている。CMの仕事はあるが、レギュラー番組はひとつもない。大手の事務所には移りたくなかった。それで休業して学業に専念することにした。一般人に戻ったとき、ネットに自分のヌードがでたらいやだなあ、と思ったのだそうだ。

なんだ、ウソってそんなことか。ぼくは、肩の力が抜けた。

「じゃあ休業ってこと？」

「どうなるかはわからないの。でも社長にいわれたんだ。ママに、これ以上お金をあげちゃダメだって——」

アンジーの目から大粒の涙がこぼれ落ちた。手のなかのティッシュは、小さな球になっている。会話が英語に切り替わった。

切ない話だった。夫に捨てられ小さな子どもを抱えた子持ちのシングルマザーの話だ。結婚を反対されて親族とケンカしたアンジーのママは、郷里に戻れなかった。ダブルワークで働いた。美容師と清掃員の掛け持ちで、昼も夜も働いて疲れはてて、だんだん笑わなくなった。今は外出もしない。

「ママがお酒を飲むのは、うちにお金がないからだと思ってたの。あたしがお金を稼いだら、ママは幸せになるって信じてた。でもあたしがお金を渡しすぎちゃったから……」

自分の母親のことが、ちらっと頭をよぎった。酒も煙草もやらない、ついでに男っけもない母親。

「アンジー、お母さんのためにがんばったんだね」

びぇーん、と大きな泣き声がした。ドアの外から聞こえてきた。

廊下をのぞくと、鯖田さんがおいおい泣いている。盗み聞きしていたのだ。後ろにいた奥さんが、「ミッチーは涙もろくて、横浜が勝っただけで泣くのよぉ」といった。

みんなが笑ったところで、夕食の配膳の音が聞こえてきた。ぼくは立ちあがって、「またね」といった。

ベッドに寝たまま、アンジーが小さくバイバイした。

病院をでる前に洗面所に寄った。

頭がぼうっとしている。色んなことがありすぎて、頭が空回りしている。二日前の出来事のダメージからも回復してない。そっちは思いだしたくなかったから、アンジーのことを考えつづけた。アンジーみたいに親がアルコール依存症の問題を抱えている子どものことを、たしかサバイバーと呼ぶのだっけ。アンジーはママを愛している。母親のことを一言も批判しなかった。

ぼくの母は本さえ読めれば満足する人で、家事は適当、息子は放任だ。でも信頼と無関心はちがう。根本的にちがう。そう、ぼくも母のことを侮辱されたら猛烈に反撃する。なにがなんでも戦う。

「リョウさん」

エレベーター前で、鯖田さんに呼びとめられた。見送りなんていいのに、と思ったが、ぼくの早合点だった。一緒にエレベーターに乗りこみながら、鯖田さんは「車を持ってきます」といった。

「どこかへいくんですか?」

鯖田さんの濁った目が、きらりと光った。

「あなたのお父さんのご自宅ですよぉ」

7

父のマンションは、学芸大学駅近くの低層マンションの最上階だった。仕事や荷物の搬出入のために何度かきたから勝手は知っていた。

父は自宅を撮影用に使っていた。クリーニングサービスによって定期的に磨きあげられた室内は、ショールームのように豪華で生活感がなかった。

ぼくは玄関の警報装置のアラームを解除した。土足の家なのでスニーカーのまま入った。大きな現代アートが壁にかかったリビングを通りぬけ、キッチンをちょっとのぞいたとき衝動にまけて冷蔵庫をあけた。ミネラルウォーターしか入ってなかった。

アトリエは南側の広い部屋で、作業机の上に父のトランクがおかれて中身が放りだされている。書斎は、その先の廊下の行き止まりにあった。

書斎のドアには電子錠がついていた。指紋認証式だ。ぼくは電子錠のボックスの蓋をあけて、鍵穴にキーリングのカギの一つを差しこんだ。

ぼくは鯖田さんに説明した。電子錠は、たいていキーが使えるようになっている。不特定多数が利用する錠の場合、停電になればドアは解錠される。研究所などは、逆に停電になればロックがかかって閉じこめられる。会社のスタジオは後者で、火事になろうが地震で崩れようが停電時はドアが開かない。だから換気窓からアレは逃げたのだ、と思いいたった。

書斎は簡素だった。パソコンとファイルキャビネット、コピー機などの事務用機器、入ってすぐのところに洋服掛けがあり、見覚えのある父のジャケットがかかっている。

鯖田さんは、こわごわぼくの後ろから入ってきた。

「鯖田さんはキャビネットを。ぼくはマシンを調べます」

父のノートパソコンを開いた。これも指紋認証式だった。パスワードの入力欄があったから、メモ帳でそれらしいパスワードを探して打ちこんだ。三番目が当たり。

「メモリーカードは、どうやって中身をみればいいんでしょうかね」

メモリーカードの種類をみてそれに合うカメラの機種をアトリエから持ってきた。バッテリーグリップを取りつけて、操作方法を鯖田さんに教えた。

ノートパソコンに戻った。

中身を調べていたとき、黒いキーボードから体臭が立ちのぼるのを感じた。麝香《じゃこう》の原液のような強烈に濃い臭気だ。

まさか父の体臭が残っている？　ぼくは動揺した。しかし、こんなひどい臭いだとは。悪臭が毒ガスのように全身を侵してくる。ぼくは息ができなくなった。

それから、その麝香くさい悪臭が背後から流れてくることに気がついた。

ぼくは、鯖田さんをふり返った。鯖田さんは床に座りこんで、肉付きのいい背中を丸めてカメラのビューアーに見入っている。いつのまにか靴を脱いでいた。

「これ、鯖田さんの足のにおい？」

鯖田さんが飛びあがった。汗だくで、やけに動揺している。

「いやいやいやなあんにもしてませんよ、なんにも！」

ぼくは足の臭気のことを伝えた。鯖田さんが妙にホッとした表情になった。

「ごめんなさい、アタシ、足が臭いもんで。ほかの部屋で調べますね。洗面所とかで」

鯖田さんは靴を履くと、カメラとメモリカードを抱え、そそくさとでていった。

ぼくは窓をあけて風をいれ、パソコンに戻った。


バックアップ先のうち三社は大手で、少しのぞいただけで、目当ての画像はないとわかった。一社は無名。

鯖田さんが書斎をのぞきこんだ。

「画像みつかりました？」

「いえ、まだ。鯖田さんは？」

「まだです」

接続してみると、いつぞやの読めないサイトだとわかった。

ぼくはブラウザを探した。この読めないサイト専用のブラウザがどこかにあるはずだ。だが履歴もキャッシュも残ってない。

手がかりを探して部屋のケーブルを調べていたとき、光回線が二本引かれていることに気がついた。もしやと思い、引きだしの奥をのぞいた。そこに黒いノートパソコンとケーブルがあった。何に使うのかわからない黒い布袋も。

袋を調べた。光沢のある黒い生地に、穴が二カ所あいている。袋のことはあとで考えることにして、パソコンにパスワードを打ちこんだ。

見慣れない画面が立ちあがった。

黒一色の画面に、カーソルが点滅している。こんなブラウザはみたことがなかった。

またノックの音がした。

「画像みつかりました?」

「大分わかってきました」

「これ、なんですか?」

鯖田さんがデスクの上から布袋を手にとった。

「マスクみたいですね」といって、頭にかぶった。

頭巾のような黒のタワー型のマスクだ。額と目のあたりがフィットしているが、鼻から下はゆとりがあって顔の輪郭がわからないようになっている。鯖田さんが脱いだあと、ぼくもかぶってみた。

視界がせばまった。

「ネットしながら、マスクをかぶってたんでしょうかね?」

「まさか」

といったあとで、ぼくはその可能性について考えた。

頭のどこかで、白鬚さんの声がした。ほらほらほら、といっている。

(顔をさらしたまま危険なサイトに突っこむの?

いやありョウくん、度胸があるねえ)

「鯖田さん、部屋からでてもらえますか? このサイト、危険かもしれません」

しぶっている鯖田さんを追いだした。ノートパソコンのカメラとマイクがオフになっていることを確認した。

パスワードを入力した。数秒後、ぼくはサイトに入っていた。

突然、カメラとマイクのインジケーターが画面下から立ちあがった。オンに切り替わっている。ぼくは硬直した。マスクの下を、冷や汗がツッと流れた。

どうする？　カメラをテープで覆うとか？

その案を考えたあと、何もしないと決めた。マシンを通してだれかが見張っている。そう直感した。書斎のドアがきしんだ。鯖田さんがドアの隙間からのぞいている。

ぼくは廊下にでて、小声で説明した。部屋に入らないでくれ。声かけも中止。

「じゃアタシもマスクか何かかぶりますから」

鯖田さんはいうが早いかアトリエに姿を消した。顔を隠せるものを探しにいったのだろう。

ぼくはマシンに戻った。あいかわらず虫が蠢いているようにみえる文字を、上から下へとスクロールしていった。読めないラテン語を目でな

＊

いやな感じの黄ばんだ表面に、黒い小さな虫が蠢いている。ディスプレイの全面に取りついた虫の群れ。揺れる画面に、胃がむかついた。

グロ画像――？

反射的に目をそらし、視野の隅でそっと確認した。

虫ではなかった。文字だった。ゆらゆら揺れるフォントのせいで、ページを虫が這っているようにみえるのだ。外国語。だが英語ではない。

カーソルを置いたが、日本語変換はでなかった。検索もできない。クリックしても、コピーの選択肢がでてこないのだ。

父の普段使いのノートパソコンを引き寄せて、目についた単語を手動で打ちこんだ。ostium。ラテン語で、意味は扉。

ぞっているだけで、胃のあたりに不快感がわだかまる。黄ばんだページは妙な光沢があって、染みで文字がかすれている。ぽつぽつとあいた小さな穴。ところどころに書きこみがある。

スキャン映像だろうか？　それにしては汚い。いや、気持ちが悪い。

書かれていることを知りたくなかった。その不快な感じは、スクロールにつれて強まった。目の前のディスプレイの液晶画面ごしに視線を感じた。両目に突き刺さるような圧迫感。文字のちらつきに耐えられなくなり、ホームに飛んだ。

こちらは、テキストにリンクが貼られたシンプルなページだった。気がつくと、腋の下にべっとりと汗をかいていた。

インジケーターは、マイク、カメラともにオフになっている。

気分転換にトイレにいって顔を洗った。

鏡をみるのがこわかった。

さっきの虫のような文字が、目に焼きついている。気を緩めれば、視界一面に文字が這いだしそうだ。ぐにょぐにょと。あのページは、父が死ぬ前に読んでいたものだ。

トイレをでるまえ、洗濯室と風呂場をのぞいた。鯖田さんはいなかった。洗濯室の床にカメラとメモリーカード、ケースが散らばっていた。

しょうがないな、と思いながら、カードを拾い集めてケースに戻した。ラベルをみて、あれれ、と思った。二年前のものだ。一枚をカメラにセットしてビューアーをのぞいた。

このときぼくのなかに、のぞき見したいという下心がなかったといえばウソになる。アンジーのヌード写真がみたい。眩しい彼女のふくらみ。頼みを聞いた日から、ぼくは下心を意識の下に押し隠してきた。

最初の一枚は、豪華なカウチに横たわる全裸の画像だった。ガチムチで毛むくじゃらの男性の。

「うえ」

何でこんな写真を、と思いながら、画面から顔をそむけて視界の隅で飛ばしてみた。ひどい趣味だとぼやきつつ、それでも心密かにアンジーの裸像が混じっているのではないかと期待して、世にもおぞましい画像をみていった。

ふと見覚えのある顔をみかけた気がした。画像を戻した。

「うわあああ」

叫んだのはぼくではない。鯖田さんだ。

洗濯室の入り口から、巨体に黒いケープとフードをまとった鯖田さんが雄牛のように突進してきて、ぼくを突き飛ばした。ぼくは飛ばされ洗濯乾燥機にぶつかって床に倒れた。肩と背中の痛みで声もでない。

「何をのぞいているんですか！　えっち！」

えっち、と体重百キロはありそうな巨漢の中年男に怒られて、ぼくは屈辱感にまみれた。鯖田さんはわれに返ると、ぼくを助けおこした。

「ごめんなさい、アタシったら」

「アンジーの写真はみませんでしたから！」

てか、全然なかったし……。

鯖田さんは奥さんから連絡がきて、リビングでテレビをみていたそうだ。アンジーの入院と降板の噂はもう芸能ニュースになっていた。ぼくのほうもＬＩＮＥの未読が二百を超えていた。垣内たちがアンジー続投の署名活動中だった。

ドラキュラマントにマスクの鯖田さんと、黒い頭巾をかぶったぼくは書斎に戻った。

黒いサイトにはオンラインストレージ機能がついていて、項目順にファイルが並んでいた。２０１００３／ＳＡＶＡＴＡ—Ｍ。２０１００３／Ａ

NGELA―R。

「何で鯖田さんのファイルがあるんですか？」

「ああッ！　アンジーの本名はアンヘラ・ロドリゲスなんで。これですね」

「どうします？」

本当は中身をみたかった。ぼくは鯖田さんの表情を横目でうかがった。

しかし、鯖田さんは異端審問官ばりの殺気をみなぎらせて、ぼくを見張っている。ぼくはしばらく目で懇願してみた。だが無理だとわかって、削除にカーソルを合わせた。

「あ、待って」

鯖田さんが、USBメモリを取りだした。

「これにアタシの画像だけ移せます？」

期待をこめてぼくはたずねた。

「アンジーのも？」

「それはダメ」

ちぇっ。無念の思いで、ANGELAのファイルを削除した。

つぎにSAVATAのデータをメモリに移そうとしたが、エラーになった。パソコンにはダウンロードできたから、一旦落としてデータを調べた。みたことのない拡張子がついている。ぼくが試行錯誤しているあいだ、鯖田さんはコンビニへ食料を調達にいった。

その間に、拡張子の謎が解けた。秘密サイト専用のブラウザは、暗号化ソフトの一種だったのだ。暗号化して保存すれば、どんな検索にも引っかからない。すごいソフトだ。

「だれが作ったのかな。ものすごい金と手間がかかってますよ。鯖田さん、どの形式に変換します？　JPEG？　PNG？　PNGなら劣化しませんよ」

「じゃ、それで」

ファイルの移行には時間がかかった。待っているあいだにおにぎりを食べた。終わったあとノートパソコンのファイルを削除し、履歴やキャッシュを消した。データ復旧の専門家にかかれば簡単に復元できるから、ほんの気休めだが。

「ノートパソコン、どうしましょうか?」

鯖田さんの返事はない。USBメモリにいれた画像を自分のタブレットでのぞいている。真剣な表情だ。

ぼくは、父の黒のノートパソコンを持って帰るかどうかで迷った。

破壊してしまうのが一番いい。たぶん。だが破壊すれば、二度と黒いサイトにアクセスすることはできない。さっきの奇妙なページが目に焼きついている。蠢く虫のような文字の列、チラチラとしていた艶のある画面。あのテキストページのことが頭から離れない。

あれをみたい。もう一度……。

「ひーー!」

鯖田さんが叫んだ。カメラを放りだして、両手で顔をおおっている。

「心霊写真……」

*

SAVATAのフォルダーには、アンジーの裸体画像が一点混じっていた。

だが、ぼくが想像していたようなエロチックな画像ではなかった。

真っ暗な岩だらけの場所に、十四歳のアンジーが手足を縮めて横たわっていた。身体のほとんどは影になっていて、細部はみえない。巨大な闇がのしかかるようだ。

ぼくは最初、父は失敗したのだと思った。父の写真にしては暗すぎたからだ。光量が足りない。

それに被写体周辺の闇にむらができている。手前の草木が写りこんだとか？

ぼくは、画面中央のアンジーをながめた。

光源は月の光か街灯だろう。遠景にぼんやりと街の夜景らしいものがみえる。アンジーは半身を闇に浸して、左肩を上に横たわっている。肩の明るい部分の毛羽だった肌や、流れるような裸の腕、やや暗い横顔がくっきりと写っていて、技術的にはパーフェクトだった。色調も申し分ない。

では背景の処理に失敗したとか？

画像の細部に気を取られて、鯖田さんが口走った幽霊のほうは熱心に探さなかった。光量や構図を一通りチェックしたあとで、アンジーの周囲の闇のぼんやりした物体に目を移した。青白いもやのようなもの、これは何だろう？　鯖田さんはまだあわあわいっている。

「これ、これって、心霊写真ですよね？」

ぼくはノートブックを立ちあげて、USBメモリを差しこんだ。鯖田さんが指定した画像を取りこんで拡大した。画像編集ソフトで、写真の光度と彩度を調整した。

ウワッ、とぼくと鯖田さんは同時に叫んだ。

幽霊じゃなかった。

「オバケ！」

鯖田さんは書斎から逃げだした。

ぼくは、画像のコントラストをあげてみた。

うなじがぞわぞわするような写真だった。グロテスクな半透明のケダモノたちが、アンジーの周囲に密集している。同じ形のものはひとつもない。うねうねとした巨大なチューブのようなもの、鋭い牙がずらりとならんだ口だけのたぶん生物《せいぶつ》。

生理的な嫌悪感のせいで、長くみつめているのは難しかった。表面にぶつぶつと凝集した不気味な口のようなものや、びっしりとはえた触手と吸盤……。皮膚が粟立った。

白鬚さんに寄生していた巨大な口に似た形があったが、写真に写っていた個体ははるかに大きかった。たぶん同種だ。支柱の胴体に、見覚えのある無数の口がついている。その口がすべて牙をむいていてゾッとした。だが少なくとも人の顔は混ざりこんでない。ぼくは、安堵といやましに膨らむ恐怖の両方を味わった。

この不気味な群れは、地面に倒れているアンジーの顔に触れるばかりに迫っている。

「ここ、伊弉冉山です……」

戻ってきた鯖田さんは暗い声でいった。

「アパレルの広告写真を撮りにいったんですよ。山頂に北郵先生のお気にいりの撮影スポットがあるそうで。たまたまアタシの地元でして、心霊スポットで有名なとこなんですよ」

「鯖田さんもこの場にいたんですか？」

鯖田さんは首をふった。

「アタシは車で待ってました。北郵先生が二人きりで撮りたいといったので。ねえ、リョウさん、ここに写ってるのはなんなんですか？　特殊撮影か何か？」

「スタッフもいなかったんですか？」

「北郵先生とアンジーの二人きりです。スタッフは前日に帰ったんですよ。先生は、ああいう趣味の人なので、アタシ、危険なことは何もないと思って。これ二重露光か何か？」

「ああいう趣味って？」

「ああッ！　思いだしました。この撮影のあと、アンジーは心臓が止まりかけたんです」

「撮影中に？」

「いやいや、終わったあとです。帰りぎわグズグズしてたもんだから、雷になりましてね。山頂での雷といったらそりゃすごいもんでして、爆撃みたいなんですよ。休憩用の小屋に落雷して、アンジーは逃げたんですが、アタシが探しにいったときは地面に倒れていて」

鯖田さんは悲しげな表情になって、椅子の背にもたれた。

「アタシがみつけたとき、アンジーは呼吸が止まっていて……。山頂じゃあ圏外でヘリも呼べませんし。必死で心臓マッサージをしたんですよ。息を吹き返したときは奇跡だと思いました」

ぼくは、以前アンジーから聞いた話を思いだした。

「グランマが命を助けてくれた、とアンジーが話してたのは、そのときのこと？」

「そうなんです。同じ時刻に、ハワイのアンジーの祖母がなくなりましてね。あの人はすごい霊能力者でしたから、身代わりになってくれたんだと身内じゃ話をしてたんですよ」

やっぱり。ぼくは唾を呑みこんだ。

「アンジーのおばあさんが亡くなったあと、後継者とかは？」

「だれもいません」

ぼくは落胆した。真田刑事も落胆するだろう。

「曾祖母さんたちはいるんですけど」

えっ、とぼくは鯖田さんの大きな顔をみた。

「曾お祖母さんが生きてるんですか？」

「曾々祖母さんも曾々々お祖母さんもいますよ。なんだかえらく長生きの一族で、百を超えてますがね。アタシが会ったのは一度きりなんで、どれがどの婆さんなのかはよくわからないんですけどね。ゲヘヘ」

ぼくは勢い込んでいった。

「曾お祖母さんと連絡、取れますか？」

父の頭に潜んでいた怪物を二十五年間封印して、アンジーを蘇生させた偉大なグランマの術はまだ存在しているのかもしれない。白鬚さんを救えるかも。

ところが――。

「いやあ、連絡は無理でしょう」

「どうして」

「ふだんは海底にいるって話だから」

「はあ？」

冗談をいわれたのかと思ったが、鯖田さんはマジメな顔をしている。

とにかく目的は果たしたということで、ぼくは書斎を片付けた。掃除機をかけていたとき、鯖田さんが走ってきた。真っ青な顔をしていた。

「病院から電話があって、アンジーが……、アンジーの心拍が停止したって」

8

アンジーは集中治療室にいた。息を吹き返したものの、意識不明のまま集中治療室に入っている。

ぼくは廊下の隅のソファに座って待っていた。自分がここでは必要とされてない人間だということはわかっていたが、心配で帰れなかった。

壁にもたれてうとうとしていたとき、だれかのやさしい手が肩を揺さぶった。鯖田さんの奥さんのラニさんだった。

「きみ、帰りなさい。容態が変わったらミッチーがすぐ連絡するから」

そうですね、とぼくはいった。自分にできることは何もない。この場にいることを求められているわけでもないのだ。ペンダントを差しだしたが、ラニさんは首をふった。

「ＩＣＵはアクセサリー、ダメなの。でも、ありがとう」

ぼくはポケットに両手を突っこみ病院をでた。始発でアパートに帰った。

布団に横になったが眠れなかった。身体が熱っぽく、ひどくだるい。覚醒《かくせい》と浅い眠りのあいだをいったりきたりするあいだ、アンジーの姿が何度も頭に浮かんだ。スマホの着信音でハッと目を覚ましては、画面をのぞいた。鯖田さんからでないとわかって安堵した。電源を切ることができなかった。不安で胸が締めつけられた。今日がどういう一日になるのか怖くてたまらなかった。

それでもいつのまにか眠りに落ちたらしく、呼びだし音で眼をさました。部屋のなかはまばゆい日差しが差しこんで、むし暑かった。寮も会社の地下室もエアコン完備だったから、暑さを忘れていた。

発信人は、はじめてみる電話番号だ。

男の声が弁護士の金杉だと名乗った。挨拶のあと、今すぐ財団にきてほしい、迎えを送るからといわれた。

ぼくは気がすすまなかった。そんなところよりアンジーが入院する病院へいきたかった。だが、うまく断れなくて承諾した。シャワーを浴びているあいだも、彼女のことが頭を離れなかった。

＊

金杉弁護士が寄こした車のなかで、鯖田さんに電話をかけた。アンジーが意識を取り戻したというニュース速報が流れたからだ。

『おかげさまで目をさまして、ＩＣＵをでられました』

そういいながら、鯖田さんの声は晴れない。検査結果待ちだといった。

連絡してもらうことにして、電話を終えた。ぼくは車のなかで目を閉じた。夕べ眠れなかったせいで、ひどくだるかった。いつのまにか眠ってしまい、目が醒めたときは、薄ぐらい部屋のソファに寝かされていた。

口が乾き、目やにでなかなか目が開かなかった。

「……お目覚めになりましたか？」

部屋のどこかから声がしたが、はっきりみえなかった。ぼくは自分の顔を触った。メガネがない。

「ぼくのメガネは？」

「テーブルの上ですテーブルはきみの頭の方向にあります」

変わったしゃべり方をする相手だった。ぼくは頭の上を手探りして、メガネをみつけた。

声のするほうをみつめたが、真っ暗だった。部屋はさまざまな〝におい〟がこもっていた。潮臭いにおい、カビの臭気、圧倒的な食べ物のにおい。

「洗面所はどこでしょう？」

天井のライトが灯った。スポットライトの光の中に、便器が鎮座していた。ステンレス製の便器だ。ぶうんと空調がうなりはじめた。

個室のトイレがないことに驚いたが、どうやらそういう造りの部屋のようだ。

ベッドとソファは新しいが、壁や床は古びている。ぼくは壁ぎわの便器にむかって用を足した。洗面台でコップに水をくんだ。

「その水は飲まないほうがいい貯水タンクが古くなってましてね水はテーブルにあります」

ミネラルウォーターのボトルが、テーブルに置いてあった。水を飲むと落ちついた。

古い部屋に新しい家具と洗面台。テーブルも新しい。丸いテーブルには、食事のトレイがのっている。

「食事をしながら話を聞いてください」

声だけでは男女の判別がつかない。

「もしかして、『本当にその名をおおやけに口にできない教団』の教主さんですか？」

「教団の教主をつとめております天海ともうします」

予言者の天海。これまでに何度も死亡説が流れてきた。

「あなたがいるのは北郎公之氏が二十五年前に入院していた病室です」

ぼくは驚いた。暗い部屋を見回した。

いわれてみれば、確かに病室だった。ぼんやりみえるドアは半開きで、格子窓と差し入れ口がついている。壁に触ってみた。ぼろぼろになった壁紙が剥がれて下に落ちた。漆喰まで腐食している。窓には鉄格子。床がたわむ感じがするのは、土台が腐っているためらしい。

「あなたを閉じこめているわけではありませんどうかわたしの話を聞いてください」

ぼくは承諾した。手を洗ってから、テーブルについた。トレイのおおいを取って、保温器の上に置かれた食事をみつめた。ニンジンとポテトをそえたサーロインステーキ、コンソメスープ、パンの籠。サラダ。美味そうな湯気が鼻をくすぐり、気分の悪さはおさまった。現金な胃袋だ。

食べようとしたとき、壁に鏡があることに気がついた。暗い部屋のベッドが映っている。警察の取調室と同じマジックミラーだ。

「天海さんは、隣の部屋にいるんですね？」

「そうです同席できなくて申し訳ないのですがわたくし光過敏症でして」

ぼくは水を飲み、ナプキンを衿もとに差しこんで、肉から食べはじめた。自分がどうなるかわからない以上、腹いっぱいにしておくのが得策だ。

「二十五年前北郵公之氏がこの部屋に入院した経緯は知ってますか?」

「あらましは。祖母から聞きました」

「それはよかった」

ぼくは慎重に切りだした。

「白鬚さんは、天海さんのところにいるんですか?」

「そうですある場所に隔離してますわたしたち以外ではあの状態の＊＊＊は扱えませんからあとで映像をおみせします」

天海は、話題を戻した。

「二十五年前北郵公之氏におきた出来事についてお祖母さんはどう話されてましたか?」

ぼくは、祖母や母から聞いた内容を要約して話した。真田さんに話したぼくの推論のことも。天海の話が聞きたかったから、かなり端折《はしょ》った。隣の真っ暗な部屋にいる人物は、まちがいなくあれが何なのか知っている。ぼくに話すつもりだということは確信があった。

「二十五年前北郵公之氏はサハラ砂漠北部のキャラバンツアー中に強盗団に襲撃されて記憶をなくした状態で保護されたその後別人のように変わってしまった同行していた婚約者は今もって行方不明のままほかの新事実などはありますか?」

「とくには……」

天海が中座して、ぼくは食事に専念した。食べ終えると、白い作務衣《さむえ》をきた信者らしい人がコーヒーを運んできて、食器を片付けた。その間、ぼくは父の婚約者のことを考えた。

婚約者。ぼくの事件報道のなかで母をもっとも傷つけたのが、父の婚約者の件だった。母は、大学在学中から父が好きだったのだと思う。だが、父には同棲中のすてきな婚約者がいた。幼なじみのその人と、父は卒業後に結婚する予定だった。ぼくは、彼女の写真を祖父母のアルバムでみたことがある。

目黒の家や海辺で、彼女は笑っていた。美人、という言葉だけでは、とても言い尽くせないようなチャーミングで綺麗な人だった。素顔にきらきらした大きな目。Tシャツにカットオフされたジーンズ、そこからすらりと伸びた日焼けした長い脚。

室内で撮られた一枚の写真が、今でも忘れられない。

ベッドの上に座った下着姿の彼女が、微笑みを浮かべている。それだけの写真だ。やや逆光になっていて、技術的にはつたない。だが、写真のなかの彼女の微笑みは、ぼくの心を打った。

そこには、もしかすると、ぼくが一生みることができないかもしれない表情、生きる喜びや輝きがあふれていた。かすかに開いた彼女の唇から、今にも「大好き」という声が聞こえてきそうだった。いうまでもなく、カメラを構えていた父に向けられたものだ……。

涼しい目元や面長《おもなが》な輪郭《りんかく》は、ぼくの母とどこか似ていた。もちろん母は彼女のような美人ではないし、その印象を母に話したことはない。だが似ているという事実はぼくの心の支柱になった。愛情が――、たとえ一瞬にしても、両親のあいだに愛のようなものが存在していて、自分が生まれたのだと信じられたから。

「――わたしはアフリカを訪れたことはありませんしかし北郷公之氏と同じ＊＊＊症状を呈した人物のことを知っています」

天海は、北関東のある忌みきらわれた場所の話をした。伊弉冉山のことだ。山頂には古代の祭祀《さいし》遺跡が残っていて、忌まわしい噂があったから地元の人は訪れなかった。

天海の物憂い声が、山頂の荒れ果てた場所へぼくをいざなった。

「そんな場所でも仕事であれば通わなければなりません落雷研究所が設けられまして地元の下請け業者が設備の保全を請けおいました毎日山頂まで通いまして鉄塔の保全をおこないました事務所に帰ってこなかった人もおりますみな逃げたんだろうと思っておりましたところが数日して家族から相談されて会社はあわてて行方を捜しました」

さいわい作業員は、伊弉冉山の山道をとぼとぼと歩いておりてくるところを保護された。どこにもケガはしておらず、物言いもはっきりしていたから同僚たちや上司は安心した。

しかし――。

「高校出の男が英語やフランス語で話しだす哲学のことも語りだす父や母のことを透徹《とうてつ》した他人の目でながめているので家族らは薄気味悪くなりました」

「それは、中身が別人になったということですか？」

「いえいえ本人の記憶はあるのですがその記憶が持ち主の人生を凌駕《りょうが》しておったのです」

頭がはっきり目覚めた。暗いミラーをぼくは注視した。

「その話は、あなたの自身のことですか？」

「はいわたしのことです家族とは暮らせなくなりまして独学で勉強をしておりましたところが慕ってこられる方が大勢いらしたものですからついには教団をおこしました」

「つまりあなたは、あなたのままなんですか？」

「わたくしはわたくしですが元通りのわたくしではないということでございます」

「父も父だった、ということですか？」

「北邨公之氏は北邨公之氏でありましたがこの世界に戻る途中で心がこなごなに砕け散り砕けた心が別個に発展していったものでしょうあの方は自分のなかには他人がおられると信じておられましたそこでもう一度扉を通ってこんどはあなたの身体に移り変わろうと考えておったようですがわたくしは諫《いさ》めましたそのようなことは無駄であると」

父が、ぼくの身体に乗り移ろうとした？

全身に冷たい水を浴びせられたようだった。手足が震えだした。だから、父はぼくの戸籍を自分の籍にいれて資産を移そうとしたとか？　ぼくになりかわるために？

「驚いておられますか？」

「……はい」

「扉を通ったものは扉を通る前とは別人になるのは事実でございますしかしその人であることに替わりはございません他人に乗り移ることなどできませぬ」

扉。アンジーの言葉が蘇った。扉が怖い。

「扉というのは？」

「この世界とあちらの世界のはざまにあります扉ですよいえあちらのことを説明するのは難しいのです人間の言葉にはない概念と申しましょうか概念という感覚すらない時空のなかにありましたのでわたしたちは……と呼びました」

天海が奇妙な発音をして、その音はとても人間の喉から発せられた声とは思えなかった。部屋の暗がりが不気味に広がった気がした。

「今も過去もない同時にときが存在する世界でわたしはひとつであり個々でありあちらこちらに存在しております呼ぶものがおりましてまた戻ってきたのでございます」

「あの怪物も父なんですね？」

暗いミラーの向こうで、天海が笑った気がした。ふいごのような音を笑い声と判断すれば、だが。

「怪物とは生き物ですかあなた意識を生き物と呼びますか機械を生き物と呼びますかさよう生命もシステムによって動かされているとすればアレは生き物でしょう北郵公之氏があちらから戻ってきましたときに付着したと思われますアレはスグハと呼びましてナコト写本という書物にもでてきます人に着けば発芽をいたしますが北郵氏のそれは海の魔女に封じられて二十五年ほど幼体のまま留まっておりましたものが今また成長しておりますアレに付着した北郵の頭部はただの殻です」

「では、植物？」

ぼくは、あの奇怪な口のことを考えた。

「電柵でございます電柵として境界にて見張りをおこない害虫を捕食するようになっております見張りの機能によって宿主の知覚を拡大し他者の意識を読みとり記憶することもできますスマホやパソコンなどのツールの原始的なものともいえましょう」

だれが何のために作った電柵《ツール》だというのか？

答えを聞くのがおそろしくて、ぼくはその部分を無視して質問した。

「脳を食う寄生ツールですか？」

「さよう脳にはATPと呼ばれますエネルギー伝達物質が豊富に含まれておりますからあれを充電するには脳が最適でございます北郵公之氏ご自身は肉体の心臓が止まりましたときに死にましたそしてただツールだけが残りましたのです」

「あなたの中にもそのツール……、同じものがあるんですか？」

「左様わたくしの場合は発芽まで時間がかかりまして何十年ものあいだ種のままでした扉の向こう

にいって戻りし人はあらかた最初の混乱期を生き延びられませんで死にますわたくしはかろうじて制御しておりますが日ごとに浅ましい姿になりつつあります」

ぼくのいる部屋の灯りが消えた。マジックミラーが素通しになり、その向こうに座っている人がぼんやりと見えた。その人がマントのフードをほんの少しずらしたとき、ぼくは気絶しそうになった。

ふたたび灯りが灯って、ミラーにはぼくの青白い顔が浮かびあがった。

「白鬚さんはこちらです」

ミラーの横に、十八インチのモニターがセットされていた。そこには、寄生された白鬚さんの身体の一部が映っていた。左手の手首で、それ以外の部分は黄色がかったゼリーのような物質で覆われている。白鬚さんの指先がまだ綺麗に整えられていたのが悲しかった。

「磁場で囲いまして移送中ですこちらの会話は聞こえております」

「彼はどうなるんですか？」

「白鬚氏はどのみち助かりませんがアレのほうは扉の向こうに送り返さねばなりません宿主が生きておりませぬと食ったものを消化できませぬので枯れます枯れるまえに播種《はしゅ》します胞子を飛ばしてあっというまに増えてましてそれどころか眷属《けんぞく》を呼びよせるようになるでしょうこの世にはびこりまして人を食うことになりましょうわたくしのほうも幼体が成長しますれば白鬚氏と同じ運命を辿ることになりましょう命運が尽きます前に連れて帰ることにいたします」

ぼくは、天海は予言者だということを思いだした。

「それは予言ですか？」

「さようでございます」

彼に、ぼくはどうみえているのだろう？

「あちらに連れ戻すときにあなたのお力添えがありますと助かります」

ぼくの足が震えだした。

「ぼくに、なにができるんですか？」

「扉を閉じねばなりませんあなたの父上が持っておられた石の力で閉じてくださいあれはあなたのお父上にあわせて調整されましたもので血をひく方にしか使えませせぬ」

閉じる……。

事務所の二階で白鬚さんと向かいあったとき、石で押したような奇妙な手応えを思いだした。押して閉じる。この石はそれが可能なのだ。

「あなたはいかねばなりません扉を閉じますときに向こうからきた者共は扉に吸いこまれてゆきますアレやわたくしだけではなくあなたもご存じの少女があちらの世界に引き寄せられてもはや自力では戻ることは叶《かな》わなくなるでございましょう」

「それ……、アンジーのことですか？」

「さよう四年前の撮影のとき北郎氏は少女を使いまして扉の向こうのものどもを呼びよせました」

アンジーのヌード写真が浮かんできた。地面に横たわるアンジーを取り囲んでいた怪物たち。

「北郎氏の腹づもりでは祖母の護符によって少女は守られているはずでしたしかし彼女は扉前にて雷に撃たれて死に一瞬あちら側に入りこみました少女は祖母の命と引き替えに蘇生いたしましたがその身はなかば扉の向こうにありますあなたは扉の前にて少女をとらえ連れ戻さねばなりません」

膝にのせたぼくの手が、小刻みに動いている。震えがとまらない。逃げだしたかった。

「生け贄を手にいれますれば扉の力は強くなります海の魔女の一族ともなればよりいっそう強くな

りましょう何よりあなた自身のためにこの少女を失ってはなりませぬ」

「……ぼくにできるんでしょうか？」

「押して閉じましたら決して決してふり返らぬことです決して決して地上にでますまではふり返ってはいけませぬ」

＊

深夜、アパートに戻ったときも、まだ放心状態がつづいていた。寝転がったまま天海にいわれことを考えた。

『そのときはあなたのお力添えがありますと助かります』

力添え……。ぼくにそれをする勇気はあるのか？

考えただけで、地面が割れて吸いこまれそうになる。恐怖に落ちこむ。

深夜、鯖田さんからの電話で起こされた。

『アンジー、そっちにいってませんか？』

「いえ、いませんけど。どうかしたんですか？」

声の背後から喧噪が伝わってくる。

ぼくはスマホを耳に当てたまま、アパートのドアをあけて外を見回した。人影はない。

『アンジー、いなくなっちゃったんですよ。病院を抜けだして、アタシの車に乗ってどっかへいっちゃったんです！』

9

鯖田さんの話によれば、アンジーは意識を取り戻したあと、元気になった。どこか上の空なところはあったが、会話はしたし、病院食はほぼ食べた。それでみな油断した。

病院の消灯時間のあと、鯖田さんが付きそった。そして、鯖田さんが熟睡しているあいだに、アンジーは着替えて、鯖田さんの車のキーを手に病室を抜けだした。

アンジーは運転免許証を持っている。グアムではミニトラックに乗っていた。ミニバンのＣＭに起用されたときに国際ライセンスを取ったが、国内で運転したのは、ＣＭの撮影のときだけだ。

ぼくが車で病院に迎えにいったとき、鯖田さんは不安のあまり気も狂わんばかりになっていた。飛びこむように車に乗りこんだ。

「心当たりがあるって本当なんですか？」

「鯖田さん、伊弉冉山って道わかりますよね？　栃木の」

数秒、間があった。ちらっとみると、鯖田さんはあんぐり口をあけている。首のまわりに汗の染みが広がりはじめた。

「あああそこにアンジーがいるんですか？」

ぼくは、天海から聞いた話のあらましを説明した。アレの現物をみたことのない人には、ぜったい理解できないだろう部分は省略して。

「で、でも、あんなところにアンジーがいくわけが……」

「天海さんによれば、アンジーは『扉』に呼ばれたんだそうです」

「ア、アンジーはそいつらに掠われたんじゃありませんか？　洗脳されたとか。リョウさんもだまされてるんじゃ？」

だまされているのかもしれないし、天海が真実を語ってない可能性もある。いや、彼はただぼくを利用したいだけかもしれない。

それでも、アンジーが伊弉冉山に向かっていることは確実だった。

「ぐずぐずしていると、強風で高速道路が閉鎖されるかもしれません」

ときおりフロントガラスに雨の滴がぶつかった。雨まじりの突風が道路標識や並木を揺らしている。通行人の傘がめくられて逆さになった。倒れた看板や自転車が目についた。

「この車、リョウさんの車ですか?」

「父の車です。雷雨強風警報がでていたから借りてきたんです」

鯖田さんに連絡するまえ、突然、白鬚さん的啓示が浮かんだのだ。(車だよリョウくん)。そこで会社に寄って父の車を持ちだした。車は父の死後にバッテリーを外しておいたので、無事にエンジンを始動できた。

首都高を飛ばして、道路情報を聞きながら東北自動車道に入った。

岩槻あたりを走っていたとき、天海から連絡が入った。

かれらはすでに栃木県内にいるという。那須の教団施設に、コンテナを運びこんでスタンバイしているそうだ。コンテナ内には、白鬚さんが収容されている。

『感電防止用の防護服を用意してあります栃木県内に入りましたらお知らせください』

例によって、句読点のない抑揚を欠いたしゃべり方だ。

「連れがいるんです。アンジーのマネージャーです。特大の防護服はありますか?」

『用意しましょう』

鯖田さんは気乗りしない顔をしている。ぼくは無言でアクセルを踏みつづけた。

一部区間が通行止めになった、とニュースが流れてきた。ぼくは宇都宮ICで一般道におりて二九八号線を北上した。天海に連絡をいれた。そちらは雷雨だといった。

「アンジーの車は、どこを走ってるんでしょ」

鯖田さんが心配そうにつぶやいた。アンジーは、およそ二時間半早く出発している。無事に目的地までついていてほしいと思いながらも、途中で足止めされていればいいと願う。暗い想像がつぎつぎ浮かんでくる。一刻も早く追いつこうとして、ぼくはアクセルを踏みこむ。

「リョウさん、スピードだしすぎです。捕まりますよ」

気がつくと百キロでていた。ぼくは肩の力を抜いて、スピードを落とした。

「あの山にはゲートがあってパスがないと通れませんから、足止めされてるはずです」

午前二時に、伊弉冉山麓の合流地点についた。

深夜と雨のこともあって山はみえなかった。大型コンテナを積んだトラックと車数台が、道路脇の空き地にとまっていた。ウィンカーをだして車を空き地に乗りいれた。作業着姿の男が、「籠目さんですか」と声をかけてきた。

ぼくは大型のキャンピングカーに案内された。入ったところがリビングで、そこに大型の檻が設置されていた。天海は檻のなかに座っていた。フードで顔をおおっている。

「山頂のゲート前にピンク色のミニワゴン車が乗りすてられていたそうです」

息を呑んだ。

「予定では明日決行するつもりでしたが一刻の猶予もなりません」

天海の部下が、ダンボール箱を持ってきた。なかには二人分の地図と絶縁された長靴や上着、絶縁された懐中電灯、ヘルメット、無線機、安全メガネが入っていた。金属製品はすべて車のなかに置いていくように指示された。ぼくは胸につけたペンダントのチェーンのことを思いだした。

天海の部下は、手回しよく革紐を用意していた。それをチェーンのかわりに石に取りつけて首からぶらさげた。

車のハッチバックをあけて、車の後部で鯖田さんと着替えた。電力会社の作業員が着るような黄色の絶縁ゴム長と上着、絶縁手袋、ヘルメットだ。どれも反射テープがついている。特大サイズはなかったとみえて、鯖田さんには黄色いポンチョが用意されていた。

時計をみた。午前三時四十分。あと少しで夜があける。

先頭車両とおぼしいワゴン車が、ゆるゆると動きだした。キャンピングカーがつづく。そしてトラック。銀色のコンテナは、荷台にしっかりと固定されて、シートがかけられている。あそこに寄生された白鬚さんがいるのだ。後続車がクラクションを鳴らしたので、ぼくはトラックの後ろについた。

鯖田さんは妻に電話をかけている。ぼくも母に電話した。これから友だちを迎えにいくんだ、と話した。

『こんな深夜に？　なんだかドンドンという音がするけど、どこにいるの？』

「山だよ」

電話を切って山頂をながめた。山頂は雲に覆われて雷鳴が轟き、稲妻が空を走るたび荒れた山腹が浮かびあがる。世界の終わりが待っている、そんな気持ちになった。

10

山頂のゲート前には、アンジーが乗りすてたミニバンが斜めにとまっていた。そしてゲートには、値札シールがついたままの折り畳みバシゴが立てかけられている。

「アンジーはここの塀の高さを知ってますから」

鯖田さんがため息まじりにいった。

天海の部下がカードをゲートの読み取り機に差しこんだ。高さ三メートルのゲートが開くと、コンテナをのせたトラックが入っていった。トラックの荷台から緑の塗装のフォークリフトがおろされた。クレーン車がトラックからコンテナを持ちあげてフォークリフトの手前におろした。

その間にぼくと鯖田さんは説明を受けた。敷地内には落雷実験に使われた鉄塔が約二十基あり、高さ、間隔、素材はそれぞれちがう。側撃雷を受けない距離は、塔ごとに異なるため、道の両側に二メートルの間隔で杭が打たれている。杭と杭のあいだを歩けば安全という説明だった。「ぜったいとはいえませんが」と、教団の人間は付け足した。

説明を受けているあいだも、何度か雷が落ちた。装飾もなにもない鉄筋を組み合わせた塔に落雷して、その瞬間、塔の細部がくっきりと浮かびあがる。錆びた溶接部分や割れた碍子も。火花が飛び散り、あたりは真っ白な光につつまれ、遅れて衝撃波がやってくる。

ぼくたちだけ先に入ってアンジーを探したい、という提案は却下された。アンジーを扉の呪縛から断ち切るには、扉を閉じることが必要だが、閉じてしまうと天海の目論見は果たせない、白鬚さんは枯れて種が飛び散り世界も破滅――、つまり同時におこなう必要があるのだと説得された。

フォークリフトの運転係はみるからにおびえていた。鯖田さんが「アタシが運転しますよ」と声をかけると、安堵した表情になった。あたふたとゲートの外にでてゆく運転係の背中を、ぼくは羨ましく思いながら目で追った。

教団の信者たちがゲートの外にでると、天海はマントの下でちょっと手をあげた。

するするとゲートが閉じてゆく。

天海が歩きだし、ぼくがフォークリフトを先導した。

*

輝く光が天から堕ち、巨大な光の柱を大地にうがつ。創世記のような光景だ。

真っ白な閃光と闇が交互にあらわれ、ぼくはこの山のみえない印画紙に永久に焼きつけられたような気分になる。背後からは冷たい風。フォークリストにのせたコンテナの箱が、がたがたと揺れる。

「アンジー！」

歩きながら、ぼくと鯖田さんは彼女の名前を呼んだ。ぬかるんだ地面に、彼女の痕跡《こんせき》は見当たらない。彼女は、本当にこの雷撃の森を抜けていったのか？

山頂の岩の手前は、ゆるい傾斜になっていた。フォークリストが泥を滑りおちた。タイヤがスタックして、これ以上進めない。天海がコンテナをおろすよう鯖田さんに合図した。

鯖田さんが、坂の下にコンテナをおろした。コンテナには分厚い緑色のゴムシートがかけられ、太い革ベルトで縛りあげられていた。銀色のコンテナの扉部分がボコッとふくらんだ。

「このベルトでは長くは留めておけませんあちらです」

天海が、間近にある大きな岩にむかって走りだした。走ったといってもマントの下で交互に動いているはずの脚はみえなくて、するすると滑るように動いていたのだけど。

頂上の大きな岩の下に、白っぽいものがみえた。

近づくと、小さな社だとわかった。打ち倒されて、地面に転がっている。注連縄がむしり取られて放りだされていた。天海が、社があったとおぼしいくぼみにいって、地面を懐中電灯で照らした。

「ここです」

岩と地面の隆起が重なりあうあいだに、ひしゃげた狭い入り口があった。洞窟というより地面の亀裂だ。かなり幅が狭い。

「これが扉？」

「扉はこの奥にあります早く」

鯖田さんが地面にひざをついて、穴のなかをのぞきこんだ。

「アンジーー！」

ぼくも声をはりあげ、名前を呼んだ。

叫んでは口をつぐみ、耳を澄ませた。何度めかに叫んだあと、かすかな、本当に消えそうな小さな声が穴の底から聞こえてきた。

シャチョー……。

もう一度聞いて、鯖田さんと顔を見合わせた。涙がでそうになった。

「アンジー！」

鯖田さんは穴に潜りこもうとした。

ところが――。

足から入ろうとした鯖田さんは尻で穴につかえた。横になっても縦になっても、大きな彼の身体は入り口の隙間を通れないのだ。鯖田さんは焦っている。泣きそうな顔になった。

「鯖田さん、どいて！」

稲妻が夜空を走った。耳をつんざくパーンという音。地鳴りがした。

閃光に、ぞっとする姿が浮かびあがった。周囲にある鉄塔と同じぐらいの高さを持った、ゆらゆらと前後左右に揺れる肉の塔。成長した寄生体の重みを白鬚さんの下肢はもう支えきれないのか、支柱のようなものを身体の前部分にたらしている。

もがいて這いあがろうとする鯖田さんを、ぼくは穴から引っぱりだした。

「右手を壁につけて逃げるんです逆側には変電所があるのでいってはいけません壁から離れてもいけません落ちますわたしが引き留めますから籠目さん早く入って」

ぼくは懐中電灯を握り、折り重なった岩のあいだに身体をすべりこませた。得体のしれない闇にむかって叫んだ。

「アンジー！　そこを動かないで」

＊

狭苦しい階段には、ゴミや石くれが散らばっていた。懐中電灯の光をあてて、総毛立った。人骨だった。おびただしい数の、穴に投げこまれた屍《しかばね》。どくろ。

吐いている余裕はなかった。外から甲高い笛のような音が聞こえてくる。天海が呪文を唱えている。

シャチョー……。

暗闇の底から切れ切れにアンジーの声が聞こえてきた。

あたし、グアムに帰りたくて……。気がついたらここにいたの……。ママ？　どこ？

一瞬、恐怖を忘れてぼくは叫んだ。すぐいくよ。動かないで。

叫びながら天井の低い穴を、足を下においていった。できる限りのスピードで。手をかけているのは骨や頭蓋骨で、ほろほろと下へ転がり落ちてゆく。

リョウくん？　リョウくんなの？

「迎えにきたんだ。そこにいて」

この悪臭に満ちた地下への穴へ、彼女はどうやって灯りも持たずにおりられたのか？

頭上から差しこむかすかな光が、消えた。天海が入ったのだ。

「きますぞきますぞきますぞきますぞ」

電撃をまとった光の帯が、天井を走りぬけた。つづいて爆発。石くれや土砂が顔にふりかかった。下から悲鳴があがった。

「アンジー」

ぼくが叫んだ直後、頭上からきた塊に押されて、ぼくは階段を滑りおちた。無数の骨のうえを身の毛もよだつ滑降をして地面にぶつかった。踊り場のようなところらしい。

凄まじい咆吼《ほうこう》が、壁をふるわせた。

いいいいいいん、いいいいいいい。

地響きとぶつかり合う音。

とっさに壁のほうに転がった。壁面に身体を押しつけた直後、すぐ横を、粉塵《ふんじん》をあげながら大きなものが通過していった。壁を削りとりながら粘った汁を飛びちらせた。

通路の幅いっぱいに、縮まり広がりしながら、ゆるやかに大きな塊は落ちてゆく。凄まじい音とともに、段や岩が削り取られていった。

黒いほうには電撃がまといつき、あたりをチカチカと照らしている。壁や階段はハッキリみえるのだが、ぼくには何がどうなっているのかわからない。

黒い肉体はおそらく天海だろうが、そこにからみついた褐色をおびた肉塊――、といっていいのかアレの身体の一部が絡まりあっている。放射状の黒い縞が岩を貫いて爆発が起きた。天海から伸びる縞は鈎状にまがっている。いや腕か何か。閃光が生じて、ストロボをたいたように断続的に場面がみえる。

アンジーの悲鳴が遠ざかってゆく。

「アンジー、だめだ。奥へいくな！」

ぼくは追いかけようとするが、天井が低すぎて立ち上がれないのが、もどかしい。

天海と白鬚さんが下まで落ちたのか、重い響きがずぅんと伝わってきた。おぞましい埃が舞いたって、ぼくは息をとめた。驚愕のあまり動くこともできなかった。下からは、バリバリという音が聞こえてくる。周囲は一面どろりとした液体で濡れている。洞内で雷が飛びはね土にぶつかって消えた。

気がつくと、冷気が穴に満ちていた。凍りつくような風が入り口から吹きこんだ。

死にたくない、という段階はとっくに過ぎていて、覚悟はぼくの背後にあった。

崖から飛びおりた人間のように、ぼくは運命目指してただ落ちてゆくしかなかった。絶望の降下。かいた汗が衣服にしみでて凍りはじめた。

「アンジー！」

泥まみれで、ぼくは階段を這い降りつづけた。

＊

足元から、ときおり閃光がやってきた。吼えたけりながら落ちていった二つの塊が、ふっとみえなくなった。穴の傾斜角度が変わったのだろう。あるいはまた落ちたのか。

ぼくのまつげが凍りはじめた。空気が冷たすぎて喉と肺が痛い。メガネのツルが、顔にはりついている。

フードの衿をたてて、口をおおった。

すり潰された階段に、人の腕が落ちていた。黒ずんでしなびている。一瞬どきりとしてから、猛《もう》禽《きん》のような爪に目がとまった。白鬚さんは爪をいつも手入れしていた。たぶんこれは天海の手だろう。

階段を黒い丸太のようなものがふさいでいる。蹴り落としてから、脚だと気がついた。

穴の下はピカッ、ピカッと光り、雷撃の轟きが聞こえてくる。あの下にアンジーと天海がいるのだ。ぼくを待っている。

だが、ここにきて、ぼくの気力は完全にくじけてしまった。手足を動かすための勇気が一欠片《ひとかけら》もでてこない。涙が頬で凍りついている。駄目だ。もう駄目だ。そもそも、なぜ、こんな場所にこなければならないのか。望んだわけでもないのに。

「……さあぁぁん」

頭上から鯖田さんの声が、降ってきた。はるか高いところで、がむしゃらに怒鳴っている。

「うわわわえしますあんいーお願いいあああ……けてああてかあああさいわええがああいいいあああ……んんんああいんんんあい」

アンジーをお願いします。ごめんなさい。アタシのせいなんです。

アンジーを助けてやってください。

ぼくは無理なんです、もう動けないんです。

答えようとしても口も舌も痺れたままだった。口が砂だらけで声がでない。鯖田さんの声が、張り裂けるばかりの必死の大声が、穴のなかに響きわたる。自分自身を責める声が。アタシのせいなんです。アタシが居眠りなんかしたから。太りすぎてるから。すみません、許してください。

「無理です」

腹に力をこめ、やっと口から声を絞りだした。情けないほど小さな声だった。ぼくは縮こまって耳をふさいだ。

その間も鯖田さんの声は聞こえてくる。泣きながら叫んでいる声が。

諦めて這いあがり彼の前で、ぼくには不可能だといったとしたら？　たぶん鯖田さんはぼくを許すだろう。鯖田さんが責めているのは自分自身だから。

だがぼく自身は？　ぼくは自分を許せるのか？　穴を脱出し、なに食わぬ顔で生きてゆく。可能かもしれないが、忘れることもできないだろう。アンジーの姿が浮かんできた。真っ暗な穴の底にいるアンジー。

ぼくはそろりと、下の段に足をおろした。足首が痛んだ。迷いはずっと小さくなっていた。ここまできたのは、自分の意志だと気がついたからだ。父は関係ない。父にとってのぼくが、ただの肉の容器としての息子だとしても、ぼくは、あの人と親子だという事実を否定するつもりはない。ぼくにとって重要なのは、ぼく自身を受けいれることだ。それがわかった。彼女を救えるかどうかも確かめずに逃げたとしたら、たぶんぼくは自分を一生許せない。

また一段おりた。指も耳も顔も痛かった。全身に痛みの針が突き刺さり、肉を破り神経を燃えあがらせる。階段は悪夢だった。どこにも行きつかない気がした。穴の途中で果てるのではないか。絶望しかけたとき、ふいに段がなくなった。

そこで、ぼくは死んだ。

11

炸裂音とともに電光が走り、闇がバリバリと切り裂かれる。広間を吹く猛烈に冷たい風には、土塊と細かな氷が混じっている。

二つの中心核を持つ黒い天体のような何かが――、白鬚さんと天海だろうと思われるが、空中でぶつかりあっている。奥行きのある物体なのか、立体的に張りだしているのか、みていると錯乱する。どちらも、ぼくの知っているどんな地上の生き物から、いや構造物からもかけ離れている。

ぼくは目をそらして、アンジーを探した。

広場の遠いところに、大きなぼうっとした輝きがみえる。しかし、通り抜けた向こうに明るい部屋があるようだ。だが、光には人工灯の安定さも日の光の温かさもない。むらのない均質な明るさだ。その光でここが天井の低い広場だとわかる。その乳白色の輝く入り口を目指して、二つの核は争っている。

ぼくはアンジーをみつけた。

アンジーは、小柄な身体をさらに縮めて壁にしがみついていた。

「アンジー！　こっちだ」

ぼくの叫び声が合図になったかのように、二体は雄叫《おたけ》びをあげた。

いいいいいいいいぃん。

低い天井が揺れて土砂が落ちはじめた。目の前で閃光がひらめく。立ってられないほどの衝撃波だった。ぼくは壁づたいに、何とかアンジーのほうに向かおうとしていた。

空間が、白と黒の幾何学模様で占領された。爆発し、衝突しあってアークが発生する。何かが白い光に吸いこまれてゆく。巨大なアークが天井で爆発して岩が迫りぼくの視界をふさいだ。衝撃。天井が崩れてきて砂塵に息が詰まった。

*

……静かになった。

……泣いているのはきみ？

擦過音《さっかおん》のあと、シュウウと音がした。

火花を散らし花火の火が洞内を照らしだした。発炎筒が、小さな火花を弾けさせながら燃えている。崩れ落ちた岩盤の上にだれかの手が伸びてきて赤い筒を置いた。もうもうと上がる土埃《つちぼこり》で、あたりは赤い霧がかかったようにかすんでいる。

ぼくは崩落した岩のあいだから、引っぱりだされた。長靴が引っかかったので、ぼくを引きだした人物は、岩の下に手をのばして長靴を取りだした。長靴から土砂が落ちた。

その光景を、なぜか離れた場所からながめているぼく。

どういうこと？

「きみは死んだんだよ」

だれかの声がいった。驚きはなかった。爆発の瞬間、ああ死ぬのだと思ったからだ。やはりぼくは死んだのか。

ぼくは、彼女を救えたんだろうか？

「いや、きみは救いだせなかった」

扉は？

「出入り口かね？　あれは埋まってしまった。問題なかろう」

少なくともミッションの一つはこなしたのだ。少しだけ気持ちが楽になった。

発炎筒の炎が、小さくなった。ぼくのリュックから、新しい発炎筒が取りだされて点火された。赤みがかった光に、下着姿の男の顔が照らしだされた。白鬚さんだ。土まみれで下着のシャツの腹部には黒ずんだ染みが広がっている。首と肩のまわりも血だらけだ。

「そろそろいこうか」

アンジーは？

ぼくは彼女を連れて帰ると約束したんです。

「じゃあ連れていきなさい」

白鬚さんは、ぼくの上に馬乗りになって胸を何度か押した。白鬚さんの頭の周囲にあった奇妙な器官は消えていた。天海がもぎ取っていったのだろう。

「きみの身体は、しばらくここに置いても大丈夫だろう。石があれば襲われないから」

白鬚さんはぼくから離れると、どこかへいってしまった。一人になったぼくは急にさびしくなった。白鬚さんはもう戻ってこないのだろうか？

だが、白鬚さんは戻ってきて、三本目の発炎筒に火をつけた。それから、土まみれで頭から血を流しているアンジーを、引きずるようにして抱いて戻ってきた。アンジーの頭はのけぞり、髪はだらりと下がって土砂がくっつき、血で粘りついている。

白鬚さんはよろめきながら、ぼくのそばで片膝《かたひざ》をついた。どさっとアンジーを地面におろした。ぼくらの身体を向かいあわせに置くと、腕を一本ずつ動かして、互いの肩に回した。脚と脚を組み合わせた。まるで恋人同士のようにぼくとアンジーは抱きあった。

白鬚さんは、ぼくのペンダントを二人の中心に置いた。

「これでいい」

白鬚さんは仕事の出来映えに満足したように、ちょっと笑った。顔は血の黒いヴェールで覆われている。うつむいたとき、頭頂にあいた大きな穴がみえた。

「気をつけろよ」

白鬚さんは、ぼくの身体の隣に座りこんだ。

発炎筒の光が小さくなってゆく。光の輪がしだいに狭まって消えた。ぼくは周囲を見回した。白鬚さんの姿は、闇に溶けこみ周囲の岩と見分けがつかなかった。

かすかな空気の流れを感じた。真っ暗な階段の上に向かって、すっと一筋の清新な風が吹きぬけた。まるで鳥が羽ばたいていったかのように。こんな地下に鳥がいるはずもないのだけれど。

真の闇。

泣き声が聞こえた。

ぼくの顔のすぐ近く、触れあうほどの距離で、だれかがしくしく泣いている。ママがいない。

アンジー？　きみなの？

ぼくは彼女の肩においた手をすべらせた。肘のあたりに手を置いたまま、身を起こした。

「立てる？」

「うん」

アンジーを助けおこした。手をつないだとき、ぞっとするほど冷たい手が握りかえしてきた。ぼくは彼女と手を繋いだまま、もう片方の手で暗闇を探った。埃が舞いたってぼくは咳き込んだ。口からどろりとするものが流れおちた。血だ。

階段が、ぼくの頭の左側にあることはわかっていた。白鬚さんがぼくを横たえたときにみえたのだ。手探りしてみつけた階段は、予想していたより離れた位置にあった。ぼくはアンジーの手をひいて、そろそろとのぼりはじめた。

急な階段には、尖った砂利のようなものが散らばっていた。砕けた人骨や瓦礫《がれき》だろう。その上を這いのぼるぼくとアンジー。死後にみる夢は醒めるだろうか？　ぼくはとうに死んで、やはり死んだ女の子の手を握って階段をのぼっている。死んだというのに、足は粘土のように力が入らず、自分自身に解説することもやめない。

歩くたび、折れた肋骨に自分の内臓がぶつかるのを感じる。ぼくは今どんな姿になっているのだろう？

死後の夢なら、こんな人骨の散らばるぞっとするような階段をのぼったりしないのではないか？

死者は、天国行きの快適なエスカレーターで迎えられるんじゃなかったっけ？

汗が目にしみて、全身が痛みできしんでいる。死後もなお痛みがぼくを切り刻む。引っぱっているアンジーの身体は死体そのものの重さだ。

この悪夢が醒めたら、彼女が消えてしまいそうで、ぼくは彼女に話しかけることができない。おそらく死んでいるだろうぼくの手は冷えきり、ぼくが掴んでいる彼女の指もどんどん冷たさを増してゆく。そればかりか、ぞわぞわとする恐ろしい気配が背後の闇から押し寄せてくる。

階段に這いつくばった姿勢で、ぼくは背後をふり返ろうとした。

（ほらほら、きみはお父さんと同じ失敗をする気かね？）

白鬚さんの声がぼくを押しとどめた。

背後をみたい、という欲望をぼくは全力でねじ伏せた。その衝動はほとんど首をねじ切りかねないほど強かったのだけど。肩のどこかが外れているのかコキリと変な音をたてた。

ふり返りたい気持ちが、ぼくの頭を支配している。アンジーを引きずって、一段ずつ身体を引きあげながら、ぼくは彼女をみたいと思う。無言の彼女。冷たい手をしたアンジー。彼女のあごにえくぼが浮かぶのをもう一度みられたら、この痛みも苦痛も溶けて消えるのに。ぼくを有頂天にさせる彼女のあごの小さなくぼみ。みたいみたいみたい愛しい愛しい愛しい。

息があがって汗で手がぬるぬるした。アンジーの氷の指がふくらんだ。ふり返ることができず、だがふり返りたくてたまらない。彼女に微笑みかけたい。今ぼくの背後で彼女の身体がしだいに変形してゆく異形の骨格がなめらかな皮膚の内側から飛びだして口蓋がのびて口は裂けて歯は鋭く酸性の唾液を滴らせながらぼくの頭部に迫っているのを確かめたい。

(ほらほら、ほらほら)

白鬚さんの快活な声がりんりんと聞こえてくる。彼女の肌はいまや夜よりも黒さを増している天海さんがちらりとみせたように肌は蠢く触手に覆われて目はもう目の形ではなくなっているがふり返るな決して。

父は恋人を連れ戻そうとしてふり返ったそのとき父の心は千々に砕け散り二度と元には戻らなかった。

今ならその理由がおぼろに理解できる父はふり返って彼女をみたその映像が彼女に関わるすべての記憶を上書きしたにちがいない愛して愛された思い出がグロテスクに変容し父は北邨公之《きみゆき》でいられなくなった別人になった父がファインダーのなかに追い求めたのは彼女の微笑だったのかもしれない。

そう気づいた瞬間、ぼくに取り憑いていた父の巨大な黒い影は消え失せた。ぼくは自由になった。

一つ火灯《ひとも》して入《い》り見たまいし時、蛆《うじ》たかれころろきて頭には大雷《おほいかづち》居《お》り、胸には火《ほの》雷居り、腹には黒《くろ》雷居り、陰には裂《さき》雷居り、左の手には若《わか》雷居り、右の手には土《つち》雷居り、左の足には鳴《な》り雷居り、右の足には伏《ふ》し雷居り、あわせて八《やつ》はしらの雷神《いかづちがみ》成り居りき。ここに伊弉諾命《いざなぎのみこと》、見畏《かしこ》みて逃げ還《かえ》る……。

ぼくはふり返らない決して決してふり返るものかぼくときみは地上に戻るのだアンジーこの手首が腐り落ちて屍と成りはててもぼくの肉を食らう口のついた触手がきみの一部だとしてもぼくの足に歯を立てて血をすすっているのがきみだとして

も辿りついたときにぼくに残されているのはこの腕だけだとしてもきみはやがて卒業式のガウンをきてお母さんのところに戻る笑う家族の横にぼくの姿もみえる寂しい子どものアンジーも祖父母にディズニーランドにつれていかれたぼくと家に残った母と母の涙や平手打ちを乗り越えてぼくらは大人になり触れあいある日一緒に朝を迎えて共に暮らしぼくらの子どもたちは存在しない時間で生まれてそこではぼくたちは老いてゆく時間のパノラマを這い上っている。

(やめるんじゃないだろうね?)

　やめませんよぼくは諦めるつもりはないんです白鬚さんの澄んだ笑い声が空気を浄化してぼくを導きぼくは走りだしたもっと速くリョウくん追い風にのって駆けだすと両足がフワリと地面を離れてぼくは鳥のように羽ばたいている最初からこうすればよかった抱えた彼女の艶やかな髪がうなじにまといつき息づかいを感じる向かう先の目映い白い輝きにはえくぼの形が刻まれてぼくに微笑を向ける。

　きっときみを送り届けるよアンジー。

■参考資料

『日本古典文学大系1　古事記　祝詞』（岩波書店／一九八一年四月十日　25刷版）

無明の遺跡

《宮澤　伊織／冒険企画局》
練馬区奥地にある秘密結社、冒険企画局に所属する小説家。
二〇一一年、角川スニーカー文庫から伝奇アクション小説
『僕の魔剣が、うるさい件について』でデビュー。続いて
一迅社文庫からワイドスクリーンバロックSF『ウは宇宙
ヤバイのウ！～セカイが滅ぶ5秒前～』、ヒロイックファ
ンタジー『不本意ながらも魔法使い』を刊行している。

鳥取砂丘
虻弗《あぶどる》さん、まだ来てませんね
鷹木骰子
虻弗
どういうつもり…
岩井志麻子
なんだかお天気が怪しくなってきましたね
図子慧
らっきょう

バサッ
お？
SnackBAR
新装開店
SnackBAR
新装開店
ジュオ
何い!!
キャーッ
砂嵐よーっ!!
ゴオオオオ
あ！
あんなところに
得たいの知れない
遺跡の入り口が！
先生!!
早く早く!!
まって

■TRPGって何？

TRPGというのは、テーブルトーク・ロールプレイング・ゲームの略称である。「テーブルトーク」とは、「**食卓での雑談**」程度の意味。テーブルを囲んで話しながら、みんなで一つの物語を作っていくゲームだ。

ゲームのシナリオを用意し、ゲームを進行する「ゲームマスター」（略してGM）が一人必要で、残りの参加者は「プレイヤー」となる。プレイヤーは、それぞれ一人、物語の中の「**キャラクター**」を担当する。

この本の読者向けには、クトゥルー神話に例えるのがわかりやすいだろう。

例えば、ゲームマスターが『インスマスの影』というシナリオを用意したとする。魚人の支配するインスマスの街から脱出するシナリオだ。

シナリオには、どこにどんな敵がいて、どうすれば脱出できるのか、などの情報が書いてある。これらを知っているのはゲームマスターだけだ。プレイヤーが知るため

TRPG
「RPG」の方は、コンピュータゲームで見慣れた人も多いだろう。頭に「T」がついたRPGがどんなものかは、このリプレイを読めばわかる！　……多分。

食卓での雑談
必ずしも食卓である必要はなく、ちゃぶ台でも、会議室の折りたたみテーブルでも、上に紙が置けてサイコロが振れるような台だったらなんでもいい。おやつや

には、キャラクターに何らかの行動を取らせなければならない。

仮に、A、B、Cの三人のプレイヤーがいたとしよう。

プレイヤーAの使うキャラクターは、**インスマス**に迷い込んだ学生、ピーボディ。

プレイヤーBの使うキャラクターは、インスマスに生まれた子供、アリス。

プレイヤーCの使うキャラクターは、インスマスに潜入したFBI捜査官ギルマン。

この三人のキャラクターが、ピーボディの宿の部屋に集まっているとき、宿の外に松明や武器を持ったインスマスの住人たちが集まってきた、とGMが状況を描写する。

ここでプレイヤーたちは、自分のキャラクターがどんな行動を取るかを宣言する。

「廊下に飛び出して、裏口に向かう」

「ベッドの下に隠れる」

「窓を開けて、住人めがけて銃を撃つ」

などなど、さまざまな可能性があるだろう。キャラクターの行動が吉と出るか凶と出るかは、運にもよるし、行動が適切かどうかにもよる。映画などのシナリオとは違い、固定した筋書きがあるわけではなく、キャラクターの行動によって柔軟にストーリーが変化するのがTRPGの特徴だ。

基本的なTRPGのイメージは、こんな感じである。

この『無明の遺跡』は、マルチジャンル・ホラーRPG『**インセイン**』というTR

飲み物が置けるとさらにいい。

キャラクター
プレイヤー（が操作する）キャラクター、略してPCと言ったりもする。

インスマス
ラヴクラフトの『インスマスの影』に登場する、アメリカ東海岸にある小さな街。特産物は魚と黄金。

『インセイン』

今回遊ぶホラーTRPGの名前。マルチジャンル・ホラーを謳い、コズミックホラーからサイコホラーまで、さまざまなホラーを遊ぶことができる。ゲームデザイナーは河嶋陶一朗。新紀元社から発売されている。

ＰＧのリプレイだ。

リプレイというのは、ＴＲＰＧを遊んでいる様子を台本や対談のようにト書きにしたものを言う。リプレイの最後には、今回遊んだシナリオも付属しているので、『インセイン』のルールブックがあれば遊ぶことができるだろう。プレイヤーとして『無明の遺跡』を遊びたい場合は……このリプレイとシナリオはネタバレになるので、誰かにＧＭを頼んで、遊んでからもう一度戻ってきてほしい。

それでは、本編へどうぞ。

■はじめに

雨の日の新宿。
裏通りに面した、旧い喫茶店の会議室に、数人の男女が集まっていた。
彼らはみな、ある種の不安に苛まれていた。
恐怖といってもいい。
その恐怖は、おおまかに言うと、以下の二つに分けられた。

恐怖①：ＴＲＰＧとかいう、**わけのわからない**ゲームを遊ばされるのが怖い。
恐怖②：ＴＲＰＧをさっぱり知らない人を、楽しませられるかどうか怖い。

①を感じているのが、プレイヤーとして集められた三人の女性。
②を感じているのが、ゲームマスターとして召喚された一人の男性。つまり私だ。
私の名は宮澤伊織。小説家だ。今回遊ぶＴＲＰＧ、『マルチジャンル・ホラーＲＰ

わけのわからない
わからないものは怖い。人類の設計に組み込まれている機能の一つだ。テストが不十分だったのか、ときどき不具合を起こす。ちなみにこの欄は注釈で、本文の補足や、あまり意味のないうわごとが書かれる場所です。

G インセイン』では、遊んでいる光景を文章に起こした「リプレイ」を書いている。
あなたが今読んでいるこれが、「TRPGのリプレイ」だ。

宮澤：どうも今日はお集まりいただきましてありがとうございます。ゲームマスターを務めます、宮澤伊織です。

私が挨拶をすると、女性の一人が頭を下げてこう言った。

岩井：はじめまして、**西原理恵子**です。

宮澤：いや、違いますよね。

西原理恵子を名乗る女性、その正体は、岩井志麻子。
岡山を舞台にした土俗的ホラー小説『**ぼっけえ、きょうてえ**』で一躍有名になり、小説、エッセイ、タレント活動などなど、幅広く活躍している作家である。テレビで顔を知っている人も多いだろう。

宮澤：岩井さん、ゲームは全然やらないとお聞きしましたが……。

西原理恵子
漫画家。岩井さんの親友でもある。作品中に出てくる岩井さんの似顔絵を、どこかで目にしている人も多いはず。

『ぼっけえ、きょうてえ』
著：岩井志麻子、刊：角川ホラー文庫。岡山の遊郭を舞台にした、短編小説。第六回日本ホラー小説大賞を受賞した。意味は「とても、怖い」。同タイトルの短編集に収録されている。

ゲームと名の付くもの
ゲームの概念はものすごく広く、定義に

岩井：うん！　あたしね、**ゲームと名の付くもの**はさっぱりわかんないの！（断言）

宮澤：と、トランプとか、麻雀とかもやりませんか？

岩井：うん、ぜーんぜん！

宮澤：（うわーい）

そうなのだ。

岩井さんは、今回遊ぶTRPGどころか、およそゲームというものを全然遊んだことがないのだという。

普段まったくゲームを遊ばない人と一緒にゲームを遊んで、しかも楽しんでもらう。

これはなかなか**難易度の高いミッション**と言えるだろう。

ましてTRPGというゲームは、**知らない人への説明が難しい**ことにかけては定評があるのだ。

ぞくぞくしてきやがったぜ。

鷹木：私もよく知らないけど、予習してきたよ～。

よってはスポーツや狩猟まで含まれる。が、ここではボードゲームやカードゲーム、コンピュータゲームなどを指していると思われる。

難易度の高いミッション
ゲームを遊ばない人は、大抵の場合ゲームに拒否感を持っている。嫌いなものを楽しんでもらうのは難しい。

知らない人への説明が難しい
難しいので、こういう風に、遊んでいる様子を文章に起こしたリプレイなんてものがあるわけです。

そう言うゴスファッションの女性の名は、鷹木骰子。
デザイナーであり、イラストレーターにして、漫画家である。
菊地秀行原作『**バンパイアハンターD**』のコミック版が有名だろう。この『クトゥルー・ミュトス・ファイルズ』シリーズでは、『クトゥルーを喚ぶ声』に漫画が掲載されている。

宮澤：えっ、ほんとですか！　何を読まれました？
鷹木：『**るるいえびぎなーず**』って本だよ。
宮澤：わー、ありがとうございます。

『るるいえびぎなーず』は、『**クトゥルフ神話TRPG**』というゲームの入門書だ。
『クトゥルフ神話TRPG』は、その名の通り、クトゥルフ神話の世界を探索して恐怖に遭遇するゲームである。今回遊ぶ『インセイン』とは違うゲームだが、TRPGである点は共通している。入門書でTRPGの雰囲気を掴んでもらえているのは、かなりありがたい。
少し気が楽になった私は、残るもう一人の女性に話しかけた。

菊地秀行
小説家。SF、ホラー、ファンタジー、伝奇アクションなど、様々なジャンルに及ぶ魅力的な作品を多数送り出し、ものすごくたくさんの人に人生を誤らせた。

『バンパイアハンターD』
原作：菊地秀行、作画：鷹木骰子、刊：メディアファクトリー。遠未来の地球で「貴族」と呼ばれる吸血鬼を狩る、黒衣の美青年Dの活躍を描く漫画。

『るるいえびぎなーず』
著：内山靖二郎、アーカム・メンバーズ、刊：エンターブレイン。『クトゥルフ神話TRPG』の入門書としてだけでなく、もう一人の名は、図子慧。

少女小説、SF、ホラー、ミステリ、BLなどなど、多彩な作品を著している小説家だ。妖しい美青年や、両性具有モチーフを扱った作風に魅かれたファンも多い。最近では**『アンドロギュヌスの皮膚』**を上梓している。

宮澤：図子さんは、普段ゲームはおやりになりますか？

図子：…………。

宮澤：図子さん？

図子：…………。

返事はなかった。

図子さんは消えていた。

というか、まだ来ていなかった。

集合時間を勘違いした図子さんは、このとき、**ものすごく焦りつつ**移動している最中だった。

「先に始めていてください、とのことです」

創土社の編集さんからそのような伝言が我々に伝えられた。

TRPGそのものの初心者ガイドとしても評価が高い。

『クトゥルフ神話TRPG』
著：サンディ・ピーターセン、リン・ウィリス、翻訳：中山てい子、坂本雅之、刊：エンターブレイン。クトゥルー神話の恐怖に生身の人間が立ち向かう、ホラーTRPGの傑作。

少し気が楽になった
何しろ説明が難しいゲームなので、予備知識があるだけでGMがたいへん助かるのです。

『アンドロギュヌスの皮膚』
著：図子慧、刊：河出書房新社。大水害で

おおう。
私は密かに顔を覆って心で泣いた。
どうしよう。
というのも、今回用意したシナリオが、三人用だったからである。
プレイヤー三人、それぞれに役割が割り振ってある。
二人で開始して、行けるか？　途中参加で、行けるか……？
……まあ、なんとかなるだろう。
そう覚悟して、私は口を開いた。

宮澤：わかりました。では、始めましょう。皆さんはこれから、無名都市への旅に出ることになります……。

二人に説明しながら、私の頭を一つの思考が駆けめぐっていた。

宮澤：（図子さん、早く来てくれるといいな……！）

水没した未来の東京を舞台に、刑事が美形の殺し屋を追うハードボイルドSFミステリ。

ものすごく焦りつつ
豪雨の東京をひた走る図子さん、はたして間に合うのだろうか!?　……そういえばリプレイ収録前日にたまたま『新・SFハンドブック』（ハヤカワ文庫SF）を開いたところ、図子さんがマイクル・スワンウィックの『大潮の道』が好きだと書かれていたので、勝手に親近感をおぼえました。いいですよねあの小説（まったく関係ない話）。

■かんたんインセイン

宮澤→GM：キャラクターを作る前に、どういう話なのか説明しますね。
岩井・鷹木：はーい。
GM：今日用意したのは、**無名都市**を探索するシナリオです。そのために、今からキャラクターを作ってもらうんですが……今回は、皆さんご自身をキャラクターにしてもらおうと思います。
岩井：あたしたち自身？
GM：はい。つまり、岩井さん、鷹木さん、図子さんの三人が、無名都市を探索することになるわけです。
鷹木：じゃあ、私たち海外にいるのかな？
GM：いえ、舞台は現代日本です。
鷹木：え……？　無名都市なのに？
岩井：あれってアラビアの話だよね、原作は。**アラビアの砂漠**。

宮澤→GM
ここからは「GM」と表記しますよ、という意味。

無名都市
ラヴクラフトの創造した、アラビアの砂漠にあるとされる架空の都市。昔は近くにあるという円柱都市アイレムと混同されていたため、古株のファンの中には無名都市＝アイレムと思っていた人も多いのではないだろうか。無名都市は名前がないから無名都市なのだ。

アラビアの砂漠
クウェートの近くらしい。湾岸戦争のときどうなってたのか気になる。

GM：はい。でも日本なので、鳥取砂丘です。

鷹木：安直！（笑）。

GM：いいんです。日本で砂漠といえば鳥取砂丘です**（断言）**。

岩井：（急に生き生きとして）鳥取か！　鳥取といえば、**スナックジャンゴ**だね！

GM：は、はい？

岩井：上田美由紀の働いてたスナック。あたし二回も行ったんですから。仕事で。

スナックジャンゴ。**鳥取連続不審死事件**の犯人、上田美由紀が働いていたというスナックだ。

この時点では単なる雑談ネタかと思われたスナックジャンゴだが。

……まさか、あんなことになるなんて。

GM：スナックジャンゴは置いといて……皆さんが鳥取に来たのは、砂丘の取材のためです。共通の知り合いの編集者に呼ばれて、一緒に取材旅行に来ました。

岩井：ふむふむ。

GM：鳥取砂丘に取材旅行に来たら、変な事件に巻き込まれる――そんな感じの導入になります。

（断言）
断言しているが砂丘は砂漠ではない。

スナックジャンゴ
実在する店なので仮名。

鳥取連続不審死事件
二〇〇四年から二〇〇九年にかけて鳥取市で起こった六件の不審死事件。元スナックホステス、上田美由紀が犯人として逮捕・起訴され、一審・二審とも死刑が言い渡された。

キャラクターシート
TRPGで使われる、キャラクターの能力や技能を記入する紙。確かに、知らない人にはテスト用紙や役所の届け出用紙に見えるかもしれない。

鷹木：なるほど。

GM：では、砂丘にやってきたお二人のキャラクターを作ってみましょう。

私は二人に、『インセイン』で使う**キャラクターシート**を手渡した。

GM：これが、自分のキャラクターを記入するシートです。

岩井：わっ、学校のテスト思い出した。

鷹木：書くとこいっぱいだね。

GM：実はそうでもないです。しかも今回、皆さんがTRPG自体初めてということですので、ルールを簡単にします。**かんたんインセイン**です。

鷹木：かんたんインセイン……（笑）。

いまさらだが、「インセイン」は「狂気」を指す単語だ。

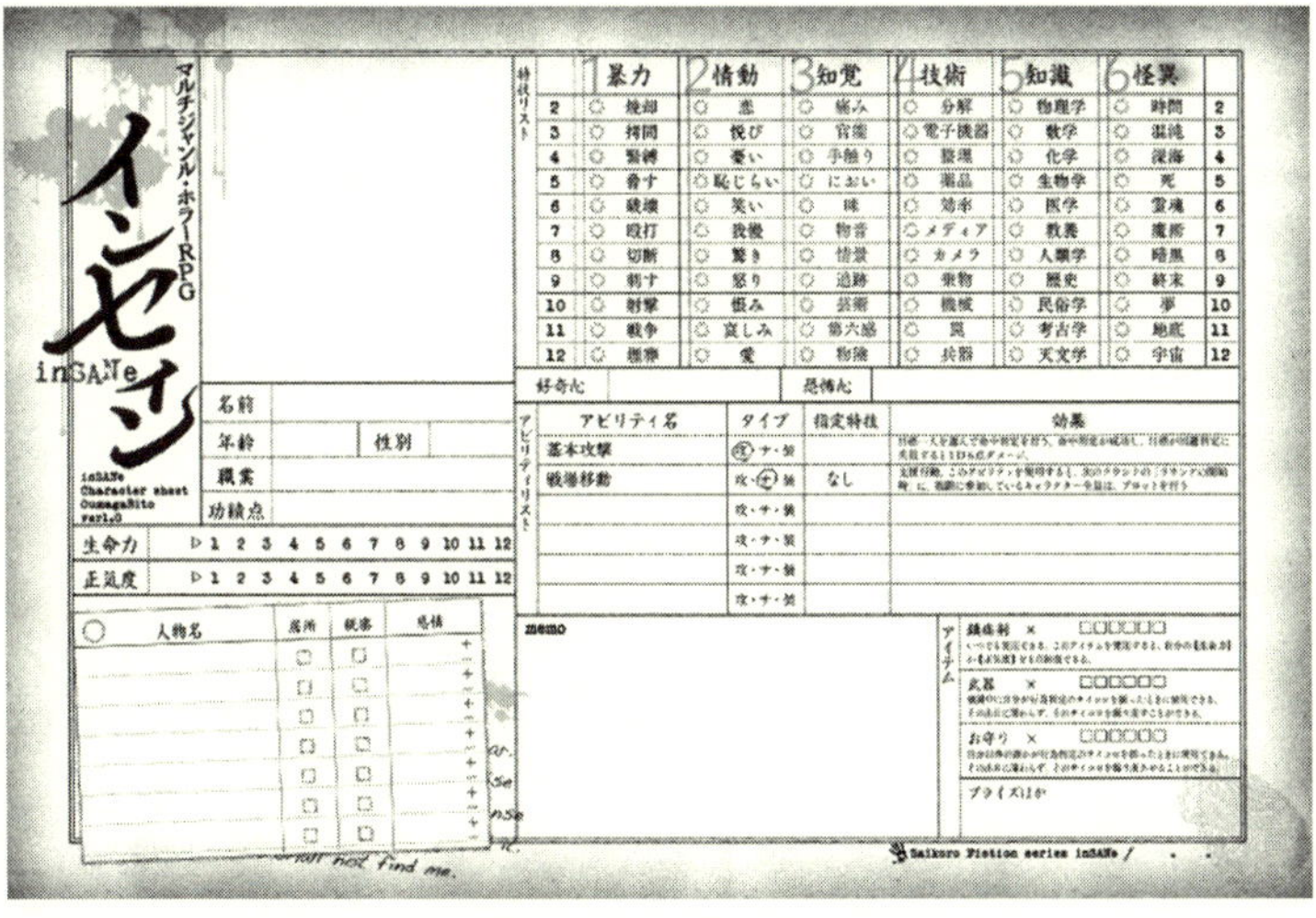
マルチジャンル・ホラーRPG
インセイン
inSANe
inSANe Character sheet

特技リスト	1暴力	2情動	3知覚	4技術	5知識	6怪異	
2	焼却	恋	痛み	分解	物理学	時間	2
3	拷問	悦び	官能	電子機器	数学	混沌	3
4	緊縛	憂い	手触り	整理	化学	深海	4
5	脅す	恥じらい	におい	薬品	生物学	死	5
6	破壊	笑い	味	効率	医学	霊魂	6
7	殴打	我慢	物音	メディア	教養	魔術	7
8	切断	驚き	情景	カメラ	人類学	暗黒	8
9	刺す	怒り	追跡	乗物	歴史	終末	9
10	射撃	恨み	芸術	機械	民俗学	夢	10
11	戦争	哀しみ	第六感	罠	考古学	地底	11
12	埋葬	愛	物陰	兵器	天文学	宇宙	12

好奇心　恐怖心

名前
年齢　性別
職業
功績点
生命力 ▷1 2 3 4 5 6 7 8 9 10 11 12
正気度 ▷1 2 3 4 5 6 7 8 9 10 11 12

アビリティ名	タイプ	指定特技	効果
基本攻撃	攻・サ・装		
戦場移動	攻・サ・装	なし	
	攻・サ・装		
	攻・サ・装		
	攻・サ・装		
	攻・サ・装		

人物名　居所　秘密　感情
memo
アイテム
鎮痛剤 ×
武器 ×
お守り ×
プライズほか
Saikoro Fiction series inSANe

かんたん**シリアルキラー**とか、かんたん**ドメスティック・バイオレンス**とか、いくらゆるい表記にしてもヤバさが消しきれない、むしろ禍々しさが増すばかり、という概念が世界にはたくさんある。

「インセイン」という単語も、その一つかもしれない。

そんなものを「かんたん」にしてはいかんのではないか。そういう懸念はなくもなかった。

GM：（キャラクターシートの項目を指しながら）名前、年齢、性別、職業はいいですよね。皆さんのをそのまま書いてもらえばいいです。

岩井：ふんふん。西原理恵子、女……（笑）。

GM：ちょっとちょっと（笑）。

岩井：職業は……著述業でいいかな。

鷹木：タカキサイコ、マンガ家、と。

GM：OKです。その下の【功績点】は気にしなくていいです。【生命力】は肉体的な健康、【正気度】は精神的な健康の度合いを表わす数値です。最初はどちらも6なので、6のところに○をつけてください。

鷹木：まる、まる。

かんたんインセイン
そんなルールは用意していなかった。現場の判断、ぶっつけ本番である。うまくいくのかどうか、GMは超ドキドキしていた。どんな風に簡略化したのかは、最後の解説にまとめてある。

シリアルキラー
殺人鬼。連続殺人犯。殺人そのものを主目的にした犯罪者を指す。元FBI捜査官、ロバート・K・レスラーが提唱した概念。

ドメスティック・バイオレンス
配偶者、近親者、パートナーなど、親密な間柄において振るわれる暴力や虐待行為。DV。

ＧＭ：人物名のところには、一緒に遊ぶ人のキャラクター名を書きます。今回はキャラクターが本人と同じなので、お隣に座っている方の名前を書いてもらえれば。

岩井：鷹木骰子、様。

鷹木：岩井志麻子先生。

ＧＭ：あ、まだ来てないですけど、図子さんの名前も書いちゃってください。

岩井：はいはい。

ＧＭ：これでキャラクターシートの左側が埋まりましたね。あとは、右上のごちゃっとなってるところ……【特技リスト】を見てください。暴力、情動、知覚、技術、知識、怪異と、六つの分野ごとにいろいろ並んでるますよね。これは、キャラクターがどんなことが得意かを表わしています。ここだけ決めればＯＫです。その下の、**アビリティ**って書いてあるところは、今回は使いません。

鷹木：つまり、自分をキャラクターにするってことは……自分が得意

特技リスト

	1 暴力	2 情動	3 知覚	4 技術	5 知識	6 怪異	
2	焼却	恋	痛み	分解	物理学	時間	2
3	拷問	悦び	官能	電子機器	数学	混沌	3
4	緊縛	憂い	手触り	整理	化学	深海	4
5	脅す	恥じらい	におい	薬品	生物学	死	5
6	破壊	笑い	味	効率	医学	霊魂	6
7	殴打	我慢	物音	メディア	教養	魔術	7
8	切断	驚き	情景	カメラ	人類学	暗黒	8
9	刺す	怒り	追跡	乗物	歴史	終末	9
10	射撃	恨み	芸術	機械	民俗学	夢	10
11	戦争	哀しみ	第六感	罠	考古学	地底	11
12	埋葬	愛	物陰	兵器	天文学	宇宙	12

なことを選べばいい？

GM：はい。この中から六個選んでください。それが自分の得意分野になります。ただし、「怪異」の分野から特技を一つ取得するごとに、**【正気度】**が1減ります。怪異に触れると、精神的に不安定になっていくんですね。

岩井：……なるほど、そういう仕組みなのね。

鷹木：ふんふん。六個かー。難しい。何が得意だろう、私。

GM：あ、あくまで「フィクションのキャラクターとしての自分」ですから。ほんとは苦手だけど逆転させて得意分野にしてみたり、こうだったらいいな、という願望で特技を取ってもいいです。

岩井：こういうのって色々応用できるね。鷺谷とかのやっすい**デリヘル**行ってさ、ブス、デブ、ババア、みたいな特技があって……。

『鷺谷とかのやっすいデリヘルRPG』なら、そうやってデリヘル嬢のキャラクターが作れるかもしれないが、幸か不幸か、そんなRPGはない。

しばらくして、二人のキャラクターができあがった。

アビリティ
『インセイン』のキャラクターが修得している、怪異と戦うための特殊な能力。

デリヘル
デリバリーヘルス。よくわからないが、健康を届けてくれるに違いない。

岩井志麻子
性別：女　職業：著述業
生命力：6　正気度：5
特技：《射撃》《恨み》《官能》《メディア》《民俗学》《夢》

GM：《射撃》とは、やる気ですね。
岩井：私、**散弾銃**の免許持ってますから。殴る蹴るは下手なんですけど。
GM：なるほど！　文句ないですね。《恨み》は？
岩井：一応、あたしですからねえ（ニヤリ）。同じく、《官能》は皆さんのあたしに対するイメージですね。《メディア》はちょろちょろ出てますから。《民俗》は無理無理岡山県絡みで。《夢》はですね、ほぼ毎日覚えてますね。
GM：へえ。記録したりしてるんですか？
岩井：やろうと思ったんですけど、なんか恐ろしいなって思ったんです。
GM：恐ろしい？
岩井：侵食されそうなんで。
GM：ああ、**夢日記**をつけると正気が危うくなるとか、言いますもんね。

散弾銃
ショットガン。多数の小さい弾丸を発射する銃器。日本では合法的に所有することができる。最近の若い人はシャッガンという。

夢日記
夢なんかそうそう憶えてないよ、という人も、枕元にノートと筆記用具を置いておき、目が覚めてすぐ書くようにすると意外と書ける。コツは目をつぶったまま書くこと。目を開けると視覚情報に夢の記憶を上書きされてしまう。続けていると夢を憶えている頻度も増す。やってみよう！

鷹木骰子
性別：女　職業：マンガ家
生命力：6　正気度：5
特技：《緊縛》《におい》《芸術》《整理》《生物学》《深海》

GM：《緊縛》……いきなり来ましたね。人を縛ったり縛られるのが得意、と。
鷹木：縛られるのも入ってるんですか？
GM：いや別に、それは自分で決めてもらって大丈夫です（笑）。《匂い》……匂いに敏感？
鷹木：匂いに敏感、ですね。《芸術》は絵を書くから。
GM：そして《整理》。整理整頓が……。
鷹木：**苦手です**。
GM：願望ですね（笑）。
鷹木：願望です（笑）。
GM：《生物学》……生き物、お好きですか。
鷹木：はい。特に**深海魚**が。
GM：だから《深海》と。これで六個ですね、ＯＫです、お疲れ様です。

苦手です
僕もです。

深海魚
太陽の光の届かない深い海の底には、超かっこいい生き物がいっぱいいる。沼津あたりに行くと食べることもできる。

岩井：これで終わり？

GM：はい。他のところ、アイテムとかは、必要になってから決めましょう。あとはイラスト欄に自分の似顔絵を描くとか。

鷹木：あ、描こう描こう。

岩井：似顔絵といえば、西原理恵子があたしの似顔絵を描いてるんですけど……それをさらにあたしが描くとどうなるんだろう。

GM：ぜひお描きください。見たい！

岩井：ＬＩＮＥのスタンプにもなってるらしいよ。勝手に（笑）。

鷹木：それは誰の収入になるんですか（笑）。

イラストを描いたりしつつ、しばし休憩。

図子さんはまだ来ない。

GM：……先に始めてしまいましょうか。図子さんは途中合流ということで。

岩井・鷹木：はーい。

LINE
ＬＩＮＥ株式会社が提供する、無料通話・メールアプリケーション。「スタンプ」と呼ばれる画像をテキストに挿入できる。

図子さんはまだ来ない
はたしてどうなってしまうのか！

■導入フェイズ

GM：では、始めます。お二人は共通の知り合いの編集者に、鳥取砂丘に取材旅行に来いと呼び出されて、鳥取に来ました。

鷹木：わー、旅行だ。**駅弁**食べよう、駅弁。

GM：じゃあ、二人でのんびりと駅弁など食べながら、電車の旅をして、鳥取につきます。

岩井：さっそく、スナックジャンゴに……。

GM：いいですけども（笑）。とりあえず、宿にチェックインしたんですが……**編集者が来ない**。

鷹木：困ったな。どうするの？

GM：ホテルに、現地で合流するので、直接砂丘に来てほしいという伝言がありまして。で、不信に思いながらも、お二人は直接砂丘に行くことになります。

鷹木：えっと、それは何時頃なんです？

駅弁
帰りの電車では鳥取駅で売ってる「かに寿し」を食べよう……そう言い合う二人だった。

編集者が来ない
そばで見ていた創土社の編集さんが「ひいい」とコメントしていました。

GM：そうですね……（**特に決めてなかった**）。**普通、昼間に行く**と思うんですけれども。朝、ホテルを出て、砂丘に行って、**らくだに乗って**。

鷹木：らくだ、乗りたいですね。

GM：乗ったことあります？

鷹木：ないです。

岩井：ないですけれども……。

GM：僕もないです。で、その編集の名前が……虻弗《あぶどる》さん（と、紙に書いて見せる）。

岩井・鷹木：アブドル……（笑）。

GM：伝言で、これこれこの辺に来てほしいというので、行ってみたら、砂の中に盛り上がった古墳みたいなところがあります。そこにお二人がらくだに乗ってやってきました。

鷹木：らくだで行ったんですね。

GM：はい。しかし、一天にわかにかき曇り、日本海の方からすごい風が吹いてきて、砂嵐になりました。

鷹木：きゃー。前が見えない！

岩井：日本海、荒れるとすごいですよね。瀬戸内海沿岸で育ったんで、日本海みたとき、びっくりしましたよ。

特に決めてなかった
プレイヤーは、GMが考えてもいなかったことをたくさん聞いてくる。その場で適当にでっち上げるか、あまりにも本筋に関係ないことだったら、それはあんまり意味がないです、とぶっちゃけてしまおう。

普通、昼間に行く
夜に砂丘に行くのは……暇な若者か、何かを埋めに行く人くらい？

らくだに乗って
らくだは乾燥地帯に適応した動物で、鳥取砂丘で遭難したとしても、数日間は水なしで耐えることができる。乗ってた人は死ぬ。

GM：ああ、暗いですよね、日本海。

岩井：全然違う、瀬戸内海と日本海。同じ日本の海なのに。あの深い、濃い色。ざっぱーん、みたいな。瀬戸内海はいつも凪いでるんですよ。

GM：ですよね。**羨ましい**（↑秋田出身）。

鷹木：と、とりあえず、避難できるとこ探さないと……。

GM：古墳みたいな場所には、入れそうな開口部があります。奥が拡がってるみたいですね。何かの遺跡のようです。

岩井：入ろう、入ろう。

GM：はい。ではここで、お渡しするものがあります。

GMは、二枚の紙片を取り出した。

GM：今から渡すのは、お二人の【使命】です。

鷹木：【使命】？

GM：今回のお話で、達成すべき目標です。

二人が渡された紙片には、こう書かれていた。

羨ましい
秋田の海は暗く、荒々しく、夏でも冷たく、お盆過ぎにはくらげが出て泳げなくなる。唯一の救いは、夏でも牡蠣が食べられることだ。

ＰＣ①　岩井志麻子

【使命】鳥取砂丘に取材旅行に来たあなたは、砂嵐に巻かれて奇妙な遺跡に迷い込んだ。そこであなたは、あなたを取材旅行に招いた編集者、虻弗が一人で遺跡に入っていくのを目撃する。なぜ自分をここに招いたのか、どういうつもりなのか確かめなければならない。

あなたの【使命】は、虻弗を見つけることだ。

ＰＣ②　鷹木骰子

【使命】鳥取砂丘に取材旅行に来たあなたは、砂嵐に巻かれて奇妙な遺跡に迷い込んだ。なんだろう、この不吉な予感は？　遺跡の奥に、何かとても恐ろしいものがある……そんな考えがあなたに取り憑いて離れない。確かめなければ、いてもたってもいられない。

あなたの【使命】は、この遺跡の奥に何があるのか確かめることだ。

岩井：ふむふむ……？
鷹木：自分の【使命】を達成するように行動すればいいのかな？
GM：そうです。ただし、それだけではありません。渡した紙の裏を見てください。
岩井：裏？（ぺらり）
鷹木：あ、裏にも何か書いてある。
GM：それが、自分だけ知っている【秘密】です。

【使命】の裏に書かれた【秘密】を読み進むにつれて、二人の顔色が変わっていく。

鷹木・岩井：……ほうほうほう。
岩井：ちゃんちゃんちゃんちゃーーん♪（サスペンスドラマのテーマ）
鷹木：これ、人に見せちゃだめなのね？
GM：はい、【秘密】は自分から明らかにすることはできません。ゲームが進むに従って、他の人の秘密を探ることはできます。
岩井：いやー、これ、どうなんだろ。
GM：【秘密】の中に、【本当の使命】って書かれている場合、表の【使命】は上書きされます。誰にも言えない真の目的があるってことですね。「ショック」という項目がある場合、この【秘密】を知った他の人は、精神的にショックを受けて、【正気度】が1減っちゃいます。

自分の【秘密】を読み返しながら、探るように相手の顔を見る二人。相手の【秘密】に何が書かれているかは、まだわからない。

鷹木：うーん、【秘密】の内容はおいといて……私たち、もう遭難しちゃってるわけですね？
GM：遭難しちゃってるわけです。
鷹木：携帯も通じない？
GM：**通じてもいいですけど**、あんまり状況は変わらないです。
鷹木：ツイッターに書き込もう。「**砂丘で迷子なう**」。
岩井：食糧は**らっきょうしかない**。
GM：なんで、らっきょうしか（笑）。
鷹木：おみやげ買ってきて、ぽりぽり食べようと思ったのに。

通じてもいいですけど
別に警察や消防に助けを呼んでもいいが、このシナリオでは役に立たない。と言外に示している。

砂丘で迷子なう
1000RTくらいされると、全然知らない人から「砂丘なんかに行くのが悪い」「迷子になったくらいで被害者面するな」「捏造乙」などと理不尽な罵倒が飛んでくるので地獄。

らっきょうしかない
鳥取砂丘だかららっきょうはあるかもしれないけど、それ人の畑ですからね。

GMは、ここでゲームの進行について説明する。

ここまでが、ゲーム開始時の「導入フェイズ」。

次が、ゲームの「メインフェイズ」になる。GMの左隣から順番に、プレイヤーがシーンプレイヤーとして行動する。全員行動したら1サイクル終了。

今回のシナリオでは、メインフェイズは3サイクルで終わる。つまり、全員が三回ずつ行動できるわけだ。

メインフェイズが終わると、怪異との最後の遭遇が起こる「クライマックスフェイズ」になる。

GM：メインフェイズの自分の手番では、「ドラマシーン」か「戦闘シーン」のどちらかを選びます。ドラマシーンなら、何かを調査できます。戦闘シーンなら、誰かに**戦闘を仕掛けられます**。

鷹木：戦闘……？

GM：鷹木先生が岩井先生を殴りにいったりすることもできますよ。

鷹木：私の場合は、緊縛しにいっちゃったりするのかも。

岩井：緊縛かあ（笑）。

鷹木：はっ、すると私、岩井先生に**撃たれちゃう可能性**が（笑）。

戦闘を仕掛けられます
【秘密】の内容によっては、プレイヤーキャラクター同士の利害が対立し、プレイヤー対プレイヤーの戦闘が発生することもあり得る。

撃たれちゃう可能性
自分を縛ろうと襲ってくる人がいて、手元に銃があったら……ねえ？

■メインフェイズ・第一サイクル

GM：では、改めて。導入フェイズが終わって、お二人は砂嵐の中、遺跡の前にいます。
鷹木：入口があるんですよね？
GM：そうですね。半ば砂に埋もれた、かがんでしか通れないような。
鷹木：穴みたいのがあって？
GM：はい。中に入れば、砂嵐はしのげそうです。
岩井：入らないと始まらないよね。
鷹木：……入りましょう。
GM：はい。ご自分の【秘密】に鑑みて、思うことはあるかも知れませんけれど、砂嵐を避けて、遺跡の中に入りました。真っ暗です。
鷹木：スマホのライトで照らそう。ぺかー。
GM：ＯＫです。そこには何があるかというと（ごそごそ）遺跡の奥に、石棺があります。

GMは机の上に、**ハンドアウト**を並べていく。

場所：石棺

【概要】遺跡の中で、なかば砂に埋もれている石棺。蓋がずれている。

鷹木：ふたがずれてる。

岩井：ほほほほ。ほー。

GM：それから、砂に埋もれた床の上に、真新しい足跡があります。

場所：床の足跡

【概要】遺跡の床に残された真新しい足跡。裸足のようだが……。

岩井：ほほほほほ。

GM：それから、遺跡の石壁に、壁画が描かれています。どのくらい昔のものか分からないですけれども、ボロボロで色もあせていて、相当古い感じですね。

ハンドアウト
手がかりの書かれた紙。

ほほほほほ
高速で放たれる納得音。笑っているわけではない。

場所：壁画
【概要】 遺跡の壁には四足歩行の**匍匐《ほふく》生物**が文明を築き上げている様子が素朴なタッチで描かれている。

GM：さっき渡した【使命】と同じく、これらの手がかりにも【秘密】があります。ドラマシーンでは、これら三つと、他の人の【秘密】からどれか一つを選んで調べることができます。
鷹木：なるほど、石棺、足跡、壁画、と……こういうところに、二人放り込まれたってことなんですね。
GM：はい。外では砂嵐が荒れ狂っていて、とても出る気にはなれません。
鷹木：ほうほう。どっか調べてみないといけないわけですね。
GM：岩井さんから、いってみますか？
岩井：どれをやればいいのか。

匍匐生物
這いずる生き物。「ほふくせいぶつ」と読む。「ぶどうなまもの」ではない。

●1シーン目：岩井（ドラマシーン）

鷹木：気になるのはどれですかね。
GM：好きなの選んでいいですよ。
岩井：達成するゴールに繋がるんじゃないかってニュアンスで選んだ方がいい？
GM：そうですね。
岩井：うーん……石棺かな。フタずれてたら気になりますよ、あたし。
GM：はい。
岩井：石棺の中に、スナックジャンゴのチコちゃんがいるんじゃないかと。
一同：なぜ!?（笑）。
岩井：スナックジャンゴって**神出鬼没**なんです。ボスキャラのママさんっていうのが、ほんとのほんとに凄いのよ。**ジャバ・ザ・ハット**そっくりなのよ。
鷹木：**マツコ**より大きいの？（笑）
岩井：最初見たときに、あれ？　一人だけ**水木しげる**じゃないと思った。あと全部、砂かけばばあとか、油すましとか一反木綿なのに、一人だけジャバ・ザ・ハットがいるから。お前だけ違うぞと。これがママなの。

神出鬼没
遺跡の石棺の蓋を開けたら、そこにはスナックが……。妖精郷のようだ。

ジャバ・ザ・ハット
映画『スター・ウォーズ』シリーズに登場するキャラクター。惑星タトゥイーンの犯罪組織のボス。大きい。

マツコ
マツコ・デラックス。タレント、コラムニスト。大きい。

水木しげる
漫画家。『ゲゲゲの鬼太郎』などで有名。鳥取県境港市出身なので、この辺りで水木しげるワールドに迷い込む可能性はなくもない。

GM：チコちゃんってのはどなたですか（笑）。
岩井：**カブトガニの裏側みたいな顔**の**チイママ**、チコちゃん。石棺の中にいるのはきっとチコちゃん！
鷹木：クイズじゃないんだから（笑）。
GM：**独自のストーリー**が始まっている……（困惑）。
鷹木：と、とにかく、石棺を調べてみるわけですよね（笑）。
岩井：うん。どうすればいいの？
GM：どれか自分の持っている特技を選んで、サイコロを振って、行動が成功か失敗かを判定します。この状況に使えそうな特技ありますか？
岩井：《射撃》……はダメよね、いきなり撃ち殺したらいかんから（笑）。別にチコちゃんに恨みはないですから。チコちゃんに《官能》もないし……。
鷹木：チコちゃん可哀想……。
岩井：**あれはもう妖怪**……。チコちゃん……。
鷹木：チコちゃん関係ない（笑）。
岩井：じゃ、石棺がらみで、《民俗学》で。こういう場合、ミイラがいるか、**ちゃんちゃんちゃんちゃんちゃーーん**だったら、新しい死体が入っているか。空っぽっていうのもありますね。

カブトガニの裏側みたいな顔
こんな言葉で人の顔が形容されるの初めて聞いた。

チイママ
「小さいママ」の意。スナックなどにおけるママの副官的な役割。

独自のストーリー
ラヴクラフトも困惑。

あれはもう妖怪
カブトガニの裏側みたいな顔という形容が本当だったら、確かに妖怪だと思う。

ちゃんちゃんちゃんちゃんちゃーーん
再び鳴り響くサスペンスドラマのテーマ音楽。

GM：さて、どうでしょうね。

岩井：どれがいいかなー。どれが怖いかなあ。空っぽ怖いんですよね。別のところにあるんだな。また、探しにいかなあかんのだな。結果が出てくるより、ここじゃなかったんだっていう方がイヤかも。

鷹木：サイコロって、どう振るんですか？

GM：二つ一緒に振って、合計が5以上だったら成功です。

岩井：（コロコロ）6と6だから、12。

GM：おお。6のゾロ目は大成功です。勢いよく石棺のフタに手をかけて、**ぼかーん！**と開けました。

岩井：開けました！

GM：中には……（ごそごそ）これ、どうぞ。

GMは「石棺」のハンドアウトを裏返して、岩井さんに手渡した。

岩井：（石棺の【秘密】を見ながら）ふんふん……？

鷹木：その場にいるのに見れないってもやもやする。その場にいるのにー。一緒に行動してるのにー。覗きますよ。見せて見せてー。

ぼかーん！
普通、石棺のフタはそんなに勢いよく開けられるような重さではない。

岩井：見せていいの？
ＧＭ：自分の【秘密】は見せられませんけど、調べてわかった【秘密】は見せることができます。
岩井：【秘密】に「ショック」って書いてあったら？
ＧＭ：【秘密】を知った人の【正気度】が1減ります。
岩井：ショックだと、どんどん【正気度】減っていきますよね。0になったら、どうなります？
ＧＭ：頭がおかしくなります。
岩井：わっ、じゃあ、見せない方がいい？　見せない。
ＧＭ：はい。岩井先生は、石棺の中を勢いよく見たんですけれども、そこで、あ！という顔になり……。
鷹木：何があったんだろう……。
ＧＭ：鷹木先生が覗き込もうとするんですが、見せてくれませんね。
鷹木：怖いから、みないでおこー。
岩井：うーーん……ほんまに……。
岩井さんは公開しなかったが、石棺の【秘密】は以下のようなものだった。

頭がおかしくなります
わかりやすすぎる説明。より正確に言うと、顕在化した【狂気】の枚数が【正気度】を超えたときに錯乱状態になる。【狂気】については後述。

■場所：石棺
【秘密】石棺の中には、砂が入っているだけだ。石棺から誰かが這い出て行ったような跡が残されている。
ショック：ＰＣ１と、ＰＣ１の秘密を知っているキャラクター。

鷹木：チコちゃんはいなかったのかな（笑）。
ＧＭ：岩井先生が何を見たにせよ、ショックを受けて【正気度】が１減ります。
岩井：【正気度】が４になるんですね。
鷹木：うにょーーーーーん。

●２シーン目：鷹木（ドラマシーン）

鷹木：じゃあ、次、私。壁画と……足跡、気になりますねえ。**サイコロ振ればいいの？**
ＧＭ：そうですね。どの特技を使うか決めてください。

チコちゃんはいなかったのかな
いてたまるか。

サイコロ振ればいいの？
八面体や十面体といった多面体サイコロを色々使う『クトゥルフ神話ＴＲＰＧ』で予習してきてくれた鷹木さんは、『インセイン』で使うサイコロが普通の六面体だったのでちょっと物足りなさそうだった。

鷹木：《におい》。
GM：じゃあ、嗅ぐんですね。
鷹木：嗅いでみます。
GM：はい（笑）。床に顔を近づけて、嗅いでみると。
鷹木：（コロコロ）4。
GM：失敗ですね。
鷹木：ちぇ。何も得られなかった。
GM：ここで、岩井先生が、アイテムの**お守り**を使って、振り直していいよと言うことができます。助け合うためのルールですね。

キャラクター作成のときには飛ばしたアイテムのルールをここで使う。

どのキャラクターも、最初に「鎮痛剤」「武器」「お守り」の三種類のアイテムから、二つを選んで持つことができる。

「鎮痛剤」は、自分の【生命力】か【正気度】を1点回復できる。

「武器」は、戦闘中に自分の判定のサイコロを振り直すことができる。

「お守り」は、自分以外の誰かの判定のサイコロを振り直させることができる。

どのアイテムも、一個につき一回だけの使い切りだ。

お守り
ここではディティールを掘り下げていないが、「お守り」と言っても実物はなんでもいい。近所の神社で貰ったお守りでも、恋人の写真でも、バチカンの聖遺物でも、仲間の助言でも、ルール上の効果は同じ。プレイヤーが好きに演出していい。

本来はキャラクター作成時にあらかじめ二つ選んでおくのだが、今回は「かんたんインセイン」ということで、必要になったときにどれを持っていたか決めていいことにした。

岩井：お守り使いましょうか。
鷹木：これでもう一回。（コロコロ）ほい。4……。
GM：失敗です（笑）。
岩井：人のお守りを無駄遣い！
鷹木：うう。役立たずです（しょんぼり）。
岩井：まあ、サイコロなんて、思い通りにいったらねえ。
GM：鷹木さんは床に顔を近づけて……。
鷹木：嗅いでみたけど、何もわからなかった。
GM：もうちょっと嗅いでみたらいいんじゃないの？　と岩井先生に言われて、もうちょっと嗅いでみたけど、やっぱりわからなかった。そんな感じです。
鷹木：匂いじゃわかんねーや。

鷹木さんがしょぼくれていたそのとき、部屋のドアが開いて新たな人物が飛び込んできた。

図子慧さんの到着だ！

図子：ごめんなさい！　お待たせしました！

鷹木：図子さん！　よかった。これで合流できますね！

GM：よ、よかった（**安堵**）。

図子：あ、これおみやげです。よかったら……。

岩井：わー、ありがとうございます！

タイミング的にはぴったりだったので結果オーライ。

席に着いた図子さんに、キャラクターを作ってもらい、みんなで今までのあらすじを説明する。

テーブルの上に、図子さんが銀座で買ってきてくれたおかきのカラフルな箱が並び、ますます**華やかな雰囲気**の中でゲームは再開された。

（安堵）
間に合った！　超ほっとしました。

華やかな雰囲気
筆者の所属する冒険企画局でも、女性プレイヤーが集まるとおやつが充実する傾向がある。男性プレイヤーばかりだと、近所のコンビニで適当なスナック菓子とかを買ってくるので、あまり華やかではない。

●3シーン目：図子（ドラマシーン）

図子：すいません、遅刻しました！

GM：図子さんが、古墳の入口から駆け込んできます。

図子：え？　ここでいいの？　おやつもってきました。おかきでいいです？

鷹木：わーい。**らっきょう以外にも食べ物が。**

図子：あ、わたし、**『インセイン』のリプレイ読んで予習**してきました。

GM：わ、ありがとうございます！

図子慧
性別：女　職業：作家
生命力：6　正気度：5
特技：《緊縛》《驚き》《芸術》《薬品》《生物学》《地底》

GM：鷹木さんと、まさかの**《緊縛》かぶり**（笑）。

図子：かぶってると問題ありますか？

らっきょう以外にも食べ物が
女性作家三人がらっきょう畑を略奪するという不祥事は回避された。

『インセイン』のリプレイ読んで予習。
神……！

《緊縛》かぶり
一口に緊縛と言っても色々なサブジャンルがあることは皆さんよくご存じのことと思います。フェティシズムって少しでもツボからずれるとまったくピンと来なくなりますよね。

ＧＭ：いえ、大丈夫です。他の特技は……。
図子：興味のおもむくままに。こんな感じでいいですか？
ＧＭ：ＯＫです。では、来て早々ですが、図子さんのシーンからです。
図子：いきなり、わたしから始まるの？

ＧＭは図子さんに【使命】のハンドアウトを渡した。

ＰＣ③　図子慧
【使命】鳥取砂丘に取材旅行に来たあなたは、砂嵐に巻かれて奇妙な遺跡に迷い込んだ。一目見たときから、あなたはこの遺跡が本当に怖い。しかし同時に、遺跡にはあなたを強烈に惹き付ける何かがある。膝が震えるほど怖いのに、意思に反して、あなたの足は遺跡の中へと向かっていた……。
　あなたの【使命】は、この遺跡から生きて還ることだ。

図子：裏が【秘密】と……（ぺらり）。え、ええええええ？
岩井：なんだろう。
鷹木：リアクションが大きいな。

図子：う、後ろが気になります。
GM：古墳に駆け込んできた図子先生は、しきりに後ろを気にしていますね。
図子：（振り返りつつ）大丈夫かしら？　あ、みんながいるー。
鷹木：きたきたー。待ってたよー。
図子：**そこで何をしてるんですか？**
岩井：そんな感じなんですね（笑）。
改めて、古墳の中の様子を説明。「石棺」「床の足跡」「壁画」の三つの手がかりがあることが伝えられる。
図子：この足跡は、まだ分かってないんですね？
鷹木：分かってないです。
GM：石棺の中に何があったかは、岩井先生だけがご存じです。
図子：わたしは何をすれば。
GM：まだわかってない床の足跡を調べてみてもいいし、壁画を見てもいいし、他の人はどんな【秘密】を抱えてるのか見てもいいです。
図子：わたしは一応、《芸術》が特技なので、壁画を見てみます。

そこで何をしてるんですか？
一人は石棺の蓋を軽々と吹っ飛ばし、一人は這いつくばって床のにおいを嗅いでいる。

GM：では、サイコロを振って、５以上が出たら成功です。
図子：(コロコロ)
GM：成功です。
鷹木：いいなー。
GM：では、どうぞ（「壁画」のハンドアウトを渡す）。
図子：ふむふむ。拡散情報って書いてあったら、全員に見せろってこと？
GM：そうです。
図子：じゃあ、ぺらり。

場所：壁画
【秘密】拡散情報。壁画に描かれているのは、人間と匍匐生物の血みどろの戦いだ。一度は地上に君臨していた匍匐生物が、何かの印をもって地下に封じられた……そんなストーリーが怒りと憎悪の籠もったタッチで記されている。人間の用いた印は、星形の刻まれた石で、匍匐生物はそれに触れられないようだ。
　ショック：なし

一同：星形の刻まれた石……。

いいなー
判定失敗が続くとしょんぼりしてくる。

星形
クトゥルー神話で星形といえば……？

岩井：それ、何ですかねえ。

鷹木：色んな星がありますよねえ。ダビデの星とか、五芒星とか。

図子：星、星。

一同：うーーん。星形、星形。

飲み物を啜りつつ、明らかになった【秘密】を前に、それぞれ何かを考えている。

GM：あ、ひとつやり忘れていたことがありました。岩井先生が、さっき石棺の中で怖いものをみたので、「恐怖判定」というのをしてもらいます。

岩井：恐怖判定？

GM：GMが指定したなにかの特技で判定してもらうんですけれども、これに失敗すると、【狂気】というカードを貰います。

恐怖判定に失敗するたびに、プレイヤーの手元には【狂気】カードが増えていく。「疑心暗鬼」「記憶喪失」「フェティッシュ」など、【狂気】の内容はさまざまだ。【狂気】カードは、最初は裏返しの状態で受け取るので、どんな【狂気】をもらったかは他の人にはわからない。

GM：石棺の中を見た岩井さんは、そこに見たものの恐怖に耐えられるか……《死》で判定してください。
岩井：《死》は……持ってないよ？
GM：そういうときは、持っている特技の中から、《死》に一番近いものを探してください。そこから《死》まで何マス離れているか数えて、5に足すと、いくつになります？
岩井：えーと……《夢》かな。5マス離れてるから、10。
GM：では、サイコロを二個振って、10以上出さないと恐怖判定失敗です。
岩井：10以上……（コロコロ）。
鷹木：おおお。また6ゾロ！
図子：出ますねえ。
一同：（ぱちぱち）
GM：さっきも6ゾロでしたから二連続ですね。このゲームでは6ゾロは大成功で、さっき減った【正気度】が1点回復します。
岩井：おー。
GM：岩井先生は、恐いものを見た筈なんですけれども……**石棺を開けたら元気になりました**

石棺を開けたら元気になりました
TRPGはサイコロの目で展開が左右されるので、ときどきこういうシュールなことが起こる。

なりました。

図子：なぜ（笑）。

鷹木：持って生まれた運でしょうか。

岩井：怖いと思ったけど、急に元気になった（笑）。

三人の行動が終わり、ここでちょっと休憩。

遅刻の話に花が咲いた。

図子：すみませんでしたホントに（汗）。

岩井：遅刻が確定すると、色々続くよね。宅急便が来たり、携帯の充電が切れたり。判断ミスが続いたり。

鷹木：焦っちゃうとダメですね。

岩井：遅刻して逆ギレする人もいるよね。そういう人は、責められるのを怖がってたりする。

石棺を開けるときもそうだったが、岩井さんは、人間何が怖いのかということを、いろいろ考えてくれている。決して、**下ネタだけ言っているわけではない。**

下ネタだけ言っているわけではない
ホントダヨ。嘘ジャナイヨ。

■メインフェイズ：第二サイクル

GM：では、再開しましょうか。さっきみたいな感じで、あと二巡します。
一同：はーい。
GM：みなさん、おっかなびっくり、遺跡の奥の方に進んでいきます。調べられるモノが増えますよ。
鷹木：さっきのてがかりはまだ調べられるのかな？
GM：はい、足跡もまだ調べられますよ。
図子：そもそもここ、なんの遺跡なんですか？
GM：さあ、相当古いものだとしか……。
図子：古墳なんですね。
GM：古墳に見えますね。ただ、天井の低い通路に、潜り込んでいくように先へ進むと、どうもただの古墳じゃないぞ……という、**壮大な感じの遺跡**になっていきます。天井はすごく低いです。

壮大な感じの遺跡
考えてみると、天井が低いのに壮大な感じを出すのは難しい気もする。

鷹木：立って歩けないくらい低いんです？
GM：そうです。
鷹木：腰、痛めそうですね。
図子：そんなところに我々は**入ってしまったんですか**。奥まで。
鷹木：ねえ（笑）。
GM：遺跡の中には祭壇があります。これが**新しい手がかり**です。

場所：祭壇
【概要】素朴な作りの、崩れた石の祭壇。中央に凹みがある。

GM：岩井さんから、また、やっていきましょう。

●1シーン目：岩井志麻子（ドラマシーン）

岩井：祭壇を調べよう。使う能力をまず選ぶんでしたっけ。丸つけた中からですよね。

入ってしまったんですか
普通なら絶対に入らないような場所だが、『インセイン』は調べられる場所が【秘密】という形で提示されるので、ルールに従って行動していくと、自然に恐怖の深みへと突き進んでいくような仕組みになっている。

新しい手がかり
今回のシナリオでは、サイクルが進むに従って新しい手がかりが出てくるようにした。遺跡の奥へ奥へと進んでいくイメージである。

GM：そうですね。毎回同じでもいいんですけど。
岩井：夢じゃ夢じゃ。全部夢のせいにしよう。
GM：はい（笑）。
岩井：《夢》だったら、祭壇ですかねえ。
岩井：（コロコロ）
図子：8。強いですねえ。
鷹木：うらやまします。
岩井：こんなもんばっかり強くても、あたしの人生には意味がない！
GM：お金賭ければよかったですね。
鷹木：ここで運を使ってしまって……（笑）。
GM：では、祭壇の【秘密】どうぞ。これは拡散情報です。
鷹木：みんなで見れるー。

場所：祭壇
【秘密】拡散情報。凹みには握り拳大のものがはまっていたようだが、今はない。
無理矢理指をこじ入れて抜き出したのか、剥がれた爪が何枚か落ちている……。
　ショック：全員

お金賭ければよかったですね
おい。

鷹木：……い？

岩井：爪？

図子：いやー。あははは（引きつった笑い）。

岩井：……思い出したわ。沖縄の海岸にずらーーっと、石垣が続いている場所があってね、一箇所だけぼこんと、腕が入る穴が開いているの。

GM：ほうほう（怖い話かな？）。

岩井：これ、地元の人みんな、羽賀研二が開けたって言ってる。

一同：（笑）

図子：この祭壇も**羽賀研二**が……。

岩井：もちろん下ネタですよ。**わかります？**

……岩井さんは、決して、下ネタだけ言っているわけではない。

岩井：というのを思い出しました。

GM：羽賀研二はともかく、みなさん、ショックを受けたので、【正気度】を1点減らしてください。

羽賀研二
沖縄県出身の元タレント。初代いいとも青年隊。

わかります？
わかりましたか？

そういえば

一同：（ざわざわ）
ＧＭ：あと、**そういえば**、これは無名都市題材のシナリオだったので、それっぽいシーンを入れましょう。これ、判定じゃないんですけれども、サイコロを二つ振ってみてください。
岩井：（コロコロ）……7。
鷹木：出た目によってなにか？
ＧＭ：そうですね。「**シーン表**」といって、今どんな状況かを無作為に決めます。7は……岩井先生は、天井の低い通路をほとんど四つん這いになって進んでいきます。進むにつれて、天井はさらに低くなっていきます。
岩井：ぬわ。やだわ。
ＧＭ：進むことも戻ることもできなくなるのではないかという恐怖に襲われます。腰をかがめながら、祭壇っぽいものを見つけて、見てみたら、剥がれた爪がぼろぼろ落ちていた……そんな感じのシーンです。
図子：爪って、どんな感じかね。
ＧＭ：真新しいですね。血がまだ乾ききってない。
図子：うわあ。
ＧＭ：ついでに、恐怖判定しておきましょうか。全員。《拷問》で振ってください。

思い出したかのように言っているが、実際第一サイクルではすっかり忘れていた。シーン表の運用を徐々にルールを増やしていく形になったし、遺跡の中に入っていく感じも出たので、結果的にはよかったと思う。

シーン表
サイコロでキャラクターがどんな状況にあるかを決めて、それに対するリアクションをする、ネタフリのための状況のリスト。ここで使っているのは、342ページにある「無名都市シーン表」だ。これにしたがってサイコロだけで、無名都市をさまよっている感じのシーンになる。

《拷問》がない場合は、さっきと同じように、一番近い特技で代用します。

岩井：図子先生は《緊縛》だ。

GM：そういう岩井先生は《官能》が近いですね。

鷹木：私も一緒（笑）。

GM：じゃ、振ってみてください。

鷹木：6以上、（コロコロ）でたでた。

図子：（コロコロ）でないー。

岩井：（コロコロ）失敗。

GM：失敗した図子さんと岩井さんには、【狂気】カードを差し上げます。

鷹木：拷問と官能の間の悦び（笑）。

裏返しの【狂気】カードが二人に手渡された。

それぞれの【狂気】には、「トリガー」が設定されている。

トリガーに記された条件を満たしたとき、初めて【狂気】カードが表に返る。

岩井：じゃあ、このトリガーを憶えておかなきゃならないのね。

GM：そうです。トリガーを引かれたとき初めて、心の奥に秘めていた【狂気】が

拷問と官能の間の悦び
キャラクターシートの特技の欄を見ると、《拷問》と《官能》の間に《悦び》という特技がある。隣り合った特技には、どことなく共通するものがあるのだ。

顕在化するわけですね。たとえば【狂気】が「虫恐怖症」だったとして、トリガーが「虫に遭遇する」だった場合……。

鷹木：虫を目にした途端、【狂気】が発動しちゃうと。

岩井：虫かあ。脚ないのが怖い派と、脚いっぱいあるのが怖い派がある。あたし、ある方がいやかなあ。

図子：ナメクジ……。

鷹木：生き物は好きだけど、ゲジゲジとか百足が苦手ですねえ。

GM：僕も子供の時にゲジゲジに**風呂に跳び込んでこられて**。

鷹木：うわああ。

GM：そんなこんなで、みなさん動揺しているところ、次は鷹木先生のシーンです。

●2シーン目：鷹木骰子（ドラマシーン）

鷹木：前のシーンのリベンジで、足跡をもう一回調べよう。**足跡の臭《にお》いを嗅ぎます！**

図子：足の臭い（笑）。

風呂に飛び込んでこられて
泳いで近づいてきた。今でも思い出すだけでぞわぞわする。

足跡の臭いを嗅ぎます
同行者がさっきから床に鼻を近づけてフンフン言っている。暗闇の中で這いずる彼女は、本当に彼女なのだろうか……？

ＧＭ：あ、一応、他の人の【秘密】を調べてもいいんですよ。
鷹木：でも、足跡気になるっす。
ＧＭ：はい。
鷹木：（コロコロ）でたー。
ＧＭ：はい、とうとう臭いを。
鷹木：臭いを嗅ぎました！
ＧＭ：はい、どうぞ。

ＧＭは「床の足跡」のハンドアウトを鷹木さんに渡した。

鷹木：ぺらり。……わあ、これは……（笑）。
ＧＭ：まず、【正気度】1減らしてください。
鷹木：はい。減っちゃった。
ＧＭ：臭いを嗅いでいたあなたは、気付いちゃいけないことに気付いて、**はっと顔を上げて。**
鷹木：どうしよう。これは、拡散情報じゃないんですよね？
ＧＭ：別に教えてもいいんですよ。他の人も怖くなりますけど。

はっと顔を上げて
猫のフレーメン反応みたいな顔だったという。

鷹木：怖くなっちゃいそうなので、秘密ですね、これは。胸にしまってゴーです。
鷹木さんは公開しないことを選んだが、実は、この【秘密】にはこう書かれていた。

場所：床の足跡
【秘密】人間の足跡のはずなのに、まるでトカゲのように四本足で這ったとしか思えない。先へ進むにつれて、足跡は重なり合い、増えていく……。いったい、何人いるんだ？
　ショック：全員

GM：はい。恐怖判定をしておきましょう。
鷹木：そうでしたね。
GM：《人類学》で。《生物学》から数えて8ですね。
鷹木：6でろー6でろー（コロコロ）。
GM：あ、でた。大丈夫ですね。
鷹木：よかったー。
GM：恐怖に耐えることができました。どういう状況だったか、サイコロを振ってください。

鷹木：（コロコロ）

ＧＭ：あなたは床に這いつくばって、足跡を調べていましたが、何か嫌なことに気付いてしまいました。これやばいんじゃない？　と思って、顔を上げると……遺跡の暗闇の向こう、床の低い位置に、白い顔が見えた気がします。

鷹木：アーーーーーー！

ＧＭ：一瞬のあと、顔は消えています。そんなシーンです。

岩井：顔は人の顔なのかしら。

ＧＭ：さあ、どうなんでしょうねえ。

鷹木：なんか顔っぽいものが見えたという感じですね。はわわわわ。

●3シーン目：図子慧（ドラマシーン）

ＧＭ：図子先生です。まずは、**先にどんなシーンか決めてみましょうか**。サイコロ二個で。

図子：（コロコロ）

先にどんなシーンか決めてみましょうか
やっと忘れずに言えた。これが正しいシーン表の使い方です。

GM：８。図子先生は、遺跡の中を険しく下る、粗造りの階段を慎重に降りていきます。
図子：四つん這いで!?
GM：そうですね。天井がすごく低いので。
図子：うつむいて……一歩、一歩……。
GM：極めて小さな段が無数に刻まれていて、急な角度がついている。夢の中に出てくるような感じの、嫌な階段です。
図子：落ちる、落ちる……。転がり落ちる……。
GM：そんな階段で、何を調べましょうか。ちなみに図子先生は、【秘密】の関係で、こういうものも調べられます。

そう言ってＧＭは、**別のハンドアウト**を図子さんだけにちらりと見せる。

岩井：？
鷹木：なんだろ？
図子：……他のプレイヤーの【秘密】も気になるんですけど……これを調べたいです。

別のハンドアウト
図子さんの【秘密】にのみ書かれたハンドアウトが存在する。他の二人が調べることはできない。

ＧＭから差し出されたハンドアウトを、図子さんは指差す。

ＧＭ：では、判定どうぞ。

図子：《驚き》で……（コロコロ）成功。

ＧＭはハンドアウトを鷹木さんに渡した。

図子：（読みながら）うう？　ええー？　どうしよう。これ、他の人に言った方がいいのかな。

ＧＭ：獲得した情報は公開してもいいですよ。他の人もショックを受けるかもしれませんが。

図子：えー。どうしよう。

ＧＭ：そのまましゃべらないで、アレンジして、**工夫して言ってみても**いいですよ。

図子：これはわたしにはなかなか難しい……。この男は、階段を降りたところにいたんですか？

ＧＭ：いいえ、後ろからついてきたですね。

工夫して言ってみても
情報は伝えたいが、被害は広めたくない……という悪あがき。いいじゃないですか。みんなでおかしくなると楽ですよ。

岩井：男？
鷹木：誰かいたらしい……。
図子：**ちょっと気持ちの悪い人**がいたかもしれない……。その人が……その人が印を戻せって言ってるんですけれども……。
岩井・鷹木：（口々に）しるし？
GM：他の二人からすると、暗闇の中を三人這いつくばって歩いていると、なんか図子先生が変なことを言い始めます（笑）。
図子：変なこと……変なんですけど、その人、頭ないのにしゃべってる……。
GM：急な階段を這い降りていたら、図子先生が、あらぬ方を指差して、そんなことを言い始める。
鷹木：頭がないのにしゃべってる人……**大丈夫ですか？**
一同：（笑）
【秘密】の内容をはっきり教えると、他のキャラクターにもショックを与えてしまうので、ぼかした表現で伝えようと図子さんは悪戦苦闘する。
図子：うう、それっぽいことをやんわりと……。

ちょっと気持ちの悪い人
ちょっと気持ちの悪い人の気持ち悪さは、暗いところで出遭うことでパワーアップする。

大丈夫ですか？
大丈夫です。大丈夫です。ちょっと気持ちの悪い人がいるけど、わたしは大丈夫です。大丈夫だって、言ってるでしょう!?

鷹木：重要な情報なんですよね？（笑）

岩井：あと一周だから、情報を共有しないとゴールにたどり着けないのよね、きっと（笑）。

図子：印が大事みたいです。それを戻せって……印を戻すと、なにか進めるんじゃないでしょうか（しどろもどろ）。

岩井：戻す？　どこに？

鷹木：その「印」はどこにあるんでしょうか？

岩井：もしかして、星形ですか？　壁画にあった、星形の刻まれた石。

図子：それを、**羽賀研二があけた**あの……。

鷹木：穴に戻すんですね。

図子：そうじゃないかしら。

鷹木：その印って、どこにあるんですかね？

岩井：まだ出てきてないよね、そんなの？

一同：うーーーーん？

GM：これで、二サイクル目が終わります。

羽賀研二があけた
違う。

■メインフェイズ：第三サイクル

●1シーン目：岩井志麻子（ドラマシーン）

GM：また、岩井先生から、サイコロを振って、どういうシーンかを決めましょう。
岩井：（コロコロ）
GM：3。暗闇の中、這いつくばって歩いていると、通路に吹きだまった砂の中から、乾いた骨が突き出している。風化してボロボロになった布の纏わり付いた骨格が……人のものにしては不自然な、四本脚で歩くような骨格が、砂の中から突き出している……そんな感じのシーンです。
岩井：ふむふむ。
GM：さて、その骨格の傍らで、岩井先生はどうするでしょうか。もうひとつ、調べられるところが増えます。大部屋です（と新しいハンドアウトを出す）。
鷹木：おおべやー。

おおべやー
こべやーを見たら近くにおおべやーがいる可能性が高いので、落ち着いて静かに逃げよう。

場所：大部屋

【概要】天井の低い大きな部屋に、分厚い石板が並んでいる。まるで縦に押し潰した食堂か何かのようだ。

図子：食堂……？

GM：他の人の【秘密】を調べるか、部屋を調べるか。岩井さん、どうしますか？

岩井：うーーーーん。そうですねえ。大部屋を調べましょう。《官能》を使っちゃおうかな。

GM：官能を刺激されるものがあったんですか？

岩井：ここで、**乱交してたんじゃないかと。**

一同：（笑）

岩井：（コロコロ）

鷹木：おみごとー。

GM：じゃあ、これは拡散情報なんで、みんな見られます。

鷹木：乱交してたんだ（笑）。

GM：乱交してたかどうかは分かりませんが、石板の上に、何か乗っているのを見

乱交してたんじゃないかと
岩井さんは下ネタばっかり言っている。

乱交してたかどうかはわかりませんが
してないよ！

つけます。

場所：大部屋

【秘密】拡散情報。石板の上に、見たこともないものが乗った皿が置かれている。筋子みたいな柔らかいもので、果実か木の実にも見える。美味しそうな匂いがする。食べてみてもいい。

ショック：なし

一同：…………（顔を見合わせる）。

岩井：食べようって気になるかねえ。いい匂いで。**筋子**で。

鷹木：筋子が新鮮かどうかもわからない……。

図子：こんなところにあったら罠でしょう。

岩井：食べ物はねー……。こういう、信頼のおける人の差し入れならバクバク喰っちゃいますけど（とテーブルの上に並んだおかきを指差す）、知らない人のはねー。生牡蠣とかもらうと、これ、どうしようって。

鷹木：生牡蠣がとどいたんです？

図子：**生菓子？**

筋子
すじこ。卵巣に入ったままの鮭の卵。熱々のご飯にのせると超おいしい。

生菓子？
テープ起こしで生牡蠣か生菓子か不明だったのだが、どうも生菓子が正しい気がしてきた。いくらなんでも差し入れに生牡蠣は選ばないのではないだろうか。

岩井：手作りのとか。知らない人のだと怖いな。知ってる人だといいですけど。ちょっとこれは、匂いを嗅ぐけど……。
GM：やめておきますか（笑）。
鷹木：なんだろう（笑）。

筋子みたいなものには手を付けずに、三人は先へ進むことにした。

●2シーン目：鷹木骰子（ドラマシーン）

GM：じゃ、鷹木先生。
鷹木：まずシーン表を振るんです？
GM：はい。
鷹木：（コロコロ）6！
GM：この大部屋の壁も天井も、細密に描かれた壁画で埋め尽くされています。だいぶ下ってきてるんですけど、上の方でみた壁画よりも、生々しく見えますね。長い時を経て色あせているのに、描かれた年代が新しい。そんな壁画に

まずシーン表を振るんです？
そうです！ ありがとうございます！

囲まれた部屋で……何を調べますか。
鷹木：何を調べましょう。
GM：もう大体、調べるものは調べ終わってますね。
鷹木：あとは他の人の【秘密】ですね。調べちゃおうかな。……どうしよう。ショック受けちゃうのかな？
GM：わかりません。
鷹木：図子先生の秘密を暴いちゃおうかな。それをするにはどうすれば？
GM：同じです。どれか特技を選んで。5以上だったら。
鷹木：**特技を選ぶ意味**がわからなくなってきたんですけれども。
GM：これは、こじつけられれば、なんでもいいんです。例えば《射撃》を使ってこの人の秘密を探るとかだったら、散弾銃を突きつけて、しゃべれとか、そういうシーンでいいですし。
鷹木：なるほど。じゃあ、私は《緊縛》を使って**図子先生を脅して**。
図子：ありがとうございます（笑）。
鷹木：喜ばれたりしちゃったりなんかして（笑）。
岩井：本人も《緊縛》つけてるくらいですから。
GM：需要と供給ですね。

特技を選ぶ意味
どれを選んでも、判定で5以上を出せば成功するので、数値的な意味では変わらない。ここで特技を選ぶのは、自分の行動をどうやって演出するかというきっかけにするためだ。選んだ特技から自由にイメージを広げて、自分のシーンを演出してよい。あまりいい演出が思い浮かばなければ、シンプルな判定で済ませてもかまわないが、慣れてくるとやりたい演出が思いつくようになるので楽しい。

図子先生を脅して
別に脅す必要はない。

一同：（笑）
鷹木：（コロコロ）5だった。
GM：成功ですね。
図子：縛られてしまったー。
GM：**こんな天井の低い中で**……。
鷹木：図子先生の【秘密】、見まーす。

【秘密】をめくった鷹木さん、しまったという顔になる。

鷹木：うわあ。ショックって書いてある。
GM：はい。ショックを受けたんで、【正気度】を減らしてください。
鷹木：2になっちゃったよー。
GM：【正気度】だいぶ下がりましたね。これは他人の【秘密】なので、ばらすこともできますよ。
鷹木：ばらしちゃおうかなあ。読みあげちゃっていいんですよね。
GM：いいですよ。
鷹木：「同行者たちには見えていないようだが、鳥取砂丘についてから、あなたの

こんな天井の低い中で
非常にテクニカルな縛りだったという。

後ろに四つんばいで這い歩く男がついてくる」……嫌ですね。

ついに明らかになった、図子さんの【秘密】。そこにはこう書かれていた……。

【秘密】同行者たちには見えていないようだが、鳥取砂丘についてから、あなたの後ろに四つんばいで這い歩く男がついてくる。顔は伏せられていてわからない。遺跡になんか入りたくないのに、這う男はあなたを遺跡の方へ追い立てるように近づいてくる……。

あなたは「這う男」を調査判定の対象にすることができる。

ショック：全員。また、この【秘密】を見たキャラクターにも這う男が見えるようになる。

鷹木：「あなたは、這う男を調査判定の対象にすることができる」……あーなるほどなるほど。

図子：で、さっき、「這う男」を調査したわけで。しるし、しるしと言ってたのもそういうわけです。

GM：そして、この【秘密】を知った人も、這う男が見えるようになります。

鷹木：おおお。

GM：はっと気がつくと、あなたたちの後ろから四つん這いでついてくる、ボロボロの服の男が。

人物：這う男

【概要】トカゲのように身をくねらせて、砂の上を這っている男。ぼろぼろになった服は、古い時代のものにも見える。何かぶつぶつ呟いている……。

鷹木：後ろから来てるんです？　これ。

GM：はい。

鷹木：やあああ。

図子：そうです。一緒にいるんです。でも、頭ないんです。

鷹木：調べた結果、頭がなかったんですね……？

図子：でも、声が聞こえる……。

というわけで、「這う男」の【秘密】もここで公開された。

人物：這う男
【秘密】這う男はこう呟いている——「しるしがない。しるしがない」そして伏せていた顔を上げる。いや、伏せていたのではない。頭そのものがないのだ！　そこにはぼやけた塊があるだけだ。男の片手が上がり、あなたの顔をまっすぐに指す。
「しるしをもどすべし」そう言って、男の姿は消える。
ショック：全員

GM：この【秘密】を知った人は、【正気度】を1点減らしてください。
一同：…………。
鷹木：これ、減るだけでいいんです？
GM：恐怖判定は別にしてください。《切断》ですね。
岩井：全員するの？
GM：はい。《射撃》からだったら7以上。
鷹木：私、《緊縛》からだから9？
図子：無理っぽい（涙）。
鷹木：いきまーす。（コロコロ）失敗しました。
GM：はい。岩井先生は？

岩井：（コロコロ）成功です。大丈夫。

GM：メンタル強いですね。鷹木先生は、だいぶショックを受けたようです。

恐怖判定に失敗した鷹木さんと図子さんには、新たな【狂気】カードが配られる。

心の闇が溜まっていく……。

岩井：這う男と言えばねえ、あたしの息子が行った、廃墟の話なんですけど。**有名な廃墟**になった観光ホテルで、四つん這いの男がいたらしいですよ。

鷹木：ええー。

図子：ほんとにいるんだ。嫌ですね（笑）。

●3シーン目：図子慧（ドラマシーン）

GM：最後の行動です。図子さん、どんなシーンか、サイコロ振ってください。

図子：（コロコロ）4。

GM：突如、獣が吠え立てるような音が響き渡り、どきっとします。

メンタル強いですね
岩井さんのサイコロ運は、高い目を出してやろうという欲がないからかもしれない……。

有名な廃墟
廃墟の中には有名なものがいくつかある。詳しい人にはこれだけの記述でわかってしまうかもしれない。

図子：えー。どき。
GM：暗闇の中を凄まじい突風が吹き抜けます。
鷹木：びゅうううう。
GM：どこかに風の通り道があるんだろうか。そんなことを思いますね。
鷹木：風がある。出口が近いのかもしれない。
GM：かもしれません。
鷹木：出られるかも？
GM：そんな風の中……なにを調べますか？
岩井：何が残ってるんですか？
GM：あとは、岩井先生の【秘密】と鷹木先生の【秘密】が。
鷹木：石棺の中も残ってるんですよね。
GM：それは岩井先生しか見ていません。
図子：じゃあ、岩井先生の【秘密】を。
GM：何の特技で判定します？
図子：岩井先生には……やっぱり、《緊縛》？
一同：（笑）
岩井：縛られちゃう！

図子：成功しますように。（コロコロ）あー！

GM：残念、失敗です。

鷹木：やっぱり《緊縛》では、岩井先生は口を割らないのであった（笑）。

岩井：あのね、AV女優さんに聞いたんですけど、縛るのって、プロがちゃんとやらないと、**恐ろしいこと**になるそうですよ。その人、素人に縛られて吊るされたら、何年たってもまだ肩がおかしいっていってましたからね。

一同：えーーーー。

岩井：怖いんすよねえ。

鷹木：緊縛のプロの人、いますもんねえ。

GM：あ、誰かが「お守り」を使ってあげると、今の判定振り直せますよ。

鷹木：そっかそっか。じゃあ、わたくしがお守りを使います。

図子：もう一回！　いきますよ。（コロコロ）

GM：だめでした（笑）。

鷹木：**お守り効力ねえー**。

図子：やっぱり縛りくらいでは、岩井先生には効かないのか……。

岩井：あたし、今、こうやって芸能のお仕事してますけど、変なおしかけマネージャーがいたことあって。そいつが風俗嬢で、マネージャーやりながら裏で

恐ろしいこと
神経障害や血行障害などで後遺症が残ったり、場合によっては命の危険もある。

お守り効力ねえー
お守りに効力がないのではなく、岩井さんにもっと何か効力の強い加護がついている可能性が。

SMデリヘルやってて……。

GM：（おお……**『あの女』**の話だ！）

岩井さんの過去のマネージャー話でひとしきり盛り上がる。『あの女』というタイトルで書籍化もされている、ある女性にまつわる話だ。実話怪談好きのGMは、岩井さんの生『あの女』話が聞けて、内心感動している。

GM：それはそれとして、岩井先生を縛るのには失敗してしまいました。

図子：すいません、力不足で（泣）。

GM：核心的なことはわからないまま、遺跡のもっとも奥まで来てしまいました。風がびゅううと吹きこんで行く先には、巨大な丸い、真鍮の大きな扉――銀行の金庫みたいな、円形の大きな扉が床に開いています。地上から流れ込んでくる風が、そこに吹き込んでいきます。

鷹木：下に大きな部屋があるのかな。覗き込んでみよう。

GM：覗き込みますと……そこにあるのは部屋ではありません。そうではなく、急な階段が、ずーっと降りていって、まるで雲のような、輝く霧の中に消えていきます。こんな地の底で見るとは思わなかった、ものすごい広い空間が下

『あの女』
著：岩井志麻子、刊：メディアファクトリー。他にもいくつかの本でこの女性にまつわる話は語られているので、実話怪談好きな人はどこかで触れているかもしれない。

それはそれとして
「あの女」話は特に関係なかった。……と思うでしょ？

に広がっているんだということに、みなさんは気付いて驚愕します。ここからクライマックスなんですけれども、その前に、僕が**お手洗いにいきたい。**

岩井：（笑）いってらっしゃいませ。

お手洗いにいきたい　そこまで正直に言わなくてもよかった。

■クライマックスフェイズ

GM：みなさんは、真鍮の大扉の中に踏み込みます。
鷹木：は、入っちゃうんです？（汗）
GM：入りますと、階段がずーーっと下の方に続いています。霧を抜けると、途方もなく広大な空間が眼下に広がっています。みなさんが降りているのと同じような階段が、ずーーっと遠くの方に、あそこにも、ここにも、何本も、霞んで見えています。
鷹木：一箇所じゃないのか。
GM：みなさんの先に、編集の……元・編集の虻弗がですね、階段を四つん這いで降りていきます。もはや人の面影もなく、トカゲとミイラの合いの子みたいな外見です。だいぶ人間離れしています。その手には、なにか刻まれた石を握りしめています。
鷹木：四つん這いで物を持って階段、**歩きにくそうですねえ。**

歩きにくそうですねえ
正直、そこは深く考えずに描写してしまったので、すごい突っ込まれました

ＧＭ：そうですね（笑）。虻弗はみなさんが上から降りてくるのを見ると、猿のように歯を剥いて、にたりと笑います。ぐるりと向きを変えて、階段をがしがしと、みなさんの方に上がってきます。

岩井：うーーん。

鷹木：こっちくんなー。

図子：（笑）

岩井：石、持ったまま四つん這いになって。ほんまにねえ。

鷹木：（指の関節を指して）ここ、ぶつけそうだなあ（笑）。

岩井：ってことは、印って、それほど大きくない？

ＧＭ：そうですね。こぶし大です。

鷹木：戦うんですか？　戦っちゃうんですか？

ＧＭ：向こうは掴みかかってくるので、戦闘になります。行動順を決めましょう。

戦闘の行動順は、全員が手にサイコロを隠し、一斉に公開して決める。

サイコロの数字が大きいほど先に行動できるが、大きいほど敵の攻撃を回避しにくくなる。

また、数字が同じ相手がいると、ぶつかり合って両方がダメージを受けてしまう。

これを「バッティング」と言う。ホラーの登場人物は戦闘に慣れていないので、乱戦の中でパニックになって敵に突っ込んだり、同士討ちしたり、転倒したりする……というイメージで思い浮かべてもらえばいいだろう。

岩井：じゃ、いっせーのせで。
GM：いっせーのせ、と。1です。
岩井：同じく1。
図子：2。
鷹木：3です。
GM：みなさん、低いですね。まず虻弗の1と岩井さんの1でバッティングが起こります。1点ずつダメージを受けますね。岩井さんは【生命力】を1減らしてください。
岩井：いたたた。
図子：飛びかかってきた虻弗とぶつかったのかな。
GM：では、速度3の鷹木さんから攻撃どうぞ。
鷹木：はい。どうすれば攻撃できます？
GM：特技の判定と同じように、どれか攻撃に使えそうな特技を選んで、5以上が出れば命中です。

本来の『インセイン』のルールでは、**もう少し込み入ったこと**ができるが、今回は「かんたんインセイン」なので、戦闘で使えるのは【基本攻撃】のみとしている。

鷹木：攻撃的な特技って、《緊縛》しか持ってないや。

一同：(笑)

GM：それでもいいですよ。

岩井：《におい》があるから、変な匂いを発するっていう手もある。

鷹木：発するんですか!?

図子：《生物学》があるから、バイオ変換とか？　あとは《深海》で**深きものども**呼んじゃうとか。

鷹木：呼んでどうする!?

一同：(笑)

岩井：深海から、**クリオネ**を呼ぶ。

GM：ポケモンみたいにぶつけるんですかね。

鷹木：おまえに決めたー！　**バッカルコーン**！

もう少し込み入ったこと
戦闘用のアビリティを使ったり、仲間への攻撃をブロックしてダメージを肩代わりしたり、などなど。

深きものども
ラヴクラフトの『インスマスの影』などに登場する魚人。人間と交配できる。

呼んでどうする!?
《特技》の描写は自由なので、「深きものを召喚して攻撃させます！」と主張するのも可能ではある。ただ、あまりに脈絡がなかったり、雰囲気ぶち壊しだったりする描写はGMが却下することができる。

クリオネ
和名ハダカカメガイ。

いろいろ案が出て、鷹木さんはちょっと悩む。

鷹木：《緊縛》で動きを封じるとかが、一番、無難なんですかねー。
GM：決めました？　サイコロ二個で、5以上出れば成功です。
鷹木：（コロコロ）出ました！
GM：ダメージ決めるために、サイコロ一個振ってください。
鷹木：一個ですね。（コロコロ）1。
GM：【生命力】に1点のダメージ。つまずいた程度ですね。
鷹木：ちょっとひっかけて、コケさせた感じ。
GM：次は、速度2。図子さんの番です。
図子：わたしは、《薬品》が使えるので、劇薬を持ってたってことで、硫酸を……。
岩井：振りかけるの？（笑）
鷹木：そんなの持ち歩いてるんだ、この人は（笑）。
岩井：図子先生、**そういう人なんですね**。
図子：（コロコロ）
GM：成功ですね。

泳ぐ貝の一種で、「流氷の天使」という広告代理店がつけたみたいな愛称を持つ。

バッカルコーン
口円錐。クリオネが餌を捕食するときに口の周りから伸びる六本の触手。かっこいい。

そういう人なんですね
いつも硫酸を持ち歩いている人はかなり本気度が高い。ヤバい。

図子：やった。硫酸かけます。

GM：もっていた硫酸をバシャーっと……いつも持ち歩いてるんですね。街中でも（笑）。

図子：いつも持ってることにします（笑）。

鷹木：電車の中で割ったりしたら大変なことに！

GM：サイコロ一個振ってダメージきめてください。

図子：（コロコロ）３点！

GM：元編集の虻弗さんの顔面に硫酸がばしゃーっとかかって、煙をあげてます。虻弗はすごい声で悲鳴を上げます。

岩井：美空ひばりにかけたの硫酸でしたっけ。

鷹木：硫酸ですねえ。恐ろしいですねえ。

GM：じゃ、次は速度1。岩井先生の番です。

岩井：《射撃》で。

GM：銃撃つんですか？

岩井：新宿署で**始末書と上申書**書かされましたからねえ、この間。弾、隠し持ってたってことで。

GM：そ、そうなんですか（笑）。

始末書と上申書
この話、ちゃんと岩井さんの事務所のOKもらって書いてますからね！

岩井：隠し持ってたわけじゃないんですよ。忘れてたんですよ。
鷹木：ちゃんと登録しなきゃいけないんですよね。
岩井：０と申告していたら、なんとうちに七十発も。
ＧＭ：それは……（笑）。
岩井：恐ろしいことです。
鷹木：それ、見つかっちゃうものなんです？
岩井：警察の人がうちに確認に来たから。見せろって。
図子：えー。
岩井：というわけで、射撃の判定。（コロコロ）
ＧＭ：成功ですね。ダメージをどうぞ。
岩井：（コロコロ）
鷹木：３。
ＧＭ：**実は持っていた散弾銃**で（笑）、飛びかかってくる虻弗の顔にばぁん！　と一発。それで虻弗は死ぬんですが、行動の順番が岩井先生と同時だったので、こっちも死に際に攻撃します。
鷹木：なるほど、攻撃されちゃうんだ。そりゃそうか。
ＧＭ：誰を狙うか決めましょう。１、２が出たら岩井先生、３、４が出たら鷹木先

実は持っていた散弾銃
東京を出て、電車に乗り、駅弁を食べて、ホテルに泊まって、らくだに乗って、遺跡に来て、暗闇の中を這い回る最中、岩井さんの傍らには常に装填された散弾銃があった。

生、5、6だったら図子先生。
鷹木：ひー。
GM：（コロコロ）6。図子さんですね。ショットガンで撃たれた虻弗が、そっちに吹っ飛ばされて、おまえも道連れじゃあ！　と鉤爪で（コロコロ）命中！
図子：あわわ。
GM：図子さんは回避を試みることができます。目標値は自分の速度＋4。この場合は6になります。
図子：（コロコロ）失敗!?
GM：ではダメージを（コロコロ）……5点！　生きてますか？
図子：ええええ。【生命力】がギリギリ1。瀕死になってしまった。
GM：吹っ飛ばされた虻弗に引っかけられて、狭い階段から落ちかけるんですが……なんとか這い上がりました。
図子：ぜえはあ。
GM：死に際の虻弗があなたの脚にしがみついて、這い上がってこようとするんですけれども、力及ばず、落ちていきます。
図子：な……なんとか、助かった。
GM：階段の上には、虻弗の持っていた、星形の刻まれた石がひとつ転がっています。そのとき……頭上から、鐘の鳴るような、重々しい金属音が鳴り響きます。見上げると、真鍮の大扉がゆっくりと閉まろうとしています。

鷹木：ふんふんふんふん？
ＧＭ：このまま逃げなければ、この中に取り残されてしまう……そんな状況です。
岩井：戻らなければ。
図子：逃げないと！
鷹木：もどるもどるー。
岩井：選択肢は何があるんですか。
ＧＭ：逃げるか、ここに留まるか。
岩井：逃げるでしょうね、あたしだったら。退却退却。
ＧＭ：岩井先生は散弾銃をさっと背負って、階段を駆け上がります。
岩井：逃げます逃げます。
ＧＭ：お二人は？
図子：わたしも、**硫酸の瓶を持って**、階段を駆け上がる。
鷹木：星形の石ってどうなってるんです？
ＧＭ：足下に落ちてますよ。
鷹木：それはどうすれば……？

硫酸の瓶を持って
いくつ持ち歩いてるんだろう……？

GM：あなた次第です。先を行く二人はとっとと、駆け上がってしまいましたが。
鷹木：そうなんだ。先に拾っててくれたら……【秘密】と【使命】と関わってくるから。
GM：クライマックスは、【秘密】公開してもいいですよ。
鷹木：そうなんです？　じゃあ、公開！

鷹木さんが公開した【秘密】には、こう書かれていた。

【秘密】あなたは夢でこの遺跡を見たことがある！　夢の中、あなたは遺跡の奥深くへと進み、はるか地の底にある巨大な丸い扉の前に出る。あなたは星形の刻まれた石を手にして、扉へと近づいていく。この石が扉の向こうに持ち去られたら、よくないことが起こる……。そんな夢だ。
ショック：なし

鷹木：この石、置いてっちゃいけないですよね？
岩井：置いてった方がいいって意味じゃなく？
鷹木：「この石が扉の向こうに持ち去られたら、よくないことが起こる」ということなので、持って戻るべきなんですよね。
図子：ああ、そうですね。
ＧＭ：虻弗はそれを持ち去ろうとしていました。
鷹木：【使命】がこの遺跡の奥を確かめることなんですが、どこまでが奥？
ＧＭ：ここが奥ですね。
鷹木：じゃあ、もう戻ります！　石、拾って。
ＧＭ：鷹木さんは石を拾って、一番後ろから駆け上がります。あなたが最後に振り向くと、階段の遥か下に、巨大な生きたなにかが渦巻いているのが見えます。その上を、屍肉にたかるウジ虫のように、半透明の何かの群れが蠢いていいます。見ているうちに、半透明の群れは、急速に近づいてきます。
鷹木：ひーーーーーー。
ＧＭ：あなたが扉の外に出ると、間一髪、大扉がガーン！　と閉まって、あなたに追いすがろうとしていた群れを閉め出しますね。遺跡の中に静寂が拡がります。
鷹木：も、戻れた。
ＧＭ：三人とも生きて扉から出られました。ここからまた、あの狭くて苦しい道を這い上がっていかないと、地上には戻れませんが……。

図子：はい……。

ＧＭ：鷹木さんの手元には、星形の刻まれた石があります。

鷹木：石を戻したいですよね、填《はま》ってた所に。祭壇へ行って戻したいです。

図子：そうですね。

鷹木：ここは、三人一緒に行ってもいいんですか？

ＧＭ：【秘密】によっては、**戻したくないって人**もいるかもしれません。

鷹木：なるほどなるほど。

鷹木さんと図子さんは、まだ【秘密】が公開されていない岩井さんの様子を窺う。石を戻すことについて、特に反対意見は出なかった。

ＧＭ：そういうことがないのであれば、三人一緒に行けます。えっちらおっちら、急な階段やら坂やらを這い上って、また、祭壇のところに戻りました。

鷹木：石を戻します。

図子：ガコッと。

岩井：**羽賀研二の穴**に。

ＧＭ：その瞬間、みなさんが、さっき行った地底の方から、凄まじい怨嗟のうめき

戻したくないって人
戻す、戻さないで利害の対立があった場合、ここでふたたび戦闘が始まる可能性がある。

羽賀研二の穴
違う。

声が沸き上がります。
鷹木：うぉぁー。
GM：その声の残響が聞こえなくなったとき……今まで気付いてなかったんですが、遺跡の中に充満していた不吉な気配が、ふっと消えました。
鷹木：ほうほう。
GM：安全になったな、という気がします。
図子：よかった……。
GM：ここからは地上も近いので、えっちらおっちら戻っていくと、元いた古墳の玄室っぽいところに出ました。外は、さっきまであんなに荒れ狂っていた砂嵐も晴れ渡り、あなたたちを乗せてきたらくだが、かっぽかっぽとのんきに近づいてきます。
鷹木：はー。生きて帰れたねえ。
GM：お疲れ様でした。これで、**シナリオクリア**です。

シナリオクリア
三人とも【使命】を達成しているのでグッドエンドと言えるだろう。鷹木さんと図子さんの【秘密】に【本当の使命】は書かれていなかったが、さて、岩井さんは……？

■エンディング

図子：クリアはしたけど……岩井先生の【秘密】だけ明らかになってないですね。

鷹木：見せてもらっていいです？

岩井：どうぞ。

岩井さんは自分のハンドアウトを裏返して、【秘密】を公開した。

岩井：大オチですよね、これって。……「虻弗はもう死んでいる。三年前、あなたが殺したのだ」

一同：ええええええ!?（笑）

【秘密】虻弗はもう死んでいる。三年前、あなたが殺したのだ。死体はこの遺跡の中の石棺に隠した。今でもそこにあるはずだ。誰かが虻弗の名を騙っているのか？もしかして、同行者の誰かが？

あなたの【本当の使命】は、虻弗の生死を確かめることだ。
ショック：全員

岩井：なしてあたしが殺さなきゃあかんの？
GM：プレイヤーに決めて貰おうと思って（**投げっぱなし**）。どんな理由があったんでしょうね？
岩井：殺す理由って……うーん。

しばらく考えていた岩井さんが語り出したのは、意外な人物の話だった。

岩井：さっきちょっと話した、前のマネージャーの話なんですけど。
鷹木：ＳＭデリヘルやってたっていう？
岩井：なんで風俗やってるかばれたかっていうとですね。あるとき、彼女と一緒に某週刊誌の人と会ったんです。そのとき向こうが新人の女性記者を連れてきて、紹介されたんですね。どこぞのいい大学を出たという、頭の良さそうな女性で。
鷹木：ほうほう。

投げっぱなし
無茶振りだが、プレイヤーを信頼してのことだ。本当だ。真面目な話もしておくと、もしこのシナリオを実際に遊ぶときに、ＰＣ①のプレイヤーが戸惑っていたら、殺した動機はあとから考えてもいいと早めに伝えておこう。プレイヤーが思いつかないようなら、シナリオ終了後にみんなで考えればいいのだ。

岩井：へーそうですかって、ご挨拶して普通に話してたんだけど、マネージャーの雰囲気が変なんですね。いつもはうるさいのに、ずっと黙ってる。その新人の記者さんも、彼女と目を合わせようとしない。あたし、あとから、なんかあったのって聞いたんです、マネージャーに。あの人となんかあったんですか？

図子：なんかあったんですか？

岩井：そしたらマネージャーが……「岩井さん。あの人、いい大学出たとか、嘘ですよ」

GM：ほうほう。

岩井：「なんで？」って聞いたら、「ずっと一緒の店にいたから知ってるんです。あいつ、ソープ嬢ですよ」って。

鷹木：わああ。

岩井：自分から言ってきて。でも、あたしちょっと信じられなくて。週刊○○の記者が、元風俗嬢？　そんなことあるのかなって思ってたんです。そしたら、しばらく後にその記者さんと出くわしたとき、向こうがあっ、って顔になって。ツカツカツカッと寄ってきてですね……「岩井さん。私、双子の妹がいるんです」って、いきなり。

一同：(笑)

岩井：「ものすごくそっくりで、よく間違われるんです」って。
ＧＭ：別に、言わなきゃいいのに……。
鷹木：ねえ。
岩井：だから嘘っていうのは、ばれるんじゃなくて、ばらすもんなんだよ。
図子：マネージャーさんに告げ口されたと思って、先手を打とうとしたんですかね。
岩井：よそでもこの話したとき、指摘されたんです。マネージャーはソープって言ったけど、本当は、ソープじゃないんじゃないか？　って。
ＧＭ：ん？　どういうことです？
岩井：つまり、ソープよりももっとやっすい店で……。
ＧＭ：ああ……高級店ではなく。
図子：見栄を張ってソープって言ったんじゃないかと。なるほど。
岩井：それが真実かどうかはわかりませんけど……。秘密っていうのは、本人たちにもわからなくなるもんなのかも。あたしもこの虻弗さんに、わっかりやすい、おまえの小説なんかクソだよと言われたから怒ったとか、すまん、実は会社が倒産するから、印税も原稿料も払えませんって言われたから怒ったとか、単純に痴情のもつれがあったとか、わっかりやすーいことじゃなくて、周りの人から、なんでそんなことでって思われるような理由で殺したのかも。

あたしの好きな韓国人俳優をけなしたとか。

図子：それをわざわざ鳥取まで運んで、捨てたわけですよね。

鷹木：砂丘に埋めて……。

ＧＭ：ここなら、大丈夫だろうと。

岩井：実は、スナックジャンゴに勤めてたんだよ。それを言われたんだ。「岩井さん、前に銀座のスナックに勤めてたって言ってたよね。あれ、嘘でしょ？本当は鳥取駅前のスナックだったんだよね」って言われて、がーーんって殺した。それが真相です。

人類以前の種族が作った無明の遺跡の中で、怪異に遭遇した三人は、なんとか生き延びて鳥取を去った。

殺人の真相も、無名都市の遺跡も、砂丘の砂中に埋もれて、今や誰知る人はいない。

心に闇を抱えた、三人の作家を除いては……。

（終わり）

■解説

今回は、ゲームそのものに慣れていないプレイヤー向けにルールを簡素化して遊んだ。「かんたんインセイン」の概略は、大まかに以下のようなものである（ゲームメカニズムに興味がなければ読み飛ばしてもらって構わない）。

・【基本攻撃】以外、アビリティを使用しない
・【好奇心】【恐怖心】を使用しない。
・アイテムは最初に決定せず、必要になったときに2回まで好きなものを使用できる。
・ドラマシーンの行動は、調査判定のみ。
・調査判定の対象は、【秘密】のみ。【居所】は使用しない。

『インセイン』のルールはもともと簡単ではあるが、手がかりの調査や【秘密】の探り合いに集中して楽しんでもらうため、かなりの簡素化を行なっている。

ただし、このレギュレーションでは、【狂気】の運用に不具合が生じる。【狂気】のトリガーや効果には、今回使用しなかった【感情】や【恐怖心】が関係しているためである。

今回はトリガーが引かれることもなく、【狂気】は顕在化しなかったが、もし「かんたんインセイン」で遊ぶ場合、【狂気】カードは最初から表向きにして渡し、即座に顕在化させ、使用しないルールに関する効果は無視して演出のみに徹するといいだろう。

ただ、あくまでこれは、初心者プレイヤー向けの措置である。ゲームに馴染みのない家族や友達と遊ぶときなどには試してみてもいいかもしれない。

なお、用意したシナリオの真相は以下のようなものだった。

・PC①（岩井志麻子）によって殺され、鳥取砂丘に埋められた虻弗の精神は、砂丘の地底に埋もれた古代の都市をうろつく、匍匐種族の幽鬼に取り込まれた。匍匐種族の持つ人類への憎悪と混ざり合った虻弗の恨みが、担当作家三人を鳥取砂丘に呼び寄せた。
・虻弗は無名都市の扉の封印を永遠に解こうとしている。虻弗から〈旧き印〉を取り戻し、祭壇に戻さなければ、匍匐生物の幽鬼が地上に解き放たれる。
・「這う男」は、大昔にこの遺跡の封印を護っていた神官の霊。
・筋子みたいなものは、食べるとシナリオクリア後に匍匐生物になってしまう。

終わってみれば、無名都市かと思いきや「スナックジャンゴの影」みたいな話になった。

プレイヤーの提案やネタ振りで、GMが想定していたシナリオとずれていくのもTRPGの面白さだ。

なお、無名都市を題材にしたシナリオを考えるにあたっては、四つの候補があった。

A：無名都市探検隊
時代：一九三〇年代
場所：アラビア
ストーリー：考古学者の探検隊が無名都市内部を探検し、恐怖と出遭う。原作に出てきた遺跡を実際に探検、わかりやすくインディ・ジョーンズ＋クトゥルフな雰囲気。
キャラクター：考古学者、現地ガイド、ナチスの将校など

B：床下に誰かいるんですよ
時代：現代
場所：日本、東京
ストーリー：実話怪談風ホラー。除霊を頼まれた霊能者・聖職者・精神科医などの一団が、地底に潜む恐怖に出遭う。這い歩くようになった老母、不気味な都市の夢、床下からの声など、怪談の道具立てを

使った湿度の高いホラー。
キャラクター：霊能者、神父、セラピストなど

C：鳥取砂丘の闇
時代：現代
場所：日本、鳥取砂丘
ストーリー：鳥取砂丘で砂嵐に巻かれて方向を見失った作家（プレイヤー本人）の一団が、砂の中に現れた遺跡に避難して怪異に遭遇する。諸星大二郎っぽい伝奇ホラー。
キャラクター：取材旅行に来たプレイヤーの皆さん

D：砂漠の特殊作戦
時代：現代
場所：アラビア
ストーリー：民間軍事会社の兵士たちが金持ちの不可解な依頼でアラビアの砂漠へ赴き、無名都市に入り込む。匍匐生物に襲われてサバイバルするB級ホラー。
キャラクター：兵士、学者、同行する金持ちなど

最終的にはC案が採用されたわけだが、他の三つも面白い物語になるはずだ。『インセイン』ユーザーの皆さんはシナリオを自作して遊んでみてほしい。

このリプレイで『インセイン』やＴＲＰＧに興味を持った方には、『インセイン』ルールブック掲載のリプレイ『山の工場』がおすすめだ。「クトゥルフ神話＋実話怪談」テイストの物語なので、本書の読者には馴染みやすいだろう。作中で明言はしていないが、ちゃんとクトゥルフ神話に基づいた怪異が登場するので、どの神話生物が元ネタなのか推測して楽しんでいただければ幸いである。

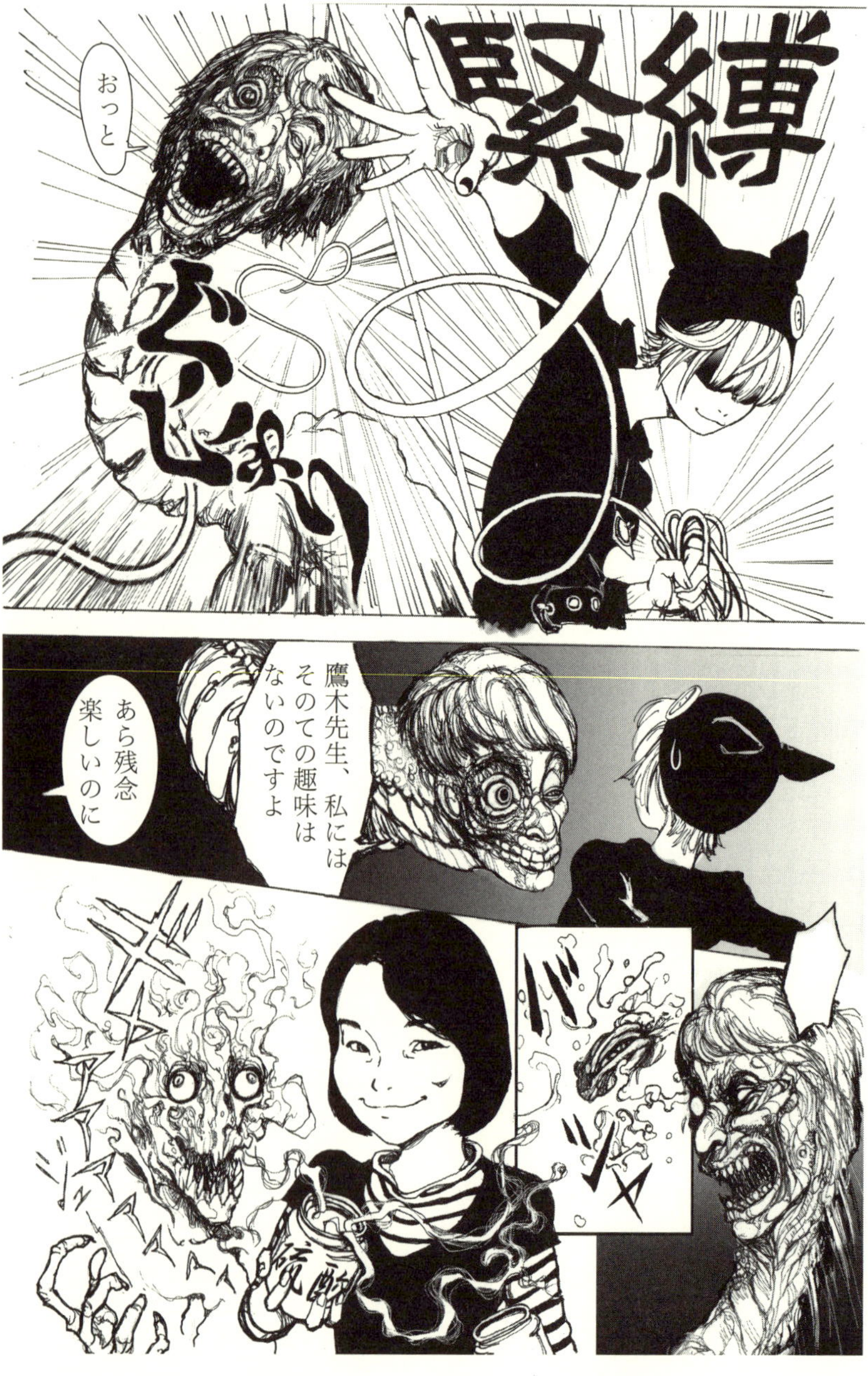
緊縛
おっと
ぐしゅり
鷹木先生、私にはそのての趣味はないのですよ
あら残念楽しいのに

おおおおお
カッ
いい加減に往生せい
志…麻子
ズル
ドン

■インセインシナリオ『無明の遺跡』

シナリオ作成：魚蹴（冒険企画局）
タイプ：協力型
リミット：3
プレイヤー人数：三人

●シナリオの舞台

このシナリオは、「本当は怖い現代日本」のセッティングを使用したシナリオです。鳥取砂丘の地下に眠る、無名都市を舞台にしています。

シーン表は、「無名都市シーン表」を使用してください。

無名都市は、H・P・ラヴクラフトの『無名都市』に登場する、人類以前の種族の手になる遺跡です。

原作ではアラビアの砂漠の中にありますが、このシナリオではどういうわけか鳥取砂丘にあります。無名都市を作った太古の爬虫人は、滅び去った今も悪霊となってこの忌まわしい都市を徘徊しています。彼らは四本足で這い歩く匍匐生物だったため、無名都市は押し潰されたように天井が低い作りになっています。そのため、人間は普通に立って歩くことができません。腰を屈めて、あるいは爬虫類のように這って歩かなければなりません。

GMあるいはプレイヤーがクトゥルフ神話を知らなくても、問題なく遊ぶことができます。

●イベント

PCたちは鳥取に取材旅行に来た作家です。共通の知り合いである編集者「虻弗《あぶどる》」に、取材旅行に招待されたのです。

実は、虻弗はPC①によって三年前に殺され、鳥取砂丘に埋められています。

虻弗の精神は、砂丘の地底に埋もれた古代の都市をうろつく、匍匐生物の幽鬼に取り込まれました。匍匐生物の持つ人類への憎悪と混ざり合った虻弗の恨みが、担当作家三人を鳥取砂丘に呼び寄せたのです。

虻弗は、無名都市の奥にある真鍮の大扉の封印を永遠に解こうとしています。彼は無名都市を封印していた祭壇から、護符である〈旧き印〉を取り外し、大扉の中へ持ち去ろうとします。匍匐生物の幽鬼たちは、自分では〈旧き印〉に触れられないので、人間である虻弗を操って封印を解こうとしているのです。

〈旧き印〉を祭壇に戻さなければ、匍匐生物の幽鬼が地上に解き放たれてしまうでしょう。

ＰＣ③の見ている「這う男」は、大昔にこの遺跡の封印を護っていた神官の霊です。

●狂気

ルールパートにある通常の【狂気】と、「本当は怖い現代日本」の狂気をすべて1枚ずつ用意してください。それをシャッフルして、14枚をランダムに取り除いてください。

●プライズ

このシナリオには、プライズ「旧き印」があります。このプライズは、シナリオクリアのためのキーアイテムになります。「旧き印」は、アイテムとして受け渡し可能です。

●導入フェイズ

このシナリオの導入フェイズは、以下の通りです。全ＰＣ共通となります。

〈シーン１　砂嵐〉

このシーンはマスターシーンです。

ＰＣたちは、編集者「虻弗《あぶどる》」からの仕事で、鳥取砂丘の取材旅行に来た三人の作家です。指定通り鳥取市内の宿に来たものの、虻弗の姿はなく、現地で合流するので直接砂丘へ来てほしいとの伝言が届いています。

不審に思いながらも砂丘へ赴いたＰＣたちは、不意に砂嵐に襲われます。砂嵐は猛烈で、その発生は不自然に唐突です。何かの悪意が働いているかのようです。

一寸先も見えないほどの猛烈な砂嵐から逃れて、ＰＣたちは奇妙な遺跡に迷い込みます。砂に埋もれかけた古墳のようなそこには、風が吹いてくる開口部があり、天井の低い通路が奥へと続いています。外では砂嵐が荒れ狂い、出られそうにありません。開口部からは空気の流れを感じます。どこかに別の出口があるのかもしれません。

ここで、三人の自己紹介などを行なってもらい、ハンドアウトの【使命】を読み上げましょう。また、このタイミングで、「石棺」「床の足跡」「壁画」のハンドアウトを公開しましょう。

他のプレイヤーに見せないように気をつけて、PC③にだけ、「這う男」のハンドアウトを公開します。

このシーンは終わり、導入フェイズは終了となります。

●メインフェイズ

遺跡を奥に進むに従って新たな部屋が見つかることを表わすために、調査判定の対象が徐々に増えていきます。

2サイクル目開始時に、「祭壇」のハンドアウトを公開してください。

3サイクル目開始時に、「大部屋」のハンドアウトを公開してください。

また、このシナリオには、以下のマスターシーンが発生します。

〈あやふやな招待〉

1サイクル目が終了したタイミングで始まるシーンです。

PCたちは、蚯蚓から受け取ったと思っていた招待メールが、文字化けして変になっていることに気付きます。件名も本文もでたらめな文字列で、なぜこんなものを見て取材旅行への招待だと思ったのか見当も付きません。そういえば、記憶も曖昧です。いつ取材旅行に行くことを決めたのか、経緯がさっぱり思い出せないのです。全員、《混沌》で恐怖判定を行なってください。

〈真鍮の大扉〉

3サイクル目が終了したタイミングで始まるシーンです。

PCたちは、遺跡の最も奥まで到達します。そこには、円形をした巨大な真鍮の扉があります。床に開いたその大扉に、地上からの風が吠え猛るような音を立てて吹き込んでいきます。

覗き込むと、そこにあるのは部屋ではありません。急な階段が降りていって、まるで雲のような、輝く霧の中に消えていきます。こんな地の底で見るとは思わなかった、とてつもなく広い空間が下に広がっているのだということに気付いて、PCたちは驚愕します。全員、《地底》で恐怖判定を行なってください。

●クライマックスフェイズ

3サイクルが終了すると、クライマックスフェイズになります。

PCたちは真鍮の大扉の中へ踏み込みます。

階段を降り、霧を抜けると、途方もなく広大な空間の中、同じような階段が、ずっと遠くに何本も何本も下へ伸びているのが見えます。

目の届く限り続く長い長い階段のはるか下には、巨大な生きた何かが渦巻いています。死肉にたかる蛆虫のようにその上を蠢いている半透明の群れは、憎しみと嘲笑に顔を歪めた、凄まじい数の匍匐生物の幽鬼です。全員、《宇宙》で恐怖判定を行なってください。

PCたちの前方を、蚯蚓が階段を四つんばいで降りていきます。もはや人の面影もなく、トカゲとミイラの合いの子のようです。手には星形の刻まれた石を握りしめています。PCを見ると、猿のように歯を剥いてにたりと笑い、階段から引きずり落とそうと掴みかかってきます。

蚯蚓との戦闘になります。蚯蚓のデータは、「殺人鬼」1体として扱います。

1ラウンド目終了時、頭上から鐘の鳴るような重々しい金属音が聞こえます。見上げると、真鍮の大扉が閉じようとしています。逃げなければ扉の中に閉じ込められてしまうでしょう。

2ラウンド目終了時、匍匐生物の幽鬼の大群が、階段の下から急速に近づいてくるのが見えます。

3ラウンド目終了時に、真鍮の大扉は閉まります。

3ラウンド以内に戦闘を終了させれば、扉の外に出られます。

虻弗を倒せば、プライズ「旧き印」を獲得できます。


戦闘終了後、PCたちが「旧き印」を「祭壇」に戻せば、シナリオはクリアとなります。

3ラウンド目終了時に「旧き印」が真鍮の大扉の中にあった場合、シナリオはバッドエンドとなります。

匍匐生物の幽鬼は封印を解かれ、遺跡の外へと溢れ出します。全員、バッドエンド表を振ってください。

シナリオはクリアしても、3ラウンド目終了時に真鍮の大扉の中に取り残されていたPCがいた場合、そのPCはバッドエンド表を振ってください。

「大部屋」で筋子みたいなものを食べたPCは、シナリオ終了後、匍匐生物になってしまいます。以降、そのPCは怪異のNPCとなります。

遺跡から出ると、砂嵐は嘘のように晴れ渡っています。地底の闇の中で見たものを胸に秘めて、PCたちは砂丘を去ります。

無名都市シーン表（2D6）

2	暗闇の向こうで気配が動く。視線を向けると、とても低い位置に、白く顔が見えた気がした。瞬の後、顔は消えた。……嗤っていた。
3	通路に吹きだまった砂の中から、乾いた骨が突き出ている。風化してぼろぼろになった布がまとわりついた骨格は、人のものにしては不自然だ……。
4	獣が吼え猛るような音にどきりとする。暗闇の中を凄まじい突風が吹き抜ける。地上でも聞いた音だ。どこかに風の通り道があるのだろうか。
5	磨き抜かれた木とガラスの箱の中に、匍匐生物のミイラが安置されている。爬虫類に属するのだろうが、見たこともない生き物だ。
6	押し潰されたようにひしゃげた形の部屋は、壁も天井も細密に描かれた壁画で埋め尽くされている。長い時を経て色褪せてはいるが、見ていると背筋が寒くなるような生々しさを感じる。
7	天井の低い通路を、ほとんど四つんばいになって進む。進むにつれて天井はさらに低くなり、進むことも戻ることもできなくなるのではないかという恐怖に襲われる。
8	険しく下る荒造りの階段を慎重に降りていく。きわめて小さな段が無数に刻まれていて、急角度で下方に続いている。
9	自然の洞窟を加工したとおぼしい広い部屋。爬虫類の刻まれた祭壇は不自然に丈が低い。祭壇の石は摩耗し、刃物を使ったような細かい傷で覆われている。何に使われたのだろう……？
10	這ってようやく通れるような穴を下っていく。周りを取り巻く暗闇と、頭上にある圧倒的な砂と土の質量を考えないようにしながら。
11	深淵に渡された細い石の橋を渡る。頭上も、足下も、どこまで続いているのかわからない断崖だ。橋は急な角度で傾斜していて、足を先にして少しずつ下っていくしかない。
12	ふっと明かりが消え、真の暗闇が訪れる。どこかから何者かの低く嘲り笑う声が聞こえた気がする……。誰かいるのか？　幻聴だろうか？

Handout

名前	ＰＣ①

使命

鳥取砂丘に取材旅行に来たあなたは、砂嵐に巻かれて奇妙な遺跡に迷い込んだ。そこであなたは、あなたを取材旅行に招いた編集者、虻弗が一人で遺跡に入っていくのを目撃する。なぜ自分をここに招いたのか、どういうつもりなのか確かめなければならない。

あなたの【使命】は、虻弗を見つけることだ。

Handout

秘密

ショック	全員

虻弗はもう死んでいる。三年前、あなたが殺したのだ。死体はこの遺跡の中の石棺に隠した。今でもそこにあるはずだ。誰かが虻弗の名を騙っているのか？

もしかして、同行者の誰かが？

あなたの【本当の使命】は、虻弗の生死を確かめることだ。

この秘密を自分から
明らかにすることはできない

Handout

名前	ＰＣ②

使命

鳥取砂丘に取材旅行に来たあなたは、砂嵐に巻かれて奇妙な遺跡に迷い込んだ。なんだろう、この不吉な予感は？　遺跡の奥に、何かとても恐ろしいものがある……そんな考えがあなたに取り憑いて離れない。確かめなければ、いてもたってもいられない。

あなたの【使命】は、この遺跡の奥に何があるのか確かめることだ。

Handout

秘密

ショック	なし

あなたは夢でこの遺跡を見たことがある！　夢の中、あなたは遺跡の奥深くへと進み、はるか地の底にある巨大な丸い扉の前に出る。あなたは星形の刻まれた石を手にして、扉へと近づいていく。この石が扉の向こうに持ち去られたら、よくないことが起こる……。そんな夢だ。

この秘密を自分から
明らかにすることはできない

Handout

名前	ＰＣ③
使命	
鳥取砂丘に取材旅行に来たあなたは、砂嵐に巻かれて奇妙な遺跡に迷い込んだ。一目見たときから、あなたはこの遺跡が本当に怖い。しかし同時に、遺跡にはあなたを強烈に惹き付ける何かがある。膝が震えるほど怖いのに、意思に反して、あなたの足は遺跡の中へと向かっていた……。 あなたの【使命】は、この遺跡から生きて還ることだ。	

Handout

秘密

ショック	全員。また、この【秘密】を見たキャラクターにも這う男が見えるようになる。

同行者たちには見えていないようだが、鳥取砂丘についてから、あなたの後ろに四つんばいで這い歩く男がついてくる。顔は伏せられていてわからない。遺跡になんか入りたくないのに、這う男はあなたを遺跡の方へ追い立てるように近づいてくる……。
あなたは「這う男」を調査判定の対象にすることができる。

この秘密を自分から
明らかにすることはできない

Handout

場所	石棺
概要	
遺跡の中で、なかば砂に埋もれている石棺。蓋がずれている。	

Handout

秘密

ショック	PC1と、PC1の秘密を知っているキャラクター。

石棺の中には、砂が入っているだけだ。石棺から誰かが這い出て行ったような跡が残されている。
この【秘密】を知ったキャラクターは、《死》で恐怖判定を行なう。

この秘密を自分から
明らかにすることはできない

Handout

場所	這う男

概要

トカゲのように身をくねらせて、砂の上を這っている男。ぼろぼろになった服は、古い時代のものにも見える。何かぶつぶつ呟いている……。

Handout

秘密

ショック	全員

這う男はこう呟いている――「しるしがない。しるしがない」そして伏せていた顔を上げる。いや、伏せていたのではない。頭そのものがないのだ！　そこにはぼやけた塊があるだけだ。男の片手が上がり、あなたの顔をまっすぐに指す。「しるしをもどすべし」　そう言って、男の姿は消える。

この【秘密】を知ったキャラクターは、《切断》で恐怖判定を行なう。

この秘密を自分から明らかにすることはできない

Handout

場所	床の足跡

概要

遺跡の床に残された真新しい足跡。裸足のようだが……。

Handout

秘密

ショック	全員

人間の足跡のはずなのに、まるでトカゲのように四本足で這ったとしか思えない。先へ進むにつれて、足跡は重なり合い、増えていく……。いったい、何人いるんだ？

この【秘密】を知ったキャラクターは、《人類学》で恐怖判定を行なう。

この秘密を自分から明らかにすることはできない

Handout

場所	壁画

概要

遺跡の壁には四足歩行の匍匐生物が文明を築き上げている様子が素朴なタッチで描かれている。

Handout

秘密

ショック	なし

拡散情報。壁画に描かれているのは、人間と匍匐生物の血みどろの戦いだ。一度は地上に君臨していた匍匐生物が、何かの印をもって地下に封じられた……そんなストーリーが怒りと憎悪の籠もったタッチで記されている。人間の用いた印は、星形の刻まれた石で、匍匐生物はそれに触れられないようだ。

この秘密を自分から明らかにすることはできない

Handout

場所	祭壇

概要

素朴な作りの、崩れた石の祭壇。中央に凹みがある。

Handout

秘密

ショック	全員

拡散情報。凹みには握り拳大のものがはまっていたようだが、今はない。無理矢理指をこじ入れて抜き出したのか、剥がれた爪が何枚か落ちている……。

この【秘密】を知ったキャラクターは、《拷問》で恐怖判定を行なう。

この秘密を自分から明らかにすることはできない

Handout

場所	大部屋

概要

天井の低い大きな部屋に、分厚い石板が並んでいる。まるで縦に押し潰した食堂か何かのようだ。

Handout

秘密

ショック	なし

拡散情報。石板の上に、見たこともないものが乗った皿が置かれている。筋子みたいな柔らかいもので、果実か木の実にも見える。美味しそうな匂いがする。食べてみてもいい。

この秘密を自分から
明らかにすることはできない

Handout

装置	旧き印

概要

星形の中央に燃える目が刻まれた握り拳大の石。

Handout

秘密

ショック	なし

この石を持っている人間に、匍匐生物は近づけない。

この秘密を自分から
明らかにすることはできない

無名都市

《H・P・ラヴクラフト》
一八九〇年―一九三七年。アメリカ合衆国ロードアイランド州プロヴィデンスに生まれる。「宇宙的恐怖（コズミック・ホラー）」と呼ばれるSF的なホラー小説の創始者であり、彼が創りだした「邪神―Cthulhu」から「クトゥルー神話」と言われる世界が生まれた。死後、友人であったオーガスト・ダーレスはその作品群を体系化し、自ら創設した「アーカムハウス」という出版社よりラヴクラフトの作品を単行本として出版した。

《増田 まもる》（ますだ・まもる）
一九四九年宮城県生まれ。英米文学翻訳家。一九七五年より翻訳を始め、SFを中心に幻想文学から科学書まで手掛けるジャンルは幅広い。主な訳書は『夢幻会社』『千年紀の民』J・G・バラード、『パラダイス・モーテル』エリック・マコーマック、『古きものたちの墓 クトゥルフ神話への招待』コリン・ウィルソン他など。

名前のない都市に近づいていったとき、それが呪われた地であることはわかっていた。月の光を浴びながら、水の涸《か》れた陰惨な渓谷《けいこく》を進んでいくと、出来そこないの墓から死体の一部が突き出すように、遠くの砂地から不気味に突き出しているのが見えた。この大洪水《こうずい》の年老いた生き残り、この最古のピラミッドの曾祖母《そうそぼ》ともいうべき廃都の、歳月によって風化した石の廃墟からは恐怖が語りかけ、目に見えぬ気配が行く手を阻んで、だれも見るべきではなく、いまだかつてあえて見たものはいない太古の邪悪な秘密から退却しろと命じた。

はるか遠くアラビアの砂漠に名前のない都市はあって、崩壊《ほうかい》してほとんど形をとどめておらず、その低い城壁《じょうへき》は果てしない歳月の砂にほとんど埋もれている。古代エジプトの都市メンフィスの最初の礎石《そせき》が置かれるはるか以前から、そしてバビロンの煉瓦《れんが》がいまだ焼かれないうちから、このような姿だったにちがいない。あまりにも古いために、それの名前が明らかになるような伝承も、それがかつて繁栄していたことを思い出させるような伝説もなかったが、そのうわさは野営のかがり火のまわりでささやかれ、族長の天幕のなかで老女たちによってつぶやかれたので、すべての部族が理由はまったく知らぬまま、そこに近づくのを避けた。狂気の詩人アブドゥル・アルハザードが、あの解釈不能な二行連句《カプレット》を歌う前夜に夢に見たのは、まさにこの場所であった。

永遠《とこしえ》に横たわりうるもの死にたるにあらず
されば奇《くす》しき永劫のうちに死すらも死なん

怪奇な物語で言い伝えられながら、生きた人間がだれひとり見たことのない無名の都市を、アラブ人たちが避けるにはそれなりの理由があることを知っておくべきだったが、わたしはそれらを無視して、ラクダとともに人跡未踏《じんせきみとう》の荒地に足を踏み入れたのだった。わたしだけがそれを見たのであり、だからこそ、わたしの顔にはほかのだれの顔にもみられないおぞましい恐怖の皺《しわ》が刻まれ、だからこそ、夜風が窓を鳴らすときにはほかのだれより激しく身震いするのだ。果てしない眠りの不気味な静寂のなかで無名の都市に出会ったとき、それはわたしをじっとみつめ、砂漠の熱気のただなかでも冷たい月の光のせいで寒さをおぼえた。そしてわたしはみつめかえし、それをみつけた勝利を忘れて、ラクダとともにじっと立ちどまって夜明けを待った。

何時間も待っていると、やがて東の空が灰色になり、星の光が薄らいで、灰色は金色に縁どられた薔薇色の光に変わった。うめき声が聞こえ、空は澄みわたって広大な砂漠はどこまでも静まりかえっていたが、古代の石造物のあいだで砂嵐が渦巻くのが見えた。それからふいに、砂漠のはるかな地平線に、消えつつある小さな砂嵐を透かして、太陽の輝く輪郭《りんかく》が浮かんでいるのが見えたが、わたしは熱病にうかされた状態で、ナイルの岸辺からメムノンの巨像が歓呼するように、その燃えさかる円盤を歓呼するために、どこか遠くの深淵《しんえん》から金属楽器の大音響がとどろくのが聞こえてきた。その音が耳にこだまし、空想は激しくかきたてられながら、わたしはそろそろとラクダを引いて砂地をすすみ、その声なき廃墟、エジプト人やメロエ人も憶えていないほどはるか太古の都市、生きた人間でわたしだけが目にした都市へと近づいていった

住居や宮殿の形をとどめていない礎石のあいだをあちこち歩きまわったが、はるかな太古にこの都市をつくって住んでいた人々について、かりにそれが人々であったとして、物語ってくれるような彫刻や碑文を、ついにみつけることはできなかった。この場所の古めかしさはいささか不気味だったので、この都市が人類によってたしかにつくられたことを証明してくれる証拠か意匠に出会えることを、わたしは心から願った。廃墟にはかなりの規模と広さがあって、それもあまり気にいらなかった。さまざまな道具を携えていたので、消えた巨大建造物の壁の内側をあちこち掘ってみたが、作業は遅々としてはかどらず、これはというものはなにひとつみつからなかった。夜と月がもどってくると、冷たい風が吹きつけて新たな恐怖をもたらしたので、あえて都市にとどまろうとは思わなかった。そして眠るために太古の城壁の外に出ると、月は明るく砂漠のほとんどは静まりかえっていたが、ため息のように小さな砂嵐がわたしの背後に現れて、灰色の石の遺跡のなかを吹き抜けていった。

ちょうど夜明けごろ、延々と繰り広げられる恐ろしい夢から目覚めたときには、金属的な響きが耳の中にこだましていた。無名の都市の上空に浮かぶ小さな砂嵐の最後の風の向こうに、太陽が赤い姿をのぞかせて、あたりの風景の静けさを際立たせていた。もういちど、シーツをかぶった人食い鬼のように、砂におおわれて盛り上がっている、その陰鬱《いんうつ》な廃墟に足を踏み入れて、忘れ去られた種族の遺物はないかと、む

なしく地面を掘りはじめた。正午にひと休みしてから、午後はほとんどの時間を費やして、城壁や古代の通りや、ほとんど消えてしまった建物の輪郭をたどっていった。この都市はまことに壮大であったことがわかるとともに、その偉大さの起源がなんであったか知りたくなった。古代のカルデア人ですら思い出せないほど遠い過去の時代の壮麗さを心に思い描き、人類の揺籃期《ようらんき》にムナールの地に栄えた凶運の都サルナス、そして人類が誕生する前に灰色の石で造られたイブの都市のことを考えた。

そのときふいに、岩床が砂からぬっと突き出して低い崖を形づくっているところに出くわして、うれしいことに、大洪水以前の人々のさらなる手掛かりとなりそうなものをみつけた。崖の表面に荒削りに刻まれていたのは、いくつかの背の低い小さな住居か神殿の、まぎれもないファサードで、その内部には計り知れないほど遠い過去の秘密が保存されているかもしれないが、外側にあったかもしれない彫刻ははるか昔に砂嵐によって消し去られていた。

わたしの近くのすべての暗い開口部はとても背が低くて砂がつまっていたが、そのうちのひとつの砂をシャベルでとりのぞくと、その内部に隠された秘密を明らかにするために、松明を手にしてもぐりこんだ。中に入ってみると、この洞窟はたしかに神殿だったことがわかり、砂漠が砂漠になる前にこの地に住んで崇拝していた種族の明白な証拠を目にすることができた。原始的な祭壇、列柱、壁龕《へきがん》、すべて奇妙に背が低かったが、なにもかもそろっており、彫像やフレスコ画のたぐいは見当たらなかったが、明らかに人工的な手段でなんらかの象徴として形作られたとおぼしい石がたくさんあった。岩をくりぬいてつくられた洞窟の天井は奇妙なほどに低く、ひざをついても体をまっすぐにできないほどだったが、広さは途方もなく、わたしの松明《たいまつ》もその一部しか照らせないほどだった。壁面に近づいたときには奇妙な身震いをおぼえたが、それはいくつかの祭壇や石が、恐ろしく、きわめて不快で、不可解な性質の忘れられた儀式を暗示したからで、いかなる種族がこのような神殿をつくってしばしば集まったのだろうと思わずにはいられなかった。その場所にあるものをすべて見てしまうと、ほかの神殿にはなにが隠されているのか知りたくなったので、ふたたび外に這いだした。

いまや夜が近づいていたが、目にした具体的なもののおかげで好奇心が恐怖にまさっており、はじめてこの無名の都市を目にしたときには思わずひるんでしまった月の長い影からも逃げ出さなかった。黄昏のなかで、わたしはもうひとつの開口部の砂をとりのぞいて、新しい松明を手にしてもぐりこみ、いっそう摩耗《まもう》した石や象徴をみつけたが、さきほどの神殿でみつけたもののほどはっきりしたものはなにもなかった。その部屋はまったくおなじように天井が低かったが、広さはそれほどでもなく、つきあたりは不明瞭で不気味な聖櫃《せいひつ》がぎっしり並んだせまい通路になっていた。これらの聖櫃をてこで動かそうとしていたとき、風の音とラクダの声が静寂を破ったので、わたしはラクダを怯えさせたものをたしかめるために洞窟を出た。

太古の遺跡の上空で月が皓々《こうこう》と輝いており、前方の崖沿いのどこかから、強いが弱まりつつある風に巻き上げられたとおぼしい濃密な砂塵を照らし出した。ラクダを怯えさせたのは、このひんやりとした砂まじりの風であることがわかって、もっと風のない場所にラクダを引いていこうとしたが、そのときたまたま空を見上げて、崖のすぐ上にはまったく風が吹いていないことに気づいた。わたしはこれにおどろいて、またしても恐怖に襲われたが、日出と日没の直前に見たり聞いたりしたことのある局地的な突風のことをすぐに思い出して、ありふれた現象だと判断した。その風は洞窟に通じている岩の割れ目から吹いてくるにちがいないと思い、巻き上がる砂塵の源を目で追っていくと、まもなくそれが、ほとんど視界のかなたの、はるか南にある神殿の黒い開口部から吹いてくることがわかった。息が詰まるような砂塵にさからって、この神殿にむかってよろよろと歩いていくと、近づくにつれて、それがほかの神殿よりはるかに大きく、戸口は固まった砂がそれほどつまっていないことがわかった。冷たい風が松明を吹き消しそうになるほど猛烈でなかったら、すぐにでももぐりこんでいただろう。風は暗い戸口から激しく吹きだし、巻き上げた砂を奇怪な廃墟にまき散らしながら、不気味なため息のような音を立てていた。まもなく風の勢いは弱まり、砂の動きもしだいにおさまって、ついにはすべてがふたたび静止したが、なにかがこの都市の幽霊じみた石の廃墟を徘徊しているような気がして、月にちらっと目を向けると、まるで波立ち騒ぐ水面に映っているかのように揺れていた。わたしはことばにできないほどの恐怖を感じていたが、それすらも驚異を求める渇望をにぶらせるまでにはいたらなかったので、風がすっかりやむとすぐに、その源である暗い部屋へと入り込んでいった。

この神殿は、外観から想像したとおり、これまで訪れたふたつの神殿よりも大きく、ずっと奥のほうから風が吹いてくるところをみると、どうやら天然の洞窟のようだった。ここではまっすぐに立つことができたが、石や祭壇はほかの神殿とおなじように背が低かった。壁や天井に目を向けて、ここではじめて太古の種族の絵画芸術の痕跡に遭遇したが、奇妙に渦巻くような線が、ほとんど消えるかぼろぼろに剥がれかけていた。そして祭壇のうちのふたつに、みごとな曲線彫刻の迷路模様をみつけたときは興奮がわきおこった。松明を高く掲げると、天井の形も天然にしてはあまりに規則正しいような気がして、この先史時代の石工たちが仕事にかかるまえ、この洞窟はどのような姿だったのだろうと思った。いずれにしても、彼らの腕前は非常なものだったにちがいない。

それから気まぐれな炎がふいに明るさを増して、わたしがずっと探していたものを照らし出した。あの突風が吹きだしていた、遠く離れた深淵へと通じる開口部である。そしてそれが硬い岩に彫りこまれた小さくて簡素な人工の戸口であることに気づいたときには、気を失いそうになった。松明を突っ込んでみると、そこはアーチ状の天井のある背の低い黒々とした地下道で、とても小さな段々が無数に刻まれた、急勾配《こうばい》でくだっていく粗末な階段になっていた。それがなにを意味するか知ってしまったいまでは、いつでもその階段を夢にみるにちがいない。そのときは、それを階段とよぶべきか、急勾配の下り坂に刻まれた足がかりとよぶべきかどうかもわからなかった。気ちがいじみた思いが心の中に渦巻き、アラビア人の預言者のことばや警告が、人の知る土地から人があえて知ろうとしないこの名前のない都市まで、砂漠をこえて漂ってくるような気がした。けれども、わたしはほんの一瞬ためらっただけで戸口をくぐり、梯子をくだるときのように足から先に、用心深く急な階段を降りはじめた。

わたしが体験したような下降をほかの人間が体験しようと思ったら、麻薬による恐ろしい幻覚か譫妄《せんもう》に襲われなければならない。せまい通路は、まるで亡霊の徘徊《はいかい》する井戸のようにどこまでもくだっており、頭上にかざした松明も、わたしがめざしている未知なる深みを照らすことはできなかった。どのくらい時間がたったのかわからなくなり、時計を見ることも忘れていたが、自分がくだっているにちがいない距離のことを思うと恐ろしかった。方向や勾配には変化があり、あるときなどは、長くて低い水平な部分にさしかかったので、松明をもつ手をまっすぐのばして、ごつごつとした岩床を足から先に身をくねらせて進まなければならなかった。その場所は天井が低すぎてひざまずくこともできなかったのだ。そのあと、通路はふたたび急になったが、しだいに衰えていく松明がついに消えたときも、わたしはまだ階段をずっと下っているところだった。松明が消えていることに気づいたとき、まだ赤々と燃えているかのように高く掲げていたから、そのときはそのことに気づかなかったのだと思う。このわたしに地をさまよわせ、はるか古代の禁じられた場所に駆り立てる、あの不思議なものや未知なるものを求める本能のせいで、わたしは完全に平常心を失っていたのである。

闇の中で、わが心の宝庫ともいうべき悪魔の伝承の断片が、目の前に閃《ひらめ》いては消えていった。狂えるアラブ人アルハザードの文章、ダマスキウスの悪夢のごとき外典の一節、そしてゴーティエ・ド・メッツの錯乱した『世界の実相《イマージュ・デュ・モンド》』の忌まわしい章句である。わたしは奇怪な抜粋をくりかえし唱え、アフラシアブや彼とともにオクサス川をくだった悪魔のことをつぶやいた。しばらくすると、ダンセイニ卿の物語――「深淵の反響することなき暗闇」――の一節をくりかえし唱えていた。傾斜が驚くほど急になったときは、恐怖でそれ以上歌えなくなるまで、トマス・ムアの詩の一節を歌うように唱えた。

月蝕《げっしょく》の夜に蒸溜《じょうりゅう》されし月の霊薬が

魔女の大鍋に満々と湛《たた》えられし
ときのごとくに黒き闇の溜《た》め池
その深淵の底を通りうるかと
身をのりだしたるとき、われは見たり
はるか下方、視界のとどく彼方まで
死の海が粘液にまみれし岸辺に
放擲《ほうてき》するかの漆黒《しっこく》の瀝青《れきせい》を
たったいま塗られしがごとき
硝子《がらす》と紛《まが》う滑《なめ》らかな漆黒の内面を

時間が存在をまったくやめたとき、わたしの足はふたたび平坦な岩床を踏みしめ、気がつくと、いまや頭上はるか無限のかなたになってしまったふたつの部屋より、わずかに天井の高い場所に立っていた。完全に直立することはできなかったが、ひざをつけば背筋をのばすことができたので、暗闇のなかで、でたらめにずりずりと動きまわった。まもなくわたしは、前面がガラスになった木箱が壁ぎわにずらっと並ぶせまい通路にいることがわかった。こんな太古の地の底で、磨きあげた木とガラスらしきものに触れて、わたしはそれが意味するものに身震いした。木箱は通路の両側に規則正しい間隔をおいて並んでいるらしく、長辺を壁に平行にしていて、形も大きさも不気味なほど棺桶に似ていた。もっとよく調べるために二つか三つ動かそうとしてみたが、しっかりと固定されているのがわかった。

　通路がどこまでも続いていることがわかったので、わたしはもがきながらどんどん這い進んでいったが、あの暗闇でわたしをみつめる目があったなら、わたしの姿はさぞかし不気味に見えただろう。というのも、壁や木箱の列がいまだにつづいていることを確認するために、ときおり右や左に寄っては周囲を手探りしたからである。人間は視覚的に考えることにすっかり慣れているので、わたしはほとんど暗闇を忘れ、まるで実際に目にしているかのように、木とガラスでできた箱が単調に並ぶ、天井の低い果てしない通路を思い描いていた。それから、なんともいいようのない感情に襲われながら、実際にそれを目にすることになった。

　いったいいつ空想が現実の光景と溶けあったのかわからないが、前方が徐々に明るくなってきて、それからふいに、なにか未知なる地底の燐光《りんこう》によって、通路や木箱のぼんやりとした輪郭が見えていることに気づいた。しばらくのあいだ、光はごくかすかだったので、すべては想像していたのとまったくおなじようだったが、ほとんど機械的により明るい光の中へとよろよろ進んでいくにつれて、わたしの空想は貧弱だったことがわかった。その通路ははるか頭上の都市の神殿のような素朴な遺物などではなく、もっとも壮大にして風変わりな芸術の記念碑だったのだ。華麗にして躍動的な、大胆な奇想にみちた意匠《いしょう》と絵画が、壁画の連続した構図を形づくっており、その描線と色彩はなんともいえないほどみごとだった。箱は不思議な金色の木材でできており、前面は精緻《せいち》なガラスになっていて、その中には、奇怪さにおいて人間のもっとも奔放《ほんぽう》な夢想をも凌駕《りょうが》する生き物のミイラがおさめられていた。

そのぞっとするほどおぞましい姿をことばで伝えるのは不可能である。彼らは爬虫《はちゅう》類に属し、ときにクロコダイル、ときにアザラシを思わせたが、むしろ動物学者や古生物学者でも聞いたことのないような、なにものにもたとえようのない体形をしていた。大きさは小柄な人間に近く、前肢には人間の手と指に奇妙に似かよった、繊細でいかにも柔軟そうな器官がついていた。しかし、なにより奇怪なのはその頭部で、既知の生物学的原理のすべてを冒瀆《ぼうとく》するような形態をそなえていた。ほんの一瞬、猫やブルドッグ、神話のサチュロスや人間など、さまざまなものと比べてみたが、なにものをしても到底たとえようがなかった。ジュピターご自身ですら、これほどまでに大きく突き出た額をおもちではなく、角があって鼻がなく、アリゲーターに似た顎《あご》をしていることなどは、あらゆる既存の範疇《はんちゅう》からはみだしていた。わたしはいっとき、このミイラの現実性について熟考し、人工的な偶像ではないかとなかば疑ったが、すぐに彼らは本物であって、名前のない都市が繁栄したときに生きていた太古の種族だと判断した。彼らの奇怪さをさらに強めるように、彼らのほとんどは豪奢《ごうしゃ》な織物でできた絢爛《けんらん》たる衣をまとい、黄金や宝石や輝かしい未知なる金属でできた装飾品を惜しげもなく身につけていた。

これらの匍匐《ほふく》生物の身分は非常に高かったにちがいない。壁や天井のフレスコ画の奔放《ほんぽう》な意匠《いしょう》のなかでも、最上の地位を占めていたからである。比類のない技をもって、画家は彼らを彼ら自身の世界に描きだし、そこには彼らの体格に合わせた都市や庭園があったが、この歴史絵巻は寓意《ぐうい》的なもので、ひょっとしたら彼らを崇拝した種族の進化を示しているのかもしれないと思わずにはいられなかった。名前のない都市の人々にとってこれらの生き物は、ローマ帝国にとっての牝狼《めすおおかみ》であり、アメリカ先住民にとってのトーテムだったのだと、わたしは自分にいいきかせた。

この見解を胸に抱きつつ、名前のない都市のすばらしい叙事詩をおおよそたどっていくことができた。アフリカ大陸が海底から隆起する前にこの世界を支配した壮麗な海岸の大都市の物語。海洋が後退し、都市を支えていた肥沃《ひよく》な渓谷に砂漠が忍び寄ってきたときの悪戦苦闘の物語。戦争と勝利、難局と敗北。その後の恐るべき砂漠との戦い。そのときこの都市の何千人もの人々は——ここでは奇怪な爬虫類として寓意的に描かれているが——驚くべき方法で岩に掘り進みながら、彼らの予言者が告げたもうひとつの世界へと退却をしいられた。すべては生々しいほどに不気味でリアルであり、わたしがここにたどりついた恐るべき下降との関係はまちがいなかった。わたしがたどってきた通路を識別することすらできたのである。

（続く）

《近刊予告　オマージュ・アンソロジーシリーズ》

〈闇のトラペゾヘドロン〉　予定価格・一六〇〇円

◆「闇の美術館」　倉阪鬼一郎

◆「マ★ジャ」　積木鏡介

◆「闇を彷徨《さまよ》い続けるもの」（ゲームブック）　友野詳

《闇の美術館》 東北地方の中堅都市、星橋市をウルトラマラソンの下見に訪れた黒田と滝野川。レンタカーでコースを走る途中に立ち寄った「闇の美術館」で目にしたものは、〈ロバート・ブレイク〉という名前の、作家兼画家の作品の数々であった。

《マ★ジャ》 幼い少女モモとモノクロは夢の中を渡り歩き、メーアン様を目指す。折しも現実ので起こる猟奇殺人事件の犯人たちは〈冥闇様〉を目指していた。

《闇を彷徨い続けるもの》破滅した世界であなたの精神は結晶体に封じられ、時の彼方に飛ばされた。唯一可能なのは生き物にイメージを見せて誘導すること。あなたは人に戻ることができるか？

《近刊予告》

『クトゥルフ少女戦隊』

山田 正紀

5億4000万年まえ、突如として生物の「門」がすべて出そろうカンブリア爆発が起こった。このときに先行するおびただしい生物の可能性が、発現されることなく進化の途上から消えていった。

これはじつは超遺伝子「メタ・ゲノム」が遺伝子配列そのものに進化圧を加える壊滅的なメタ進化なのだった。いままたそのメタ進化が起ころうとしている。怪物遺伝子《ジーン・クトゥルフ》が表現されようとしている。おびただしいクトゥルフが表現されようとしている。この怪物遺伝子をいかに抑制するか。発現したクトゥルフをいかに非発現型に遺伝子に組み換えるか？

そのミッションに招集された現行の生命体は三種、敵か味方か遺伝子改変されたゴキブリ群、進化の実験に使われた実験マウス（マウス・クリスト）、そして人間未満人間以上の四人のクトゥルフ少女たち。その名も、絶対少女、限界少女、例外少女、そして実存少女サヤキ……。クトゥルフと地球生命体代表選手の壮絶なバトルが「進化コロシアム」で開始された！

これまで誰も読んだことがないクトゥルフ神話と本格ＳＦとの奇跡のコラボ！　読み出したらやめられない、めくるめく進化戦争！

《好評既刊・クトゥルー戦記》

クトゥルー戦記②

ヨグ＝ソトース戦車隊

菊地　秀行

本体価格・一〇〇〇円
版型・ノベルズ

内容紹介：一発の命中弾で彼らは目を覚ました。何故俺たちはここにいる？日本人戦車長、アメリカ人操縦手、ドイツ人砲手、イタリア人機銃士、中国人通信士、そして、世界最高の戦車。全ての記憶は失われていたが、目的だけはわかっていた。サハラ砂漠のど真ん中にある古神殿、そこへいにしえの神の赤ん坊を届けるのだ。独伊枢軸軍と米英連合軍が火花を散らす北アフリカ戦線。地上ではドイツの名将ロンメルとイギリスの猛将モントゴメリー率いる戦車軍団が追いすがり、空からは"撃墜王アフリカの星"操るメッサーシュミットが襲いかかる。「たとえ化け物でも、すがってくる赤ん坊は殺させねえ」。彼らを待つのは砂漠の墳墓か、蜃気楼に浮かぶオアシスか？　熱砂の一粒一粒に生と死と殺気をはらんで――

クトゥルー・ミュトス・ファイルズ
The Cthulhu Mythos Files

無名都市への扉

2014年7月30日　第1刷

著　者
岩井 志麻子　図子 慧　宮澤 伊織／冒険企画局

発行人
酒井 武史

カバーイラスト　小島 文美
本文中のイラスト　フジワラ ヨウコウ　二木 靖（金魚の夢）
帯デザイン　山田 剛毅

発行所　株式会社　創土社
〒165-0031 東京都中野区上鷺宮 5-18-3
電話 03-3970-2669　FAX 03-3825-8714
http://www.soudosha.jp

印刷　株式会社シナノ
ISBN978-4-7988-3017-9　C0093
定価はカバーに印刷してあります。

マルチジャンル・ホラーRPG

インセイン

河嶋　陶一朗／冒険企画局　著

本体価格：1500 円　　　　発行：新紀元社

ISBN：978-4-7753-1176-9　C0076

内容紹介：

隣りに住む優しいお姉さんは殺人鬼。学校の先生は邪神ハンター。一見、何の変哲も無い世界で、心に秘密を抱えた人物たちが、奇妙な怪事件に巻き込まれていく。そこに待ち受けるのは破滅か、それとも……？　恐怖と狂気に翻弄される人間たちを描く、マルチジャンル・ホラーＲＰＧ。